우진 현대 판타지 장편소설

WISHBOOKS MODERN FANTASY STORY

다시 태어난 베토벤

 14

우진 현대 판타지 장편소설

초판 1쇄 찍은 날 | 2020년 7월 21일
초판 1쇄 펴낸 날 | 2020년 7월 28일

지은이 | 우진
펴낸이 | 예경원

기획 | 위시북스
편집책임 | 이은송
편집 | 위시북스

펴낸곳 | 예원북스
등록번호 | 제396-2012-000132호
등록일자 | 2012. 7. 25
KFN | 제1-539호

주소 | 경기도 고양시 일산동구 호수로 646-24 위너스21II빌딩 206A호 (우)10401
전화 | 031-819-9431 팩스 | 031-817-9432
E-mail | yewonbooks@naver.com

ISBN 979-11-365-3194-0 04810
979-11-6424-234-4 (set)

우진 현대 판타지 장편소설
WISHBOOKS MODERN FANTASY STORY

다시 태어난 베토벤

14

Wish Books

CONTENTS

80악장

희망의 오케스트라

통화를 마친 배도빈이 악보를 챙겼다.

"찰스가 저 모양이니 오늘은 쉬도록 해요. 얼마 안 남았으니까 다들 컨디션 관리 잘하고요. 노이어는 찰스 좀 봐주세요."

"웃어넘기면 될 것을. 손 많이 가는 인간이라니까."

마누엘 노이어가 어깨를 으쓱였다.

"노이어."

"알았어. 맡겨 놔."

어쩔 수 없다는 듯 고개를 끄덕인 그가 엉덩이 악장의 이름을 부르며 밖으로 향했다.

배도빈도 이자벨 멀핀과 만나기 위해 나가려다가 잠시 발을 멈추었다.

"진달래."

"어?"

진달래가 멍청한 얼굴을 들었다.

"무대에 오르기로 한 이상 받아들여야 할 일이야."

무대에 오른 이상 본인의 의지, 노력과는 무관하게 흘러가는 일이 생길 수밖에 없었다.

유명해질수록 질투하는 사람은 늘어갔다.

혹은 정말 아무 이유 없이 상처 주는 이도 있었다.

남에게 상처 입히는 데 일말의 죄책감도 없이, 즐거움 없이도 그런 행위를 반복하는 정신병자가 꼭 있었다.

19세기의 빈에서도.

21세기의 베를린에서도 그러한 인간을 숱하게 겪었던 배도빈은 그로 인해 받을 상처를 누구보다도 잘 알았다.

헛소리라는 것을 알면서도 받을 수밖에 없는 아픔.

지금의 일은 가수로서 살아갈 진달래가 겪을 수많은 일 중 하나일 뿐이었다.

'이겨내야 해.'

이제 노래를 잘하기 위한 노력만이 아니라 상처에도 익숙해져야 한다.

진달래는 혼란스러워하고 있었다.

입술은 파르르 떨렸고 눈은 흐리멍덩하여, 배도빈은 그녀가 얼마나 동요하고 있는지 알 수 있었다.

"관객만 생각해."

"어?"

"그런 일에 휘둘려 네 노래를 들으러 오는 사람들을 실망시키지 마."

잊으라든가.

신경 쓰지 말라며 위로를 건네는 이는 많았지만 아무 소용 없었다.

그보다 배도빈을 강하게 했던 건 음악에 대한 자긍심과 그를 찾아주는 관객이었다.

"들려주려고 연습했잖아."

배도빈의 말에 빛을 잃어가던 진달래의 눈에 힘이 들어갔다.

지난 몇 년간 무대에 오르는 것만을 생각하며 죽을힘을 다했다.

다시 찾은 희망을 놓치고 싶지 않아서, 다시는 나락으로 떨어지고 싶지 않아서 노래하고 노래했다.

진달래가 고개를 굳게 끄덕였다.

"응."

"그래."

배도빈이 연습실을 나서고.

왕소소가 진달래의 귀를 잡아당겼다.

"아아아아!"

"정신 차려. 이제 학생 아니잖아. 네 관리는 네가 해야 해."

"응. 미안."

왕소소가 잔뜩 풀이 죽은 진달래를 보다가 등을 쓸어주었다.

잠시 뒤.

배도빈이 그의 집무실에 들어서자마자 멀핀이 문을 두드렸다.

"들어와요."

배도빈과 이자벨 멀핀은 서로에게 목례하고 마주 앉았다.

지난 18개월간 호흡을 맞춘 두 사람은 불필요한 말없이 곧장 본론으로 들어갔다.

"알롱 앙리라는 사람이 베를린 필하모닉에 대한 기사를 여럿 쓰고 있어요."

"저도 봤어요. 찰스랑 달래 이야기죠?"

"네. 그것도 문제지만…… 여기."

멀핀 부장이 여러 서류 중에서 하나를 꺼내 보였다.

인터넷 기사를 스크랩한 것이었는데 배도빈은 제목을 확인하자마자 인상을 썼다.

"이거 사실이에요?"

"방금 확인 마쳤습니다."

"뭐래요?"

"시비는 본인이 건 게 맞는데 일방적으로 얻어맞았다고 합니다."

"……."

"……."

잠시간 어색한 침묵이 이어졌다.

"어떨 거 같아요?"

"그냥 지나가진 못할 것 같습니다. 다른 일은 해프닝으로 끝나도 한스 이안 부수석의 일은 짚고 넘어가야 합니다. 사안이 사안이다 보니까요."

멀편의 말에 배도빈이 기사를 내려놓고 관자놀이를 꾹꾹 눌렀다.

[베를린 필하모닉 제2바이올린 부수석 한스 이안, 과거 폭행 이력?]

11년 진, 한스 이안과 베를린 시내 펍에서 시비가 붙었다는 한 남자의 진술을 포함하고 있는 기사는 자극적인 단어로 도배되어 있었다.

누가 봐도 악의적 의도가 다분한 글에 배도빈은 심한 두통을 느꼈다.

'하필.'

한스 이안은 망나니 같던 전과 달리, 정식 단원이 된 이후 누구보다도 자기 관리에 힘썼다.

상임 지휘자 빌헬름 푸르트벵글러 역시 오랜 시간 지켜본

끝에 그의 노력과 실력을 인정.

저번 달에는 그에게 바이올린 협주곡 독주자 자리를 마련해 주었고, 반응은 합격선이었다.

덕분에 푸르트벵글러는 한스 이안을 독주자로 한 몇 번의 공연을 더 예정하고 있었다.

한스 이안은 진심으로 행복해했고.

단원들은 아낌없이 축하해 주었다.

그런 시기에 터진 폭행 기사는 앞으로 준비된 공연에 지장을 줄 수밖에 없었다.

또한 그것을 넘어서 한스 이안이란 바이올리니스트의 미래에 낙인이 될 수도 있었다.

"우선 다시 한번 확인하시고 정정 기사 내주세요."

"네."

이런 일 처리는 카밀라만큼이나 신뢰하고 있기에 배도빈은 크게 걱정하지 않았다.

다만 그렇게 해도 이미 타격을 입은 한스 이안의 이미지는 복구할 수 없었다.

"빌어먹을."

"네?"

"아뇨. 혼잣말이에요. 레 자미란 곳 따로 알아봐 주세요. 우리 쪽 기사만 집중해서 내는 거 보니 뭔가 꿍꿍이가 있을 것 같네요."

"네. 카밀라 국장님과 이야기 중입니다. 최대한 빨리 조치하
도록 하겠습니다."

배도빈이 고개를 끄덕였다.

한스 이안은 방음실에서 온갖 욕을 쏟아냈다.

그렇게라도 하지 않으면 분에 못 이겨 무슨 짓을 할지 몰라,
그로서는 최선이었다.

한참을 그러고 나서 씩씩대고 있는데 케르바 슈타인이 문
을 열고 들어왔다.

"이제 좀 진정되냐?"

"……전혀요."

"한 대 태울까."

케르바 슈타인의 제안에 한스 이안이 고개를 끄덕였다.

흡연실에 들어선 두 사람은 나란히 앉아 담배에 불을 붙였다.

깊게 빨아들이고 내쉬기를 반복.

케르바 슈타인은 한스 이안이 마음껏 털어놓을 수 있게 기
다렸고 이내 베를린 필하모닉의 부수석이 속내를 털어놓았다.

"솔직히 말해서 기억도 잘 안 나요."

담배가 타들어 가고 있었다.

"11년 전이라고요. 11년. 게다가 취해 있었고. 얻어맞은 것 같긴 한데 왜 그랬는지 기억이 안 나요."

케르바 슈타인은 묵묵히 듣고만 있었다.

"빌어먹을. 그 인간 다시 만나도 알아볼 수 있을 것 같지도 않은데, 대체 뭔 생각으로."

한스 이안이 순간 말을 멈췄다.

전혀 의미 없는 말이라는 것을 깨달았고 정말 걱정하는 일이 있었기 때문이었다.

"토요일 공연 어쩌죠?"

"해야지."

케르바 슈타인은 단호했다.

그것이 한스 이안을 조금 붙잡았으나 그는 그 이상으로 위태롭게 흔들리고 있었다.

"오다가 들었어요. 이미 70명이 취소했대요."

다 타버린 담배를 끄고.

다시금 하나를 꺼내 입에 문 한스 이안이 라이터를 들었다.

그러나 몇 번을 켜려 해도 불이 붙지 않아 그를 더욱 초조하게 했다.

케르바 슈타인이 라이터를 켜 한스 이안에게 향했다.

숨을 빨아들여 불을 붙였다.

손을 떨면서 크게 들이마셨다. 이마를 짚고 뿜은 연기처럼 불길한 생각이 번져나갔다.

"……베를린 필하모닉은 이런 일로 상처 나선 안 돼요."

"그래."

"나 같은 것 때문에 이러면 안 되는데."

"……."

"안 되는데……."

결국 눈물을 터뜨린 한스 이안은 케르바 슈타인이 보는 앞에서 통곡했다.

서른여섯 먹은 남자는 놀이터에서 넘어진 아이처럼 울었다.

케르바 슈타인은 그가 베를린 필하모닉을 얼마나 사랑하는지 알기에 자리를 지켜주었다.

쾅!

그때 흡연실의 문이 튀어나와 요란하게 부딪쳤다.

깜짝 놀란 케르바 슈타인과 한스 이안이 고개를 돌렸고 성난 이승희와 눈을 마주쳤다.

"……승희?"

눈물범벅인 한스 이안이 앞을 보기 위해 눈물을 훔치다가 이승희에게 멱살을 잡혔다.

"뭐 하고 있어! 연습 중이었잖아!"

"아, 아니."

"안 때렸잖아! 뭐가 문제야?"

고개를 끄덕이는 한스 이안을 보다가 이승희가 케르바 슈타인을 째려봤다.

그가 슬금슬금 흡연실에서 빠져나가자 다시 한스 이안과 눈을 마주친 이승희가 추궁을 계속했다.

"뭘 잘했다고 질질 짜?"

"기억이 확실하진 않아서."

"안 때렸잖아!"

"그, 그래. 안 때렸어."

"바보처럼 맞기만 했잖아. 어!"

이승희의 말에 한스 이안이 괜한 오기를 부렸다.

"내가 어디 가서 맞고 다닐 사람은."

"맞기만 했잖아!"

"맞기만 했어. 어. 맞기만 했어."

크게 놀란 탓에 눈물이 쏙 들어간 한스 이안을 보며 이승희가 침을 꿀꺽 삼켰다.

목 아래가 묵직해져 목소리가 제대로 나오지 않았다.

"연습실로 돌아가. 셰프하고 단원들한테 그런 일 없었다고 제대로 말하고. 다시 연습하라고."

"오늘 연습은……."

"기다리고 있어. 다."

"……."

한스 이안은 눈을 감았다.

그는 어렸을 적부터 베를린 필하모닉의 바이올리니스트가 되는 일 외에는 단 한 번도 생각해 보지 않았다.

돌이켜 보면 어렸을 때의 본인을 대체 어떻게 받아준 건지, 셰프 빌헬름 푸르트벵글러를 이해할 수 없었지만.

망나니 자식에게 독주자로서의 기회까지 준 그를 이해할 수 없었지만.

그런 자신을 응원해 주고 일원으로 받아들여 준 푸르트벵글러의 은혜를.

그런 자신을 받아준 베를린 필하모닉의 은혜를 어떻게 갚아야 할지 알 수 없었다.

너무나 미안해서.

그 위대한 음악가들의 이름에 먹칠을 한 자신이 미워서 어떻게 해야 좋을지 알 수 없었다.

"승희, 난."

그가 눈을 떠 도망치려 할 때.

이승희가 그의 입을 막았다.

부드럽게 전해지는 열기.

이승희의 뜨거움 숨을 마신 한스 이안이 눈을 껌뻑였다.

"지금 하려던 말. 다시 꺼내려 했단 봐. 죽어도 용서 안

할 거야."

멍청하게 네 번 더 깜빡이자 이승희가 멱살을 풀며 한스 이안을 밀쳐냈다.

"갈 거야? 말 거야!"

"가, 가!"

"후딱 뛰어가!"

한스 이안이 일단 연습실로 뛰기 시작했다.

2013년 8월 14일.

서른 살 생일을 한스랑 보내는 것도 우울한데 뭔 거지 같은 놈이 시비를 걸었다.

질이 안 좋은 인간 같아서 자리를 피하려던 차, 한스 그놈이 제대로 서지도 못하면서 욕을 해댔다.

도망가라면서 얻어맞는데 정말 큰일이 날 것 같아서 경찰을 불렀다.

왜 바보같이 맞고만 있었냐고 묻자 사고 치면 베를린 필하모닉이 욕먹는다며.

그 뒤는 알아듣지도 못할 말을 중얼거리곤 기절했다.

언제 철이 들었는지 모를 일이다.

♪

최근 들어 파리 한 마리가 귀찮게 굴고 있다.

앵앵거리는 소리가 거슬리긴 하다만 어린이 타악 교실과 웃고 떠드는 밴드 그리고 해상 오케스트라에 집중했다.

달콤한 냄새에 취해 사리분간 못 하는 벌레를 상대하느라 귀한 시간을 허비하고 싶진 않다.

오케스트라 대전 이후 1년간 준비했던 사업이 이제 막 시작될 시기.

막바지 작업을 소홀히 할 수도 없는 법이다.

카밀라와 멀핀이 적절히 대응해 줄 거라 믿으며 노트를 정리했다.

찰스 브라움에게 맡겼을 때는 관여할 필요가 없었지만, 그의 부담을 줄여주기 위해 대체자가 필요했다.

처음에는 직접 맡으려 했으나.

'정기 연주회만으로도 힘들 텐데 꼭 그래야 해?'

'이제 대학 강의도 나가야 하잖아.'

'조금만 내려놓자.'

나윤희의 설득으로 그녀와 스칼라에게 편곡 작업을 맡겼다.

찰스 브라움에 비해 작업 속도, 구성력 모두 떨어지는 게 사실이라 나윤희 혼자서 맡기엔 버거워 보였다.

마침 스칼라가 현대 음악에 관심을 보였기에 공부도 할 겸, 나윤희를 보조해 주는 것으로 합의했다.

니아 발그레이로부터 이것저것 배우고 있던 나윤희와 내게 고전 양식을 배우던 스칼라는 나름대로 진전을 보였다.

그러나 아직 원하는 만큼의 수준에 이르진 못하여 이런 식으로 도움을 주고 있다.

곡을 제시해 주고 편곡 방향을 알려준 뒤 두 사람의 결과물을 피드백 해주길 3개월째.

조금씩 나아지고 있다.

'조급하지 않아도 돼.'

연주자로서의 나윤희와 스칼라는 더할 나위 없이 훌륭하지만 이쪽은 별개의 일.

조금 아쉬운 부분은 나와 발그레이가 도와주고 있으니 이렇게 조금씩이라도 나아지면 된다.

덕분에 요즘은 글을 많이 쓰게 되었는데 스칼라는 매번 알아보기 힘들다고 불평이다.

나윤희도 처음 한 달은 힘들어했지만 이후 내 필체에 익숙해진 것을 고려하면 녀석도 곧 내 대담하고 간결한 필체의 매력을 이해할 것이다.

잡생각은 여기까지.

이승희의 제안으로 웃고 떠드는 밴드에 추가할 예정인 애니메이션 곡을 정리해야 한다.

똑똑-

한 시간쯤 흘렀을까.

누군가 문을 두드렸다.

"네."

펜을 멈추지 않고 대답하자 누군가 조심스레 들어왔다.

"바, 바쁘시면 이따 올까요?"

앳된 목소리에 고개를 드니 프란츠 페터가 양동이와 대걸레를 들고 문 앞에서 삐쭉댔다.

마스크를 턱 아래로 내리고 천으로 머리를 가리고 있는데 겁을 먹은 모양.

문 뒤에 숨는다.

혼날 짓을 한다는 인식은 있는 듯하다.

"청소 안 해도 된다고 했잖아."

"그, 그래도."

"그럴 시간 있으면 공부해."

이 녀석이고 진달래고.

쓸데없이 시간 낭비하지 말고 조금이라도 더 실력을 쌓는 게 도와주는 일이라는 걸 죽어도 이해 못 한다.

"세 번째야."

"하지만 정말 그냥 있을 수 없어서. 뭐라도 하게 해주세요."

"충분히 설명한 걸로 기억하는데."

"그래도……."

예전에는 내 말이라면 무조건 고개를 끄덕였던 녀석이 이제는 이렇게 자기주장을 하는 건 좋은 현상이다.

하지만 행동이 저래서야 긍정적인 방향으로 향할 리 없다.

"음악 하라고 데려온 거야. 청소를 부탁할 거면 너 말고도 잘하는 사람 많아."

녀석이 꿀 먹은 벙어리가 되었다.

"청소부가 꿈이라면 나가. 나가서 기술자에게 배워. 굳이 여기서 시간 허비하지 말고."

"아, 아아아아니에요. 아니에요. 잘못했어요, 도빈 님. 제발. 제발 쫓아내지 마세요. 제발."

솔직히 말해 저럴 수밖에 없는 녀석의 과거에 가슴 아프지만 조금 짜증 나는 것도 사실이다.

쓸데없는 걱정 말고 즐겁게 살며 공부하라는데 도통 말을 안 듣는다.

집 주고 용돈 주고 학교까지 보내주는 이런 상황, 다른 사람에게는 꿈같은 일일 것이다.

사랑을 받아본 적이 없어서.

자아가 약해서 이러는 건 알지만 언제까지고 저렇게 정신이 불안정한 상태로 살아가게 할 수도 없다.

"마스크랑 모자 벗어."

프란츠가 잽싸게 마스크와 모자를 주머니 안에 넣었다. 그러고는 멍청하게 웃으니 한숨이 절로 나온다.

악보를 들여다보며 말했다.

"마지막이야. 아무 걱정 말고 네가 하고 싶은 걸 해."

"하고 싶은 거……."

"그래."

청소를 하든 솔잎을 따러 다니든 프란츠의 삶을 정해주고 싶진 않다.

다만 녀석 스스로 작곡가의 길을 선택한다면 최대한 도와주고 싶을 뿐.

애석하긴 해도 내 고집으로 강제할 수는 없는 법이다.

"실은."

녀석이 뭔가를 말하려는 듯해 펜을 놓았다.

"공부가 너무 어려워요."

양쪽 검지를 맞부딪치며 생각도 못 했던 이야기를 꺼냈다.

녀석만 한 재능을 가진 사람도 드문데, 일반 학교도 아니고 예술학교의 작곡 과정이 어려울 줄은 상상도 못 했다.

"곡을 만드는 건 좋았는데 배우면 배울수록 자꾸 지금 하는 게 맞는지 알 수 없어서 무서워져요. 선생님들이 가르쳐 주시는 양식에 맞출 수도 없고. 그렇게 해보려 해도 어려워서……."

"어렵다고?"

"지금까지는 제 마음대로 했는데, 배운 대로 하려니까 자꾸 틀린 것 같아요."

당장에라도 울 것 같다.

"흠."

"그래서 도빈 님의."

"형."

"……혀, 형의 기대에 못 미칠 것 같아서 너무 무서워요."

한숨을 길게 내쉬었다.

핸드폰을 들어 히무라에게 전화하니 이내 하품 소리와 함께 느긋한 목소리가 반겼다.

-으음. 도빈아.

"자고 있었어요?"

-응. 요즘 실업자야.

"실업?"

이건 또 무슨 소리지.

-회사 일은 거의 선영이가 맡고 있고 요즘엔 뒷방 노인네 취급당하고 있어. 정말 세월 무섭다.

"이제 고작 40대 중반이면서 그런 말 하면 안 되죠. 젊다고요."

-너도 이 나이 먹으면 이해할 거야.

부지런했던 어린 친구가 말도 안 되는 투정을 부린다.

-그래서, 무슨 일이야?

"프란츠 학교 그만둬야겠어요."

-갑자기?

"정규 과정이 도리어 안 좋은 것 같아요. 관련 일 좀 처리해
주세요."

한국말을 못 알아듣는 프란츠는 불안한 듯 눈만 깜빡이고
있다.

-뭐, 너랑 페터 생각이 그렇다면 어렵지 않지.

"네, 부탁해요."

-그래. 이런 소일거리나 처리하는 신세라니. 다른 일이라도
알아볼까.

히무라의 엄살에 한 번 웃어주곤 전화를 끊었다.

"도빈 님? 아니 형?"

"내일부터 학교 가지 마. 나 따라다니면서 알아서 공부하고, 궁
금한 거 있으면 물어. 곡 쓸 때도 네 마음대로 해. 봐줄 테니까."

"저, 정말 그래도 돼요?"

"그래."

이제 막 재능을 뻗으려는 녀석이 부담을 느껴서야 될 일도
안 된다.

지속적으로 흥미를 가지게 해주어, 본인이 파고들지 않으면

못 버티게 해야만 성장할 수 있다.

이대로라면 프란츠가 그 재능을 썩힐까 두렵다.

선생의 역할은 학생에게 방향을 제시하는 것도, 대신 길을 걸어주는 것도 아니다.

흥미를 잃지 않게 환경을 조성해 주는 것으로도 프란츠는 자신만의 길을 개척해 걸어 나갈 것이다.

그 과정에서 자연스럽게 자신만의 세계를 구축할 테고.

"그럼……. 뭐 하나 여쭤봐도 돼요?"

녀석이 눈을 똘망똘망 빛냈다.

"지금 하시는 거, 노인탐정 도일 테마곡이죠?"

"애들이 좋아하는 곡이라더니 금방 알아보네."

웃고 떠드는 밴드의 주 타깃은 어린이와 청소년이었다.

이승희가 '그러면 애니메이션을 해야지'라는 의견을 내면서 노인탐정 도일의 메인 테마곡을 추천해 주었다.

나는 잘 모르지만 어느 날 갑자기 불법 약물을 먹고 노인이 된 고등학생 명탐정의 이야기란다.

세계적으로 인기 있는 만화로 2024년 현재 유럽에서도 최고의 인기를 끌고 있다고 한다.

어렸을 때 남쪽기차라든지 이승희의 선곡 능력은 체험한 바 있어 일단 도입.

색소폰 주자가 없는 탓에 B팀의 호른과 트럼펫 주자를 뽑아

시험 삼아서 연주해 보니 꽤 괜찮은 물건이 나올 듯했다.

다만 색소폰이 없이 하려니 어떻게 그 느낌을 살릴 수 있을까 고민하던 차다.

그런 이야기를 꺼내니 프란츠가 입을 벌리곤 눈을 빛냈다.

'이거.'

좋은 기회가 될 수 있겠다.

"해볼래?"

"네?"

프란츠가 놀라 소리쳤다.

"제, 제가요? 제가 어떻게 감히. 베를린 필하모닉이 연주할 곡을. 게다가, 게다가 노인탐정 도일이라고요? 명작이라고요?"

"싫어?"

"아뇨! 아뇨! 그런 문제가 아니에요!"

"그럼 해. 기한은 3일."

"마, 말도 안 돼요. 3일만에 어떻게."

"일주일 뒤에 무대에 올릴 거야. 못 하겠어?"

"아으으아으."

요상한 소리를 내며 갈팡질팡하던 프란츠가 각오를 굳힌 듯 두 손을 주먹 쥐었다.

"할게요!"

힘찬 대답이다.

처음으로 시원시원한 대답을 들어 무척 기분이 좋은데, 내가 할 일이 줄어든 것도 좋다.

해상 오케스트라에 집중할 수 있을 테니까.

'하나씩 시키다가 익숙해지면 웃고 떠드는 밴드는 전부 넘기는 것도 괜찮겠네.'

그러면 나윤희와 스칼라도 좀 더 연주에 집중할 수 있을 것이다.

그러지 않아도 나윤희가 짊어지고 있는 짐이 너무 많아 걱정하던 차에 잘 되었다.

똑똑―

"네."

노크 소리에 응하자 멀핀이 들어왔다.

프란츠에게 눈짓하니 녀석이 나와 멀핀에게 꾸벅 인사하곤 후다닥 뛰어나갔다.

어지간히 신난 모양.

멀핀이 날 보더니 살짝 웃는다.

"즐거워 보이시네요."

"정말 그래요."

멀핀의 얼굴에 물음표가 적혔지만 우선 처리할 일이 있는 모양.

그녀가 책상에 서류를 내려놓았다.

악단 운영에 관련된 것들인데 대부분 카밀라와 멀핀이 처리하고 나는 확인만 하고 있다.

의례적인 일이라 적당히 넘기고 있자니 항상 그랬던 것처럼 멀핀이 특이사항을 언급해 주었다.

"말씀하셨던 베를린 시내 복지센터에 초청장을 보냈습니다. 웨인 씨 가족에게도 마찬가지고요. 부재중이실 때 방문하시기도 하셨습니다. 이건 웨인 씨의 선물이에요."

멀핀이 테이블에 오렌지 주스를 올려놓았다.

"오렌지 주스 좋아하는 건 어떻게 아셨지."

"후훗. 보스 취향 모르는 팬은 없을 거예요. 음료는 항상 커피 아니면 오렌지 주스잖아요."

SNS에 올라가는 사진들이 다 그런 것들이었던 것 같기도 하다.

"단 거예요?"

"100퍼센트 과즙이네요."

"……."

집에 가서 도진이 줘야겠다.

"그리고 레 자미에 대한 고소도 진행 중입니다. 이번 공연의 티켓 취소와 이미지 손상 등을 근거로 레 자미에게 160만 유로의 배상액을 청구할 예정입니다."

한화로는 20억 원 정도의 액수마저 적게 느껴졌다.

그렇지만 멀핀과 법무팀이 알아서 할 테니 일단 고개를 끄덕였다.

"베를린 필하모닉뿐만 아니라 찰스 브라움, 한스 이안, 진달래 단원에 대한 고소도 따로 진행 중에 있습니다. 진행되는 사항은 따로 보고드리겠습니다."

"네. 조금도 봐주지 마세요."

"네. 그리고…… 최근 베를린 필하모닉과 단원들에 관한 기사들로 인터뷰 요청이 들어왔습니다. 대부분 커트했는데 그간 우호적이었던 인사는 답변 대기로 처리해 두었습니다."

"누군데요?"

"그래모폰의 한스 레넌과 아사히 신문의 이시하라 린, 피가로의 모리스 르블랑, 데이즈의 마리 살티스, NBC의 김준용 기자 외 11명입니다."

"웃고 떠드는 밴드 공연 홍보도 할 겸 기자회견 가지도록 해요. 방금 언급되었던 사람들만 초청하시고요."

"그렇게 처리하겠습니다."

베를린 필하모닉이 기자회견을 연다는 소식에 언론은 올 것이 왔다는 반응을 보였다.

오케스트라 대전 이후.

베를린 필하모닉은 1년에 걸쳐 대대적인 리빌딩에 들어섰다.

정상에 오르고도 그간의 시스템을 바꿔나가는 그들의 모습은 타 오케스트라에 긍정적인 영향을 미쳤다.

안주하지 않고 나아가는 점에 자극받은 빈 필하모닉은 새로운 제도를 도입했으며, 암스테르담 로얄 콘세르트헤바우 오케스트라의 경우에는 마리 얀스와 악장단이 신곡을 발표하며 레퍼토리의 확장과 독립성을 갖추었다.

그 외에도 많은 오케스트라가 변화를 시도했지만 그중에서도 혁신이라 불릴 곳은 베를린 필하모닉뿐.

라이든샤프트라는 새 시대의 문을 열어젖힌 배도빈이 이번에는 과연 어떤 음악을 들려줄지.

그 관심이 최고조에 달해 있었다.

"히야. 많다. 많아."

아사히 신문 문화부 소속, 이시하라 린 수석기자는 세계 각지에서 몰려든 언론사를 살피며 혀를 내둘렀다.

클래식 음악계 현장을 좀 더 오래 느끼기 위해 차장 진급을 몇 년째 거절해 오던 그녀는 배도빈과 베를린 필하모닉의 영향력을 새삼 느끼고 있었다.

그녀의 오랜 파트너 역시 마찬가지였다.

"진짜 어마어마하네요."

"그러니까. 아니, 보통 기자회견을 여는데 다른 나라 기자까지 부르나?"

"이시하라 씨도 오셨잖아요."

"나야 원래 도빈이 전담하고 있었으니까."

"그렇게 치면 아는 얼굴들 많은데요, 뭘. 다들 벌써 10년 넘게 배도빈 쫓아다녔으니."

"그건 그렇지. 아, 저 사람 오랜만이네."

"모리스 르블랑 편집장이네요. 진급하곤 현장에서 보는 건 오랜만이네요."

"그러게. 예전에는 곧잘 보였는데."

"다들 한 자리씩 차지하고 있잖아요. 이시하라 씨는 관심 없으세요? 이번에도 진급대상자에 오르셨던데."

"그런 데 관심 없어. 관리직에 있으면 마음대로 못 다니잖아. 난 기자로 살고 싶지 사무실에서 누가 무슨 사고 쳤는지나 확인하고 싶은 게 아니라고."

두 사람이 배도빈을 기다리며 시시콜콜한 이야기를 나누고 있을 때, 다른 기자들도 저마다 대화를 이어나갔다.

"역시 배도빈인가. 기자회견도 범 지구적으로 여는구만."

"그럴 수밖에. 이제 세계를 상대로 하니까."

"해상 오케스트라 말이지? 그러고 보니 진수식이 모레구만."

"이번 주는 베를린 필하모닉 특집이겠어."

이런저런 말이 나오는 도중에도.

기자들의 마음속에 가장 관심 있는 화제는 자극적인 일일 수밖에 없었다.

　최고의 시기에 닥친 스캔들.

　한스 이안 폭행 사건.

　그로 인해 한스 이안이 솔로로 나오는 공연은 예약된 티켓의 17퍼센트가 취소되었다.

　그 정도로 큰 사건이었기에 베를린 필하모닉과 한스 이안 그리고 배도빈이 어떻게 대응할지 궁금할 수밖에 없었다.

　"오늘 말이 나오긴 하겠지?

　"공식적으론 해상 오케스트라랑 실내악단 발표라고 했잖아."

　"둘러봐. 친베를린 언론밖에 없잖아. 아무래도 난 한스 이안 관련해서도 뭔가 말 나올 것 같은데."

　"언급하려 할까? 괜히 사이 틀어져서 이런 기회도 박탈당하면 손핸데."

　"혹시 또 모르지. 누가 대신 물어봐 줄지."

　"그거 좋네."

　분위기가 무르익고.

　준비를 마친 배도빈과 케르바 슈타인이 약속된 시간에 모습을 드러냈다.

　'어엇.'

　'푸르트벵글러와 배도빈이 아니고?'

'세상에나.'

지난 40년간 베를린 필하모닉의 상징이었던 마에스트로 빌헬름 푸르트벵글러.

그가 베를린 필하모닉의 새로운 사업을 발표하는 자리에 참석하지 않은 사실에, 기자들은 기자회견이 시작하기도 전부터 카메라를 터뜨렸다.

"우선 찾아와 주신 내빈 여러분께 감사드립니다."

두 지휘자가 자리에 앉자, 이자벨 멀핀 부장이 멀리서 방문해 준 여러 언론사에 감사를 표했다.

"그간 우리 베를린 필하모닉은 여러 변환점을 맞이했습니다. 지난 1년간 악단은 성장했고 단원들의 기술은 더욱 예리해졌습니다. 우리는 베를린 필하모닉을 사랑하는 분들께 새로운 모습을 공개할 때가 되었다고 판단했습니다. 지금부터 베를린 필하모닉의 악단주이자 상임 지휘자께서 관련 내용을 발표해 주시겠습니다."

이자벨 멀핀의 말과 함께 모든 시선이 배도빈에게 쏠렸다.

그는 무척이나 화가 나 보였다.

회장에 모인 기자들은 분명 얼마 전부터 베를린 필하모닉을 공격하기 시작한 '레 자미'에 대한 분노로 추측했다.

"우선."

배도빈의 말과 함께 기자들이 침을 삼켰다.

'설마 처음부터?'

'이건 무조건 올려야 해.'

기자들은 그간 배도빈의 행적을 떠올리며 절대 부드러운 표현이 아닐 것을 직감했다.

"많이들 의아해하실 테니 밝히고 가겠습니다."

배도빈이 눈썹을 꿈틀거렸다.

"푸르트벵글러가 배탈이 났다고 합니다."

갑자기 찾아온 정적.

카메라 셔터 소리조차 멈췄다.

"요즘 들어 자꾸 꾀병을 부리는데 걱정하지 마세요. 팬 분들이 그를 사랑하는 만큼 저와 베를린 필하모닉도 빌헬름 푸르트벵글러를 깊이 존경합니다. 이 자리를 빌려 약속드립니다. 그의 은퇴는 책임지고 막겠습니다."

배도빈이 말을 마칠 때까지 눈만 깜빡이던 기자들이 이해를 마쳤다.

그 순간 밀려드는 안스러움은 만 78세의 노인에 대한 공경이었다.

그러나 실시간 중계를 확인하고 있는 팬들의 반응은 제각각이었다.

ㄴ미치겠다 진짤ㅋㅋㅋㅋ

└40년간 지휘를 해오신 황희, 빌헬름 푸르트벵글러이십니다ㅠㅠ

└아닠ㅋㅋㅋ 이젠 좀 쉬어도 되지 않나? 40년이나 했잖앜ㅋㅋ 오케스트라 대전에서 왕위 계승도 해줬잖앜ㅋㅋㅋㅋ

└나는 배도빈 악단주의 결정에 감사하다. 13살, 아버지와 함께 그가 지휘하는 베를린 필하모닉을 접하고 지난 30년을 베를린 필하모닉과 빌헬름 푸르트벵글러의 팬으로 살아왔다. 조금이라도 더 그와 함께하고 싶다.

└이거 명장에 대한 존경이냐? 아님 노인 학대냨ㅋㅋㅋㅋ

└내가 볼 땐 학대임ㅋㅋㅋㅋ

└솔직히 오늘 푸르트벵글러 안 나오는 거 보고 놀랐는데 저렇게 말해줘서 다행이다.

└네, 다음 악덕 고용주.

다들 황당해하고 있는 사이, 그래모폰의 한스 레넌이 손을 들었다.

이자벨 멀핀이 그를 지목하여 발언 기회를 주었다.

"빌헬름 푸르트벵글러의 활동을 약속하셨는데, 이제 곧 여든 살이 될 그의 건강이 우려되기도 합니다."

한스 레넌의 말에 배도빈이 고개를 끄덕였다.

"그래서 동원할 수 있는 모든 것을 투자하고 있습니다. 푸르트벵글러가 일어날 때부터 잠들 때까지 각 분야의 전문가가 케어하고 있습니다."

한스 레넌과 기자들은 배도빈이 푸르트벵글러의 건강을 각별히 신경 쓰고 있다 정도로 받아들였다.

그들로서는 밤 10시만 되면 강제로 침대에 누워야 하고, 아침 7시면 납치당해 공원에서 산책해야 했던 빌헬름 푸르트벵글러의 입장을 알 수 없었다.

육식 동물이나 마찬가지였던 그가 적절한 양의 육류를 섭취하면서 동시에 적당한 운동과 채식을 겸하니 날로 건강해질 수밖에 없었다.

더군다나 최고의 진료진이 그의 몸을 빠짐없이 관리하니, 그 탓에 푸르트벵글러가 아무리 꾀병을 부려도 통할 리가 없었다.

배도빈이 머리를 옆으로 넘기곤 마이크를 쥐었다.

기자회견을 연 목적으로 돌아간 그는 새로운 베를린 필하모닉을 차분히 설명했다.

"지난 1년간 준비했던 해상 오케스트라 프로젝트가 막바지에 이르렀습니다. 아시다시피 모레, 함부르크에서 진수식을 가질 예정입니다."

배도빈이 잠시 말을 멈추자 NBC의 김준용 기자가 손을 들어 발언권을 얻었다.

"준비하고 계신 실내악단 공연도 함께라 들었습니다. 자세한 일정 부탁드립니다."

"네. 찰스 브라움, 나윤희, 다니엘 홀랜드, 왕소소, 스칼라,

진달래 외 3명으로 구성된 실내악단이 진수식 자축 무대에서 첫 공연을 가질 예정입니다. 다음 주부터는 정규 일정에 편성되어 다양한 음악을 들려드릴 계획이고요."

배도빈이 신호를 주자 이자벨 멀핀이 리모콘을 조작해 베를린 필하모닉의 크루즈, '푸르트벵글러호'의 사진을 스크린에 띄웠다.

167,000톤의 초대형 크루즈 푸르트벵글러호는 승무원만 1,500명에 달하는 어마어마한 규모를 자랑했다.

안내 자료에 소개된 푸르트벵글러호의 길이는 350미터, 폭 50미터에 18층 건물 높이를 보유했으며.

그 막강한 규모를 확인한 기자들은 깜짝 놀라고 말았다.

ㄴ이름 누가 지었냨ㅋㅋㅋㅋ

ㄴ난 왜 푸르트벵글러가 안 나온지 알 것 같닼ㅋㅋㅋㅋ

ㄴ누가 봐도 부끄러워서 안 나온 거잖앜ㅋㅋㅋㅋㅋ

ㄴ배도빈 자랑스러워하는 것 봨ㅋㅋㅋㅋ

ㄴ사인: 부끄러움.

푸르트벵글러호는 특별한 콘서트홀을 보유해, 다른 초대형 크루즈에 비해 객실은 적었으나 약 4,000명의 승객을 소화할 수 있었다.

기자들의 질문이 쇄도했고.

관련 질문은 이자벨 멀핀 부장에 의해 답변되었다.

'세상에나.'

'WH해운과 협력했다더니 과연.'

짧지 않은 시간이 흘렀음에도 회장의 분위기는 좀처럼 가라앉지 않았다.

정말 바다 위의 오케스트라라는 이름이 부족하지 않을 정도로 푸르트벵글러호의 구조와 설비는 완벽해 보였다.

베를린 필하모닉은 준비한 이야기를 모두 발표한 뒤, 기자들에게 자유 발언 시간을 주었다.

그러자 기자들은 찰스 브라움과 나윤희를 중심으로 한 '베를린 필하모닉 밴드'와 '푸르트벵글러호'에 관하여 질문하기 시작했고.

그 궁금증이 조금씩 해소되자 잠시 잊고 있던 것을 떠올렸다.

베를린 필하모닉과의 우호적인 관계를 무너뜨리고 싶지 않은 기자들이 서로 눈치만 보던 중..

그래모폰의 한스 레넌 기자가 용기를 내 질문을 던졌다.

"최근 부수석 자리에 오른 한스 이안에 대한 폭행 사건이 화두입니다. 그에 대한 베를린 필하모닉의 입장을 듣고 싶습니다."

다소 흥분했던 분위기가 무겁게 가라앉았다.

그러나 베를린 필하모닉으로서도 확실히 짚고 넘어가야 할 문제였기에 이자벨 멀핀 부장은 준비했던 멘트를 떠올리며 배도빈을 보았다.

그가 고개를 끄덕였다.

허락을 받은 이자벨 멀핀이 한스 레넌 기자의 질문에 답하기 시작했다.

"언론사 레 자미의 보도 후 저희는 내부적으로 사건의 진위를 파악했습니다. 당시 한스 이안 부수석과 함께 있었던 이승희 수석과 사건 장소의 점장에게 사실을 확인한 바, 한스 이안 부수석이 일방적으로 폭행당했음을 알 수 있었습니다. 베를린 필하모닉은 그를 도와 법적 책임을 물 예정입니다."

"악단으로서의 움직임도 있다고 들었습니다."

"네. 베를린 필하모닉은 조작된 기사를 통해 상당한 피해를 받았습니다. 레 자미는 그들의 행동에 책임을 져야 할 것입니다."

이자벨 멀핀의 단어 선택은 노골적으로 레 자미를 적대시하고 있었다.

기자들이 다급히 손을 들었다.

이자벨 멀핀이 한 기자를 지목했다.

그는 일어서 예를 갖추었다.

"한스 이안 부수석과 공연에 관련한 일은 유감입니다."

서두를 던진 기자가 던진 발언에.

배도빈의 눈썹이 꿈틀거렸다.

"그러나 찰스 브라움과 최근에 합류한 소프라노 진달래에 관한 일도 고소를 진행하신다고 알고 있습니다. 앞선 이야기와 달리 그들에 대한 기사는 지나친 반응이 아닐까 싶습니다."

"지나치다?"

배도빈이 나섰다.

그 반응에 남자는 순간 움찔했지만 자신의 신념을 굽히진 않았다.

"팬들은 베를린 필하모닉에 관해 알고 싶어 합니다. 언론은 대중이 원하는 정보를 알릴 의무가 있고요. 베를린 필하모닉이 공인으로서 좀 더 자각을 가지셨으면 합니다."

한 기자의 용기 있는 발언은 베를린의 마왕을 자극하기에 충분했다.

"성함이 어떻게 되시죠?"

"마크지의 벤 도리토스입니다."

"네, 도리토스 씨. 아마 레 자미도 같은 생각을 하는 듯한데. 도리토스 씨도, 그자들도 착각하고 계신 듯합니다."

"무엇을……."

"저를 포함한 베를린 필하모닉의 그 어떤 사람도 공인이 아닙니다. 공인은 시의원이나 경찰서장 같은 공적인 일을 하는 사람이죠. 베를린 필하모닉이 언제부터 국가기관이었습니까?"

"하지만."

"공개적인 일을 한다고 해서 공인이 아닙니다. 그들은 개인으로서 본인의 일을 하고 있을 뿐이에요. 착각하지 마세요."

"베를린 필하모닉의 영향력은 이미 전 세계, 남녀노소를 가리지 않고 있습니다. 그런 상황에서 책임은."

"도리토스 씨는 단순한 흥미로 WH나 미시시피의 홍보팀 직원이 누구와 데이트하는지 언론에 알려지는 게 옳다고 생각하십니까?"

세계적 영향력을 따지면 WH와 미시시피에 비할 바가 아니었다.

"정당한 일이라고 생각하십니까?"

배도빈의 연이은 질문에 벤 토리토스의 말문이 막혔다.

"분명히 하죠."

배도빈은 도리토스를 보는 대신 카메라를 응시했다.

기자회견을 지켜보고 있는 수많은 쓰레기 언론을 향한 말이었다.

"가장 오래 자리를 지켰던 푸르트벵글러부터 가장 최근에 입단한 진달래까지 단지 음악 하는 사람일 뿐입니다."

배도빈의 어조는 명확했다.

"우리 같은 사람은 팬 덕분에 존재합니다. 그렇기에 우리와 팬 사이를 연결해 주는 도리토스 씨와 같은 언론인들께는 항상 감사하고 있습니다."

말하는 바도 분명했다.

"그러나 누구와 데이트를 하는지, 엉덩이가 어떤지 같은 개인적인 일이 강제로 드러났을 때, 당사자가 얼마나 큰 상처를 받을지 고려해 보시기 바랍니다."

그것은 경고였다.

"그와 별개로. 악의적 의도를 가지고 거짓 기사를 써내는 것은 좌시하지 않겠습니다."

배도빈이 주변을 둘러본 뒤 말을 마무리했다.

"이상입니다."

그가 자리에서 일어나 회장을 빠져나가자 기자들도 바삐 움직이기 시작했다.

진수식 하루 전.

"우와아아아!"

"이거 정말 장난 아니잖아?"

"크하하학! 그래! 이 정도는 해줘야지!"

"엄청 크다!"

푸르트벵글러호를 처음 접한 피셔 디스카우, 진 마르코, 마누엘 노이어 그리고 한스 이안은 두 눈을 빛내며 주먹을 불끈 쥐었다.

진 마르코와 한스 이안이 눈을 마주쳤고.

누가 먼저라 할 것 없이 푸르트벵글러호로 뛰기 시작했다.

그 모습을 보던 이승희가 한숨을 내쉬었다.

"애도 아니고."

그러고는 시선을 옮기자 눈을 반짝이는 왕소소를 볼 수 있었다.

그 옆에 나란히 서 있는 나윤희와 나카무라 료코, 진달래도 별반 다르지 않았다.

"맛있을 것 같아."

왕소소가 군침을 다시며 말했다.

호화로운 크루즈를 보고 갖은 요리로 화려하게 차려진 식탁을 연상하는 왕소소의 사고회로를 이승희가 이해할 수 있을 리 없었다.

"맛?"

"빨리. 빨리 가자. 응?"

진달래가 발을 동동 굴렀고 나윤희와 료코가 고개를 격하게 끄덕이며 이승희를 끌었다.

결국 한스 이안 일행과 함께 가장 먼저 크루즈에 올라탄 다섯 사람은 선수로 달려갔다.

"타이타닉이야! 타이타닉!"

"불길한 말 하지 마!"

"저기 서봐. 어어. 오케이. 찍는다?"

그들뿐만이 아니었다.

오늘 하루.

베를린 필하모닉은 진수식에 앞서 전 단원과 직원 그리고 그 가족들을 대동해 연회를 열었다.

"어머나. 세상에."

"아빠! 빨리, 빨리!"

모두 들뜬 마음으로 베를린 필하모닉의 또 다른 집을 구경했다.

그러나 단 한 명.

심기가 불편한 남자가 있었으니, 위대한 지휘자 빌헬름 푸르트뱅글러가 오늘만 네 번째 투덜댔다.

"이름 바꿔."

"안 돼요. 저기에 페인트칠 다시 하는 데만 얼마가 드는 줄 아세요?"

"그러니까 미리 말을 했어야지! 당장 바꿔!"

"니아가 보기엔 어때요?"

"응. 멋있네. 현역으로 뛰고 싶을 정도야."

배도빈이 무시하고 말을 돌리자 빌헬름 푸르트뱅글러가 노발대발했다.

"이런 짓은 나 죽고 나서 해! 왜 멀쩡히 살아 있는데 이딴 짓을 해서 민망하게 해?"

"죽으면 모르잖아요."

"모르고 싶다!"

그때 카밀라 앤더슨이 푸르트뱅글러의 손등을 꼬집었다.

깜짝 놀란 푸르트벵글러가 잠시 불평을 멈췄고, 카밀라는 배도빈을 보며 싱긋 웃었다.

"좋아서 그래. 쑥스러워서 괜히 화내는 거 알지?"

"그럼요."

"흥."

푸르트벵글러가 콧김을 내뿜자 배도진이 그를 올려다보며 물었다.

"할아버지 왜 화났어?"

"알 것 없다."

푸르트벵글러가 배도진의 머리를 헝클어놓았다.

목을 움츠리며 그것을 받아낸 배도진은 천진난만하게 웃었다.

"알 것 같아. 머리카락 없어서 화난 거지?"

이웃집 꼬마의 말에 푸르트벵글러의 얼굴이 기괴하게 뒤틀렸다.

그가 설명을 요구하듯 내려다보니 배도진이 한 번 더 웃으며 말했다.

"연구실에 있는 사람들도 머리카락 빠진다고 화내."

"머리카락으로 스트레스받은 날이 언젠지 이젠 기억도 안 나는구나."

"어?"

"머리카락이 있던 삶보다 없었던 날이 더 길었으니 말이다."

푸르트벵글러의 말에 배도진이 눈과 입꼬리를 내렸다. 잔뜩 우울해진 탓에 나이 많은 친구의 손을 꼭 잡아주었다.

"내가 꼭 머리카락 낫게 해줄게."

"……."

형제가 돌아가며 놀리는 듯한데.

그것이 호의라는 걸 알기에 푸르트벵글러는 좋아해야 할지, 화를 내야 할지 알 수 없었다.

한편.

배에 오른 니아 발그레이와 제인 에스터 부부도 갑판 난간에 몸을 기대고 주변을 살폈다.

"신기해요."

아내의 말에 니아 발그레이가 고개를 돌렸다.

"아닌 척해도 다들 걱정했잖아요. 재정난에 푸르트벵글러 선생님도 안 좋으셨고. 또……."

제인 에스터는 니아 발그레이의 귀와 손에 이상이 생겼을 때 세상이 무너지는 것만 같았다.

사랑하는 남편에게 닥친 불행을 어찌 이겨내야 할지 조금도 알 수 없었다.

그런 상황에서도 악단의 미래를 걱정하던 남편이 야속하기도 했다.

"그러게요."

니아 발그레이가 웃으며 제인 에스터의 손을 잡았다.

아내의 말대로 몇 년 전만 해도 베를린 필하모닉은 미래가 불투명했다.

조금씩이지만 문제가 드러나기 시작한 재정 문제와 무리한 일정으로 건강을 해친 빌헬름 푸르트벵글러.

그런 상황에서 차기 상임 지휘자였던 본인마저 은퇴해야 했었다.

"모두 도빈이 덕분이죠."

제인 에스터가 남편과 마주 잡은 손을 앞뒤로 움직였다.

"처음 집에 왔을 때만 해도 정말 작았는데. 어느새 저렇게 컸네요. ……키도 조금 자랐나?"

조금 떨어진 곳에서 가족들과 이야기 나누고 있는 배도빈을 보았다.

"그런가요?"

"그런 거 같아요."

한참을 관찰하던 부부는 웃었다.

"당신이 캐논을 넘긴다고 했을 때는 그 어린 아이가 감당할 수 있을까 싶었는데. 지금은 저렇게 훌륭히 자라서 악단을 이끄는 걸 보면 정말 신기해요."

"잘 넘긴 것 같죠?"

"네. 잘했어요."

제인 에스터가 손을 들어 잡고 있던 남편의 손등에 입을 맞췄다.

♪

레 자미의 알롱 앙리는 지금껏 참아왔던 분을 토해내기라도 하듯 기사를 써댔다.

클래식 음악의 광팬이었던 그가 쌓아온 정보량은 방대했고.

그가 써낸 기사는 팬들뿐만 아니라 동종 업계인마저 놀라게 할 정도였다.

"아니, 좀 아니지 않나?"

"글쎄, 뭐. 난 신기하더만. 마에스트로 푸르트벵글러와 카밀라 앤더슨 국장이 그런 관계인 줄 누가 알았겠어?"

"그게 이상하단 말이야. 대체 어떻게 안 거야? 내부에 소식통이라도 있나?"

"거야 모르지."

"그나저나 베를린 필하모닉에 관련한 일만 벌써 4번째야. 슬슬 움직임이 있을 것 같은데."

"자네 정말 답답하군. 오늘이 기자회견 날이잖아. 당연히 오늘 경고하겠지."

"아. 그랬나?"

"아무튼 정말 뭔 배짱인지 몰라도 단단히 미친놈이야. 배도
빈 공격했다가 살아남은 곳이 없는데."

"시원하고 좋던데. 내가 못 쓴 거, 대신 써주잖아. 하핫."

기자들은 배도빈의 베를린 필하모닉에 관련한 가십거리를
토해내는 알롱 앙리와 레 자미가 조만간 보복당할 가능성이
높다고 판단했다.

그러한 사실을 레 자미의 기사를 내주는 잡지와 사이트에
서 모를 리 없었지만.

단지 '장소'를 제공할 뿐인 그들로서는 화제성 있는 알롱 앙
리의 기사를 거절할 이유가 없었다.

모든 책임은 그와 레 자미에 있기 때문.

레 자미의 대표 에드가 린셴은 그러한 걱정을 접어놓고 있
을 수 없었다.

"앙리, 인제 그만하자. 할 만큼 했잖아."

"아니에요. 겨우 관심받기 시작했는데 여기서 끝내면 아무
것도 안 된다고요."

"너 정말 이럴 거야?"

"린셴이야말로 다시 생각해 봐요. 지긋지긋하지도 않아요?
당장 다음 달 월세 못 내면 우리 둘 다 길거리에 나앉아야 한
다고요."

"그렇다고 남한테 피해 줘도 되는 건 아니잖아."

"……."

"우리, 이러려고 이 일 시작한 거 아니잖아."

린셴은 무척 슬펐다.

그녀의 마음이 얼굴에 그대로 드러나 앙리는 린셴의 눈을 바로 볼 수 없었다.

앙리가 고개를 숙였다.

"맞아요."

"응. 정직하게 살자. 열심히 하면 언젠가 꼭 인정받는 날이 올 거야."

마음을 다진 두 사람은 싸구려 커피를 나눠 마셨다.

그러고는 린셴은 정정 기사를 쓰기 위한 준비를, 앙리는 취재를 하기 위해 나서려던 차.

아침까지만 해도 없었던 우편이 눈에 띄었다.

'뭐지?'

알롱 앙리가 의아해하며 우편물을 꺼냈고 그 순간 얼어붙었다.

출석 요구서.

그는 다급히 사무실로 돌아가 린셴을 불렀다.

"린셴. 린셴!"

"아직 안 갔어?"

사색이 된 앙리를 본 린셴도 순간 불길한 느낌을 받았다. 앙리가 넘긴 우편물을 다급히 뜯었고 이내 우려하던 일이 벌어졌음을 알 수 있었다.

"어, 어떡하죠? 설마 정말 고소할 줄은."

린쏀은 안절부절못하는 앙리를 탓했다.

"정말 몰랐어?"

대답할 수 있을 리 없었다.

"죄송해요."

린쏀은 최대한 이성을 유지했다.

레 자미의 이름으로 낸 기사인만큼 본인에게도 책임이 있다고 생각했다.

그녀 스스로도 혹시나 괜찮지 않을까 하는, 지긋지긋한 가난에서 벗어나고 싶다고 생각했기에 앙리를 더 적극적으로 말리지 않았고.

그런 자각도 있었다.

'함께 책임져야 해.'

더욱이 이런 일로 그를 버리기엔 함께한 시간이 너무나 소중했다.

"할 수 있는 일은 해봐야지. 일단 사과, 정정 기사부터 서두르자. 오늘 취재는 포기하고 기사부터 준비해."

"네."

똑똑-

두 사람이 다시금 마음을 다잡으려던 순간, 노크 소리가 났다.

누가 찾아오는 일은 정말 드물었기에 린센은 의아해하며 문을 열었다.

동시에 두 눈을 크게 떴다.

마피아 보스처럼 생긴 남자가 부하처럼 보이는 남자 둘을 대동하고 서 있었다.

'JH 최우철 대표.'

얇고 긴 눈썹과 날카로운 눈.

선 굵은 코와 턱.

다소 비웃는 듯 린센을 내려다보고 있는 남자는 거물 중의 거물이었다.

언론인으로서 살아왔던 에드가 린센이 최우철을 못 알아볼 리 없었다.

'이 사람이 대체 왜?'

굴지의 사업가이자.

그와 적대하고 살아남은 자는 영국의 명문, 버만 가의 차남뿐이라고 알려진 위험한 남자.

베를린 필하모닉의 고소에 더해 이해할 수 없는 방문이 이어지자 에드가 린센은 그대로 굳어버리고 말았다.

최우철이 입을 열었다.

"에드가 린센 대표신가?"

"……네. 그렇습니다."

최우철이 린셴의 어깨 너머로 사무실을 둘러보았다. 그러고
는 알롱 앙리를 발견했다.

그 역시 린셴과 다르지 않게 잔뜩 긴장하고 있었다.

"그쪽이 용감한 기자인 듯하군."

"네, 네?"

"알롱 앙리. 최근 재밌는 기사를 여럿 쓰던데."

그 말에 앙리와 린셴이 서로를 바라보며 침을 꿀꺽 삼켰다.

배도빈과 최지훈의 관계로 보아 베를린 필하모닉과 JH는 일
반적인 사업 파트너 이상일 수밖에 없었다.

설마 하는 상상을 하고 있을 때.

최우철이 숨을 들이쉰 다음 불쾌하다는 듯 말했다.

"찾아온 성의를 봐서 자리 좀 마련해 줬으면 싶군."

"아, 네. 네. 이, 이리로."

최우철이 동행한 남자 둘에게 밖에서 대기하라고 당부한
뒤, 린셴의 안내를 받았다.

린셴은 허둥지둥 원탁 테이블을 대충 정리했고 앙리는 손을
바들바들 떨며 싸구려 커피를 내왔다.

단 향이 물씬 풍겼다.

최우철은 커피 향을 맡아보곤 인상을 썼다.

"여긴 어쩐 일로……"

"인스턴트도 괜찮은 제품이 있을 텐데."

최우철이 종이컵을 내려놓으며 린센의 말을 무시했다.

싸구려 인스턴트커피라도 아껴 마시고 있었기에 앙리의 얼굴이 붉어졌지만 최우철은 조금도 신경 쓰지 않고 사무실을 둘러보았다.

8평이나 될까.

정리조차 제대로 되어 있지 않아 협소한 사무실이 더 좁아 보였다.

"그래. 이러니 갑자기 그런 기사를 쓸 만도 하지."

정곡을 찌르는 말에 린센과 앙리가 이를 꽉 물었다.

"기사가 많이 읽힐수록 원고료도 올라갈 테고 광고도 붙을 테니까. 최근 레 자미가 발표한 몇몇 기사는 인상적이었어."

"저…… 그 일에 관해서라면 이젠."

린센이 입을 열었다.

사무실을 둘러보고 있던 최우철이 린센에게 시선을 고정했다.

"이젠?"

"네. 이젠 그런 기사 안 쓰겠습니다. 그러니까. 저……."

"아니. 그러면 쓰나."

최우철의 말에 린센과 앙리가 바들바들 떨었다.

사람 몇 명은 죽였을 것 같은 아우라에, 그들은 정말 죽을지도 모른다고 생각했다.

"어차피 베를린 필하모닉이 가만있지 않을 건 예상하지 않았나? 그 좋던 배짱은 어디 가고 그만두겠다고 하나."

말을 하던 최우철이 소장을 발견하곤 빙그레 웃었다.

그것을 집어 들자 린센과 앙리가 침을 꿀꺽 삼켰다.

"일 처리가 빨라. 벌써 소장을 받을 정도면 첫 기사가 나오자마자 움직인 것 같은데."

혼자서 중얼거리던 최우철이 린센을 보았다.

차갑고 강렬한 눈빛에 린센은 이 남자가 대체 무슨 짓을 할지 좀처럼 알 수 없어 그저 벌벌 떨 뿐이었다.

"아마 피해액은 100만에서 200만 유로 사이로 책정했겠지. 어때. 지불할 능력은 있나?"

"배, 백만이요?"

"물론 개인별 고소는 따로 진행되겠지. 영세한 언론인이 감당하기엔 턱없이 큰 액수일 것 같아 애석하군."

최우철이 고개를 저었다.

"자네들처럼 용기 있는 언론인이 한때의 치기로 무너지는 게 너무나 가슴 아프네."

'거짓말.'

누가 봐도 거짓말이었다.

"하지만 죄를 지었으면 책임은 져야겠지. 다시 한번 묻지. 지불할 능력은 있나?"

그럴 리 없다는 걸 뻔히 알면서도.

최우철은 대답을 강요했다.

지독히도 고압적인 태도에 에드가 린셴이 겨우 입을 열었다.

"없습니다……."

"그렇군. 정말 안타까워."

최우철이 일어나 주변을 살폈다.

낡은 테이블을 만지고.

"학부생 때부터 함께했던 친구와의 소중한 사무실."

딱딱하게 굳은 바게트를 보며.

"이상과 현실의 괴리."

구시대의 유물이나 마찬가지인 CRT 모니터를 신기하게 살피곤 애석함을 드러냈다.

"현실의 벽에 막혀 살아보려고 발버둥 쳐 본 것 아닌가. 이대로 모든 걸 잃고 사라지기엔 당신들의 배짱과 능력이 아까워."

린셴과 앙리는 당황했다.

최우철이 뒷조사라도 한 듯, 마치 자신들의 삶을 아는 듯이 말하기 때문이었다.

"그건 어떻게."

"아니지."

"네?"

"해야 할 말은 따로 있잖나."

최우철이 상냥하게 웃었다.

"살려달라 해보게."

가난하다고, 힘이 없다고 우습게 보인 건가.

앙리가 울컥했다.

"그게 무슨!"

"앙리."

린셴이 그를 막아섰다.

저지당한 앙리는 얌전히 자리에 앉았지만 얼굴에 불쾌한 기색이 역력했다.

최우철은 그 모습만 봐도 그가 어떤 생각으로 베를린 필하모닉을 공격했는지 알 수 있었다.

'어려.'

미숙했다.

그러나 저러한 치기가 있기에 대담하게 활동할 수 있었을 터.

지금 최우철에게는 앙리와 같이 이것저것 재지 않고 돌격할 사람이 필요했다.

게다가 신중한 인간이 함께 있으니 이보다 좋은 도구는 없을 거라 여겼다.

최우철이 고민하는 에드가 린센을 내려다보았다.

'무슨 의도지?'

린센은 최우철이 무슨 이유로 찾아왔는지 알 수 없었다.

살려달라고 하라니.

고압적인 태도에 당황하지 않을 수 없었다.

다만 적어도 최우철 본인이 직접 움직인 만큼 중대한 일이라는 건 알 수 있었다.

무엇이든 꿰뚫어보는 듯한 눈빛은 무서웠지만.

그의 말대로 지금은 살고 봐야 했다.

이대로라면 '레 자미'와 앙리 그리고 본인은 빚더미에 짓눌려 숨조차 제대로 못 쉴 것 같았다.

'어떡하지.'

신중하면서도 신속해야 했다.

생전 처음 보는 사람이 아무 이유 없이 도와줄 리 없었기에, 린센은 작은 정보라도 얻고자 했다.

혹시나 위험한 일에 빠지진 않을까, 최우철을 경계하며 입을 열었다.

"도와주실 수 있나요?"

최우철이 씩 하고 웃으며 안주머니에서 시가를 꺼냈다. 잎을 고르는 손동작에서 여유로움이 묻어나왔다.

"기사를 좀 내줘야겠어. 장기간."

'역시.'

사업가가 언론인에게 요구할 것은 그 정도.

예상대로였기에 린센은 속으로 낙담했다.

'굳이 우리를 찾을 정도면 구린 일일 게 뻔해.'

최우철 정도 되는 남자라면 어떤 루트든 거래하고 있는 언론사가 있을 테고, 레 자미를 찾을 이유는 없었다.

굳이 이유를 생각해 보자면 드러낼 수 없는 일일 터.

위험을 늘릴 순 없었다.

"청부 기사는 받지 않습니다."

린센이 단호히 거절했다.

최우철이 어떤 기사를 요구할지 몰라도 무엇이든 상관없었다.

언론인으로서의 신념과 양심을 지키자고 이제 막 다짐했던 차였다.

"200만 유로를 주지."

"감사합니다."

린센의 즉답에 최우철이 빙그레 웃고는 핸드폰을 꺼냈다.

"그래. 가지고 들어와."

그가 통화하는 도중, 앙리가 린센을 잡아끌었다.

"갑자기 뭐예요!"

"200만 유로라고 하잖아! 거절할 수 없었다고!"

"청부 기사 안 받는다면서요! 30분 전에 양심적으로 살자고 했잖아요!"

"그럼 배상은 어떻게 하게! 베를린 필하모닉에서만 100만 유로 이상을 요구할 거라잖아!"

"그건."

사무실 한쪽 구석에서 소리 죽여 아웅다웅하는 그들이 잠시 한숨을 내쉴 때.

TV에서는 베를린 필하모닉의 기자회견이 생중계되고 있었다.

-결코 좌시하지 않을 겁니다.

배도빈의 말과 함께 두 사람은 침을 꿀꺽 삼켰다.

사무실이자 보금자리로 날아든 출석 요구서와 함께 그들의 머릿속에는 어마어마한 액수의 배상액이 맴돌았다.

"해야 해."

린셴이 양손으로 앙리의 얼굴을 쥐곤 다짐하듯 말했다.

"게다가 최우철이 직접 온 일이야. 200만 유로를 주면서까지 직접 의뢰하는 일이라고. 안 한다고 하면 어떻게 될 것 같아?"

앙리가 여전히 통화를 나누고 있는 최우철을 슬쩍 보았다.

"위험한 일일 게 뻔하다고요."

"알아. 그러니까 해야 하는 거야."

"네?"

"위험하고 감춰야 할 일이니까 우리한테 왔겠지."

앙리는 린셴의 말에 고개를 끄덕였다.

그러니 하지 말아야 한다는 뜻이었지만 린센의 생각은 달랐다.

"맡으려는 사람이 거의 없을 거야. 영향력 있는 사람 중에 괜한 모험을 하고 싶은 사람이 있을 리 없으니까. 그러니까 우리한테 찾아온 거라고."

잠시 머리가 돈 알롱 앙리 덕분에 최근 한 달간 레 자미는 제법 주목받고 있었다.

"우리가 필요한 이상 저 사람도 우릴 보호할 거야. 적어도 원하는 단계에 이를 때까지는. 차라리 일 처리 잘해서 쓸모 있게 여겨지는 게 나아. 최우철한테 보호받으면 어지간해선 안전할 거라고. 돈도 들어오고."

"의뢰를 받지 않으면 위험할 일도 없잖아요!"

"그럼 굶어 죽겠지."

앙리의 말문이 막혔다.

"어차피 빚더미에서 허우적대다 죽을 거면 한번 걸어보자고."

"……미안해요, 린센. 나 때문에."

"이미 벌어진 일이야."

린센과 앙리가 우정을 다졌다. 그리고 본인들의 안전을 위해 몰래 녹음기를 틀어놓았다.

때마침 최우철과 함께 방문했던 남자 중 한 명이 사무실에 들어섰다.

그는 서류 가방을 전하곤 나가면서 오들오들 떨고 있는 린센과 앙리를 노려보았다.

얌전히 말을 들어야만 할 것 같아, 린센과 앙리는 다소곳이 자리에 앉았다.

"자료는 이쪽에서 준비했으니 자네들은 열심히 알리기만 하면 돼."

"……."

최우철의 말에 린센이 머뭇거렸다.

그 안에 든 내용이 너무나도 궁금했지만 열어 확인하는 순간, 돌이킬 수 없는 일이 되었다.

최우철이 의뢰할 일을 확인하고도 함께하지 않는다면 그가 무슨 방법으로 입막음을 하려 할지 알 수 없었기 때문이었다.

그녀가 숨을 크게 들이마셨다.

'그래. 이 방법밖에 없어.'

각오를 마친 린센이 잔뜩 긴장한 채 최우철을 보았다.

"확인하겠습니다."

최우철이 고개를 끄덕였다.

흔들리는 눈빛을 보니 굳이 경고하지 않아도 될 것 같았다.

그의 예상대로 린센은 가방 안을 확인하자마자 몸을 떨었다.

내용은 버만 가문이 그들의 이득을 위해 자국 내 여론을 조작, 브렉시트를 의도했다는 내용이었다.

린센의 손과 눈이 다급해졌다.

'미쳤어.'

영국의 명문, 버만 가문의 주 수입은 군사 산업이었다.

500억 달러에 육박하는 영국 국방비의 27퍼센트가 버만 인더스트리와 연관되어 있었고 버만 가문의 수입원에는 한 가지 비밀이 더 있었다.

그것은 북아일랜드(영국령)와 아일랜드의 분쟁에 버만 가문이 개입하고 있었다는 사실.

영국과 아일랜드 두 국가 모두에게 무기를 대고 있는 버만 인더스트리로서는 영국 잔류를 바라는 연합주의자와 아일랜드와의 통합을 바라는 민족주의자들이 계속해서 분쟁을 이어나가야만 했다.

그러나 EU가 체결되면서 북아일랜드와 아일랜드의 왕래가 자유로워지며 충돌이 다소 줄어들었는데.

버만 인더스트리가 영국의 EU 탈퇴를 의도하면서 다시금 분쟁이 시작된 것.

브렉시트 이후 성장한 영국 회사는 버만 인더스트리와 그 관련 업체뿐이라는 정보가 담겨 있었다.

'사실이야?'

린셴은 입을 다물 수 없었다.

브렉시트 이후 영국은 최악의 상황으로 치닫고 있었다.

EU로서의 혜택에서 철저히 단절된 영국은 심각한 경제적 문제를 앓았고 그것은 해결되지 않은 채 지난 4~5년간 누적될 뿐이었다.

높은 세율을 맞은 무역은 날로 줄었으며 파운드화는 자꾸만 가치를 잃어갔다.

실업율은 사상 최고를 분기마다 경신했고 영국인들의 삶은 이미 망가질 대로 망가져 있었다.

뒤늦게 사태의 심각성을 인지했지만 상황이 나아질 리 없었다.

돌이킬 수 없는 일에 책임질 사람도 없었다.

'설마.'

아무리 돈에 미친 작자들이라 해도 이런 짓까지 할까.

린셴은 어쩌면 최우철이 조작한 내용일지도 모른다고 생각했다.

'수출이 어려워지면 결국 버만 인더스트리도 손해잖아.'

그러나 사실 판단을 할 수 없는 지금.

에드가 린셴은 최우철이 굳이 브렉시트와 버만 가문을 연결 지어야만 하는 이유 정도만 고려해 볼 수 있었다.

'대체 왜?'

린셴이 힐끔 눈만 움직여 맞은편의 남자를 보았다.

이 자료가 보도되었을 때의 반응은 감히 상상할 수 없었다.

버만 가문은 유럽 대륙 전체를 적으로 돌리게 될 테고, 영국인과 아일랜드인들은 그들을 역적으로 취급할 게 뻔했다.

그로 인해 그들이 무슨 일을 겪게 될지는 아무도 예상할 수 없었다.

린센은 버만 가문이 몰락함으로써 최우철이 얻을 이득을 생각해 보았지만 좀처럼 알 수 없었다.

이미 버만 가문의 차남, 제임스가 이끄는 인터플레이는 사업 종료를 직전에 두고 있을 정도로 JH에 참패하였다.

미국에서 여러 일을 시도하고 있지만 그마저도 그리 여의치 않다고 알고 있었다.

이런 일을 벌일 만한 이유는 조금도 없었다.

'물어보고 싶지만.'

그 이유를 알았다가는 제 명에 살 수 없을 게 뻔한 일.

린센은 최우철이 왜 자신을 찾아왔는지 알 것 같았다.

이런 미친 일을 할 만큼 절박한 사람이 필요했던 것.

그런 의미에서 린센과 앙리는 최고의 선택지였다.

최근 갑자기 인기를 끌게 되었으며 그러면서도 힘이 없어 어느 순간 사라지더라도 아무도 이상하게 여기지 않을 언론사.

그들은 최우철에게 너무나 좋은 도구였다.

동시에.

언론인으로서도 무시할 수 없는 일이었다.

만약 이것이 사실이라면, 에드가 린센과 레 자미는 일생일대의 특종을 단독보도할 기회를 맞이한 것이었다.

긴 고민 끝에.

레 자미의 대표 에드가 린센이 입을 열었다.

"하겠습니다."

최우철이 빙그레 웃었다.

곧장 두 남자가 사무실로 들어왔고 그들은 또 다른 가방을 테이블 위에 두었다.

그것을 열어 린센을 향해 보이자 가방 가득한 지폐가 영롱한 자태를 뽐냈다.

린센이 침을 꿀꺽 삼켰다.

굳이 현금을 준비한 이유를 이해하고 있기 때문이었다.

'거래 기록은 남기지 않겠다는 거야.'

동시에 최우철이 넘긴 자료가 추적할 수 있는 파일 형식이 아니라는 것도 같은 이유일 터.

최우철이 성냥을 꺼내 시가에 불을 붙였다.

"시기는 이쪽에서 고지해 주지. 넉넉잡아 6개월 정도면 될 거야. 프랑스어, 독어, 영어로 준비해 두게."

"알겠습니다."

"그리고 이 사무실은 보안에 너무 취약하군. 호텔을 잡아두 었으니 앞으로는 그쪽에서 생활하고."

최우철의 배려는 마치 일하다 죽고 싶지 않으면 숨어 있으라는 말 같았다.

그녀가 고개를 무겁게 끄덕였다.

"이해가 빨라서 좋군."

최우철이 담배 연기를 뿜으며 손을 들었다.

그러자 그와 함께 왔던 남자들이 사무실 창문을 열고 무엇인가를 제거하기 시작했다.

생전 처음 보는 물건이었다.

대체 언제 저런 걸 부착해 놓았는지도 알 수 없었다.

한 남자가 에드가 린센 앞으로 와 손을 내밀었다.

큰 턱은 움직이지 않았고 억센 손은 당장에라도 목을 조를 것 같았다.

에드가 린센은 스스로 녹음기를 꺼내놓았다.

남자는 녹음기를 받아든 후 그것을 그 자리에서 폐기.

에드가 린센과 앙리에게 핸드폰 케이스를 건넸다.

"연락은 이것으로 하시면 됩니다. 모든 일은 저를 통해 전달될 예정입니다."

"네……."

두 사람이 얼떨떨하게 핸드폰을 받았다.

최우철 일행이 떠나자 그가 있었다는 흔적이라고는 은은한 시가 냄새뿐이었다.

린센과 앙리는 풀썩 주저앉았다.

한편.

일을 마치고 나온 최우철은 자택으로 귀가하는 길에 아들로부터 전화를 받았다.

-아버지! 전화 받을 수 있으세요?

"아들 전화라면 언제든 받아야지."

-히힛. 오늘은 템포를 효과적으로 조절하는 법을 배웠어요. 크리스틴 지메르만 선생님은 정말 대단해요.

"허. 최고라더니 다행이구나. 손은 좀 어떻고."

-치료받고 있어요. 빨리 치고 싶어서 조금 답답하지만 견딜 만해요.

최우철은 피아노만 바라보며 살았던 아들이 얼마나 낙심하고 있을지 떠올리면 가슴이 찢어지는 듯했다.

"그래. 조금만 더 참자."

-네. 참. 그리고 저 도빈이네 크루즈 구경하러 함부르크에 가려고요.

"그러고 보니 그런 일이 있었구나. 진수식은 언제라더냐."

-곧이에요. 오늘 가서 구경 좀 하다가 전야제 파티에 참석하려 해요.

"그래. 재밌게 놀다 오너라."

-아버지는 오늘 뭐 하셨어요?

최지훈의 천진난만한 질문이 최우철을 기쁘게 했다.

"어려운 사람을 도왔단다."

-네?

"삶이 힘든 사람이 있더구나. 좌절하지 말고 열심히 살라고 도움을 줬지."

생전 남 좋은 일 하지 않던 아버지가 그런 일을 했다니, 최지훈으로서는 심히 걱정되었다.

-어디 아프신 건 아니죠?

"그럼. 아버지 걱정은 말고 넌 그저 푹 쉬고 손 낫는 것만 생각하면 돼."

-네. 그럼 또 전화할게요.

아들과 통화를 마친 최우철이 핸드폰을 들여다보며 미소 지었다.

눈에 넣어도 아프지 않을 아들.

아내 이지우와 함께 세상에서 가장 사랑하는 아들을 욕되게 하는 이는 그 누구도 용서치 않을 생각이었다.

2024년 6월 23일.

베를린 필하모닉이 주최한 푸르트뱅글러호 진수식은 호화롭고 성대하게 펼쳐졌다.

독일 및 주변 국가의 정·재계 유력 인사는 물론, 음악계의 거장들이 함께했다.

사카모토 료이치와 마리 얀스와 같은 리빙 레전드와 영화음악가 한스 짐 등 그 면면이 화려하기 그지없었다.

"오, 정말 몰라보게 좋아졌구만. 다행일세."

"껄껄. 죽다 살아났지."

마리 얀스가 사카모토 료이치를 반갑게 반겼다.

"요즘 바쁜 듯한데, 조만간 좋은 소식 들려주는 거 아닌가?"

"허. 누구에게 들었는가?"

"칼에게 들었네."

"껄껄. 그렇다면 모른 척할 수도 없겠구만. 호되게 앓고 나니 의욕이 넘쳐서 말일세. 아직은 공개할 이야기가 아니니 모쪼록 비밀로 해주시게."

"걱정 말게. 3년 뒤가 즐겁겠구만."

두 사람이 싱긋 웃었다.

"재밌는 말씀들 나누고 계신 듯합니다."

"루빈스타인!"

제르바 루빈스타인이 다가와 아는 체를 하자 사카모토 료이치가 그를 끌어안았다.

시카고 심포니를 지휘하는 그는 오랜 세월 사카모토 료이치와 음악적 교류를 나눴었다.

서로를 각별히 여기니 오랜만의 만남이 반가울 수밖에 없었다.

마리 얀스와도 악수를 나눈 제르바 루빈스타인이 주변을 둘러보며 감탄했다.

"베를린 필하모닉의 스케일에는 언제나 감탄할 뿐입니다. 투란도트에 이어 가을에는 피델리오까지 준비한다던데 참 대단해요. 음."

"껄껄. 그래서 답사차 온 겐가?"

"어떻게 하나 구경이나 하자는 뜻이지요. 선생님들도 그런 생각으로 오시지 않았습니까? 하하하."

"하하하하. 그렇지."

진수식에 방문한 음악가 모두 해상 오케스트라는 배도빈의 새로운 시도에 관심을 보였다.

정규 편성보다는 수가 적지만 A와 B에서도 선발한 이들로 구성된 C팀.

초대규모 오페라와 10명 이하의 소규모 실내악단 편성까지.

오케스트라가 할 수 있는 모든 것을 하려는 배도빈 체제의 베를린 필하모닉에게 무언가 영감을 받을 수 있을 거라 여겼다.

"젊어서 그런지 참으로 대담해."

마리 얀스가 웃으며 감탄했다.

경제적으로도 의식적으로도 베를린 필하모닉처럼 과감할 수 없는 그로서는 그저 신기하고 기쁠 뿐이었다.

음악에 새로운 시대가 도래했음을 물씬 느낄 수 있기 때문이었다.

"참. 그러고 보니 아리엘 감독의 신곡도 반응이 좋더군요."

"오오. 봄의 여신 말인가. 나도 즐겨 듣고 있네."

루빈스타인의 말에 사카모토가 맞장구쳤다.

"로스앤젤레스 필하모닉도 새 감독을 맞이해 여러모로 노력하고 있더군. 멋진 손자를 두어 뿌듯하겠구만?"

사카모토의 덕담에 마리 얀스가 웃음으로 화답했다.

"실은 나도 깜짝 놀랐네. 녀석이 그런 곡도 만들 수 있을 거라곤 생각 못 했지."

"껄껄. 인제 보니 자랑하고 싶었는데 참고 있었군."

마리 얀스가 손자 자랑에 열을 올리기 시작했다.

한편.

다른 기자들이 어떻게든 유명 인사들과 인터뷰를 나누고자 할 때, 이시하라 린만은 다른 곳에 주목하고 있었다.

"저긴 어디서 온 사람들이지?"

"어디요?"

"저기. 어린애들 같은데."

이시하라의 말에 시선을 돌린 카메라 기자가 의아해했다.

"셀럽만 온 줄 알았는데 그것도 아니네요. 아, 저기도 있어요. 더 어린데."

"……저기요! 저기요!"

수십 명의 어린아이의 정체가 궁금했던 이시하라의 시야에 베를린 필하모닉의 직원이 포착되었다.

푸르트뱅글러호의 승무원은 갑자기 자신을 붙잡은 동양인 기자 덕분에 깜짝 놀라 하마터면 들고 있던 접시를 떨어뜨릴 뻔했다.

"네?"

"아사히 신문에서 나왔습니다. 실례지만 잠시 말씀 좀 여쭤도 될까요?"

"아…… 네."

"저기 저 아이들은 어떻게 초청되었나요?"

이시하라의 질문에 고개를 돌린 직원이 아 하고 감탄사를 뱉었다.

"베를린 복지센터에서 온 아이들이에요. 보스께서 따로 초청하셨어요."

"복지센터?"

"네."

이시하라가 다시 한번 그들을 살피자 확실히 행동이 다른 사람과 조금 달라 보였다.

몸이 불편한 아이들의 무리도 있었고 그러진 않은 것 같지만 입학조차 안 한 어린아이들도 있었다.

이시하라 린이 거듭 물었다.

"어린아이나 장애인도 문화생활을 즐길 수 있도록 배려한 건가요?"

"네. 애초에 베를린 필하모닉 밴드도 그런 이유로 만들어졌으니까요. 아, 이만 가봐야 할 것 같아요."

직원이 서둘러 자리를 뜨자 이시하라 린이 고개를 갸웃했다.

"티켓이 비싸니까 초청한 거라 생각했는데 밴드 자체가 저 아이들 때문에 만들어졌다고?"

"배도빈 군에게 직접 물어보면 되잖아요."

"바쁘다고 상대 안 해준단 말이야."

"그럼 다른 사람은요?"

"다른 사람? 누구?"

"히무라 대표나 나카무라 위원장은 알지 않을까요?"

"그거다!"

이시하라 린이 핸드폰을 꺼내 히무라에게 전화를 걸었다.

-이시하라 씨?

"오랜만이네요! 잘 지내셨죠?"

-하하. 너무 편하게 있어 문제죠. 그런데 무슨 일로?

"아이참. 아시면서. 대표님도 푸르트벵글러호에 계시죠? 인터뷰 좀 부탁드리려고요."

-하하. 저 같은 퇴물에게 얻을 거 없을 텐데.

"그럴 리가요. 일본 클래식 음악계를 살린 장본인이자 최고의 매니지먼트를 이끄시는 분인데. 또 도빈이랑 제일 가까우시잖아요."

카메라 기자는 이시하라 린의 발린 말에 눈썹을 찡그렸다.

맞는 말이긴 하지만 대놓고 아부하는데 히무라 쇼우만 한 사람이 좋아할까 싶었다.

도리어 반감만 사지 않으면 좋겠다 싶었는데.

"네! 그럼 선미에서 봬요!"

이시하라 린이 밝은 목소리로 통화를 마쳤다.

"해준대요?"

"그럼! 내가 또 인터뷰는 기똥차게 따잖아."

"하핫. 농담도."

실장으로 진급한 박선영이 매니저 사업을 전담하고 또 일을 성공적으로 꾸려나갔고.

샛별 엔터테인먼트가 성장함에 따라 능력 있는 직원도 늘어나니 사실상 할 일이 없어진 히무라 쇼우.

그가 오랜만에 누군가에게 불려 너무나 기쁘다는 걸 이시하라 린과 그의 파트너가 알고 있을 리 없었다.

푸르트벵글러호의 첫 공연은 '웃고 떠드는 4중주'로 시작된

'베를린 필하모닉 밴드'가 맡았다.

베를린 필하모닉의 티켓은 평균보다 비싸기도 했지만 예매 자체가 힘들기 때문에 선상 파티 공연은 초대받은 이들이 가장 기대하는 행사였다.

오후 6시.

800여 석의 콘서트홀을 가득 채운 관객들은 베를린 필하모닉 밴드의 수준 높은 연주를 기대하고 있었다.

"찰스 브라움, 나윤희, 다니엘 홀랜드, 왕소소. 화려하단 말이 이보다 어울릴 수 있나?"

"그러게. 나카무라 료코가 의외긴 해도 어차피 비올라는 보조하는 역할이니까. 어디다 놓아도 손꼽힐 만한 구성이야."

"스칼라란 친구는 어디 출신이지?"

"글쎄. 켈틱 하프라. 특이하네."

"가수도 있네. 진짜 밴드인데? 진……. 뭐라고 읽는 거지?"

기자들은 팸플릿을 보며 혀를 내둘렀다.

찰스 브라움과 다니엘 홀랜드는 각자 분야에서 오랜 시간 정상에서 내려오지 않은, 이른바 거장이었다.

나윤희의 경우에는 오케스트라 대전에서의 열연 후 베를린 필하모닉을 대표하는 바이올리니스트로 사랑받았으며.

왕소소도 안정적인 연주로 평단과 팬심을 사로잡은 연주자였다.

비올라와 가수, 하피스트가 무명이라 아쉽긴 하지만 연주진 만큼은 세계 그 어떤 무대에 올려도 손꼽힐 구성이었다.

이윽고.

베를린 필하모닉의 연주자들이 무대 위에 모습을 드러냈다.

호른, 트럼펫, 트롬본 연주자들이 무대를 감싸는 방식으로 자리 잡았고 그 앞을 플루트, 바순, 오보에.

그리고 특이하게도 알토, 바리톤, 테너 색소폰이 각각 2대씩 함께 있었다.

그간 소속 단원이 아니고선 함께 연주하는 일이 지극히 적었던 베를린 필하모닉이었기에, 전문가들의 눈에는 무척 신선하게 비쳤다.

그렇게 관악기가 주변을 감싸고 있는 형태로 베를린 필하모닉 밴드가 자리를 잡았다.

"실내악단이라 들었는데 엄청나잖아?"

"연주할 곡 때문에 그런 거 같은데? 본편성은 현악기로만 구성되어 있어."

"대체 뭘 연주하려고 제목까지 안 써놨는지 모르겠네."

"베를린 필하모닉이잖아. 기대해서 손해 볼 것 없지."

"하기야. 아, 배도빈이다."

베를린 필하모닉의 새로운 도전에 잔뜩 기대감을 가졌던 관객들이 배도빈을 열렬히 맞이했다.

"마에스트로!"

"와! 배도빈이다!"

"흐향!"

팬들의 환호를 받은 배도빈이 정면과 좌우를 향해 허리를 숙였다.

박수와 함성이 더욱 커졌다.

만족스럽게 그 모습을 확인한 배도빈이 돌아서서 밴드와 금관 악기 연주진을 앞에 두었다.

그때까지 의견을 나누던 기자들이 대화를 멈추었다.

곧 연주가 시작될 터라 당연한 행동이거늘.

"아핫!"

"히히히힛."

"저기, 언제 시작해요?"

"의자 푹신푹신해!"

콘서트홀의 분위기는 여전히 떠들썩했다.

음악계 인사들과 기자들은 익숙하지 않은 분위기에 심히 당황할 수밖에 없었다.

어린아이들을 중심으로 이루어진 와자지껄한 분위기는 좀처럼 진정될 것 같지 않았다.

'뭐야?'

'보통 제재하지 않나?'

'인솔자가 누구야? 어디서 나왔어?'

불편한 상황에서.

배도빈이 두 팔을 힘차게 휘둘렀다.

이런 분위기 속에서 연주를 시작할 줄은 몰랐던 관객들은 갑자기 터져 나온 관악기 소리에 깜짝 놀라고 말았다.

색소폰과 트럼펫이 완만한 경사를 내달렸고.

트럼본과 오보에가 그 사이로 튀어나오며 긴박한 느낌을 주었다.

아이들이 환호했다.

"나 이거 알아!"

"도일! 도일!"

신나는 주제가 반복되며 분위기를 고조했고 곧장 대두되는 색소폰과 바이올린의 우수 젖은 멜로디.

명확하면서도 간절한 음률에 음악계 거장들과 기자들은 당황했다.

"와아!"

그들의 아이가 보던 만화영화 곡이라는 걸 눈치채기까지 그리 오래 걸리지 않았다.

'이게 뭐야.'

배도빈의 선곡과 그것을 연주하는 연주진의 즐거운 표정 그리고 열광하는 아이들.

지금까지의 베를린 필하모닉에 익숙했던 이들은 전혀 다른 세계에 놓인 듯한 기분이었다.

한편 사카모토 료이치는 어깨까지 들썩이며 즐거워했다.

그는 이 곡이 배도빈이 편곡한 게 아니라는 걸 눈치챘고 그럼에도 이 신나는 곡에 현악기를 멋들어지게 곁들인 자가 누군지 궁금했다.

그러면서.

어느 누군가 먼저 시작한 박수에 맞춰 손뼉을 쳤다.

그의 옆에 앉아 있던 마리 얀스는 어리둥절하고 있다가 오랜 친구 사카모토 료이치가 어깨춤을 추며 박수까지 보내니 황당하여 눈을 동그랗게 떴다.

그렇게 160초가량의 짧은 연주가 끝나고 아이들은 열광, 어른들은 당황한 가운데.

배도빈 앞으로 마이크가 전달되었다.

공연 도중에 지휘자가 마이크라니.

코멘트가 있는 연주회는 지금껏 많았지만 배도빈이 그럴 거라고는 생각할 수 없었다.

베를린 필하모닉에는 빌헬름 푸르트벵글러 때부터 악장 사이의 박수조차 허용치 않았던 엄격한 룰이 있었다.

"재밌어요?"

"네!"

"하학! 히히힛!"

배도빈의 질문에 큰 소리로 대답하는 아이들.

배도빈은 만족스럽게 웃으며 다음 곡에 맞춰 노래할 가수를 무대 위로 불렀다.

♪

800석이 가득 찬 무대.

비록 어렸을 때 바라던 형태는 아니었지만 진달래에게는 너무도 큰 무대였다.

굳이 유명 인사들이 아니더라도 800명이나 되는 관객이 자신만을 바라보는 듯해 가슴이 터질 것만 같았다.

발을 한 번 내디딜 때마다 이어지는 갈채와 처음 받아보는 그 열렬한 환영의 인사에 눈앞이 아득해졌다.

'어떡해.'

그녀가 가까스로 무대 가운데에 섰다. 벌벌 떠는 손을 감추기 위해 주먹을 불끈 쥐었으나 그럴수록 긴장되었다.

'아빠.'

어머니 없이도 밝게 자랐던 그녀가 탈선하기 시작한 건 아버지를 여읜 뒤였다.

유일한 안식처를 잃은 그녀는 지독한 상실감을 느꼈고 마음은 약해졌다.

괜한 말조차 시비로 들렸다.

약한 자신을 감추기 위해 아주 작은 일로도 싸움을 걸었다.

또래는 점점 진달래에게서 멀어졌고 학교도 그녀를 문제아로 여겼다.

점차 학교에 가는 날이 줄어들었다.

그런 상황에서 삼촌과 함께 살기 시작했다.

원치 않은 일이었지만, 갑자기 나타나 아빠 행세를 하려는 진칠삼이 마음에 들지 않았지만.

그가 알려준 음악은 좋았다.

노래하길 좋아했던 터라 그때부터 여러 밴드의 곡을 따라 부르고 칠삼의 도움으로 베이스를 익혀나갔다.

록커가 되겠다는 꿈을 가지고.

29번의 도전 끝에 기획사 오디션에도 합격했다.

그러나 무대에 오르기도 전에 거대한 벽이 그녀를 가로막았고.

돌아선 길에서 진달래는 절망을 겪었다.

그리고 지금.

"진달래! 파이팅!"

어딘가에서 우렁찬 목소리가 났다.

항상 그녀를 응원해 주었던 걸쭉한 목소리에 진달래는 침을 삼켰다.

잠시 삼촌 진칠삼이 어디에 앉아 있는지 찾았지만 조명이 비치는 무대에서 객석을 자세히 살펴볼 순 없었다.

하지만.

용기를 얻기엔 충분했다.

각오를 다진 진달래가 고개를 돌렸다.

준비된 피아노 앞에 앉아 있는 배도빈은 지금까지 그녀가 알고 있던 모습과는 전혀 다른 분위기를 풍겼다.

'이 쪼끄만 애가 배도빈이라고?'

3년 전 첫인상이었다.

세상을 떠들썩하게 한 천재라는 느낌은 전혀 없었다.

그러나 배도빈의 음악을 접하고 나서는 그가 얼마나 대단한지 알 수 있었다.

베를린으로 넘어와 그의 무대를 직접 경험한 뒤로는 가슴으로 느꼈다.

고뇌와 희망.

죽음과 생명.

절망과 환희.

배도빈의 음악은 마술 같았다.

듣고 있으면 마치 홀린 듯이 그가 내는 음에 따라 이리 흔들리고 저리 흔들렸다.

'멋있다.'

'미쳤어.'

'어떻게?'

그러나 그렇게 느꼈던 감정 모두 지금과 같진 않았다.

무대 위의 그는 함께 있는 것만으로도 그 무게감을 느낄 수 있었다.

'이게 진짜 배도빈.'

바흐, 모차르트, 베토벤.

위대한 세 명의 음악가와 비견되는 인류의 희망이자 베를린의 마왕.

새 시대의 선지자로서의 배도빈을 처음 목도한 진달래의 가슴이 서서히 달아올랐다.

'여기가 내 무대.'

어느새 떨림이 잦아들었다.

고개를 숙인 채 뛰기만 했던 진달래가 비로소 앞을 보기 시작했다.

아득히 먼 곳에 서 있는 마에스트로를 볼 수 있었다.

그는 거대한 산과 같아서 가까이 있는 것처럼 보였지만 아무리 달려도 다가갈 수 없었다.

그 주변의 찰스 브라움과 나윤희, 왕소소, 다니엘 홀랜드, 나카무라 료코와 같은 연주자도 마찬가지였다.

'멀다.'

하지만 같은 무대에 있기에.

달리지 않을 수 없었다.

주변을 보기 시작한 진달래는 푸르트벵글러호 콘서트홀을 채운 관객들을 느꼈다.

자신을 응원해 준 진칠삼과.

마찬가지로 어딘가에 앉아서 묵묵히 지켜봐 주고 있을 아리엘 얀스.

그리고 무엇보다 지난 몇 달간 부족한 자신을 이끌어주었던 동료들에게 부끄러운 단원으로 남고 싶진 않았다.

조금이라도 더 가까워지기 위한 사명감이 이제 막 피어났다.

진달래가 고개를 끄덕이자.

배도빈이 베를린 필하모닉 밴드를 둘러보았다.

2013년.

월드 디자인 애니메이션 스튜디오가 제작해 전 세계 총 12억 7,000만 달러의 수익을 기록한 입지전적인 극장 애니메이션, 'Frost'의 주제가.

배도빈이 산타 웨인을 비롯, 아이들을 위해 편곡한 오케스트라 버전의 'Let me up'.

배도빈의 피아노가 눈송이처럼 내리기 시작했다.

찰스 브라움과 나윤희의 바이올린, 료코의 비올라, 왕소소가 연주하는 첼로가 설산의 안개처럼 퍼졌다.

건반을 누를 때마다 떨어지는 애처롭고 아리따운 눈꽃.

스칼라의 하프가 눈이 되어 관객들의 마음에 소복이 쌓여 나갔다.

바람과 함께 움직이는 현악기들이 상처받은 이를 감싸고.

마침내.

진달래가 꿈을 토해냈다.

"유리처럼 깨진 얼음 위를 걸으면."

수백 번의 발성 연습.

혹독하게 교정받았던 발음 연습 끝에 완성된 그녀의 목소리가 청아하게 울렸다.

애처롭게 내리는 눈과 지독한 안개 속에서 걷는 얼음마녀.

반가운 마음에 소리치던 아이들이 눈을 빛냈다.

말 수가 줄어들었고 이내 객석은 고요해졌다.

나윤희의 제2바이올린과 나카무라 료코의 비올라가 화음을 이루며 멜로디를 이끌었고.

왕소소의 첼로와 다니엘 홀랜드의 베이스가 설산 위로 무겁게 부는 바람을.

배도빈의 피아노가 반주를 깔아 수북히 쌓인 눈을 그려냈다.

설경.

스칼라의 하프가 바이올린의 멜로디를 매끈하게 다듬으며 빙판이 드러났다.

그 위를 걷는 프리마 돈나.

베를린 필하모닉의 소프라노가 내는 목소리는 마치 귀에 스며들 듯 처연했다.

"Let me up. Let me up."

연인의 노래를 듣던 아리엘 얀스는 주먹을 꽉 쥐었다.

숱한 과거를 딛고 일어서려는 모습에 깊이 감격했고 응원했다.

그리고 동시에 본인의 한계를 직시했다.

'봄의 여신'이야말로 진달래의 순수한 영혼을 가장 잘 표현한 곡이라 생각했거늘.

그녀가 이렇게 시린 아픔을 노래할 수도 있다고는 생각지 못했다.

분하게도.

배도빈보다 그녀를 이해하지 못하고 있다는 열등감이 그의 고결한 영혼을 갉아먹으려 하고 있었다.

'아니.'

아리엘은 애써 스물스물 피어나는 저열한 감정을 누르며 진달래를 가슴에 담았다.

그래야만 그녀에게 어울리는 곡을 써줄 수 있을 거라 믿었다.

적어도.

적어도 그녀가 부를 노래만큼은 누구보다도 잘 만들고 싶었다.

간주를 지나.

우울했던 곡조에 활력이 실렸다.

첼로와 바이올린이 힘차게 움직일 때마다, 진달래의 목소리에 힘이 실릴 때마다 그것이 마치 자신을 응원하는 것 같아서.

아리엘은 주먹 쥐고 있었던 손에 힘을 빼고 조금씩 미소 지을 수 있었다.

♪

일주일 전.

"피아니스트는 많잖아. 대체 왜 고집을 부려?"

찰스 브라움은 본인 이상으로 많은 일을 감당하고 있는 배도빈을 이해할 수 없었다.

그의 완벽주의는 익히 알고 있었고 그보다 훌륭한 피아니스트는 찾기도 힘들었지만 자축 파티에서까지 직접 연주하려는 배도빈이 걱정되었다.

그래서 다그쳤지만 배도빈은 무시할 뿐.

연습을 이어나갔다.

"미치겠군."

"방해할 거면 그만 퇴근해요."

찰스 브라움이 한숨을 크게 내쉬자 배도빈이 연주를 중단했다. 그러면서도 악보에서 눈을 떼지 않았다.

"방해가 아니라. 나아지긴 했어도 베를린 필하모닉의 일정은 정상이 아니라고. 특히 너. 대체 그 많은 일을 어떻게 감당하는 거야?"

대답은 없었다.

"좋아. 무슨 이유인지는 모르겠지만 이번에는 네가 한다고 쳐. 그럼 앞으로도 피아니스트가 필요할 때마다 네가 할 거야?"

"아뇨."

"그래. 아니잖아. 차라리 빨리 한 명 들이자니까? 어려운 일도 아닌데 왜 자꾸 미뤄서 자기 몸을 혹사해?"

찰스 브라움은 진심으로 배도빈을 걱정했다.

나르시스트인 그가 인정한 유일한 작곡가.

현대곡은 단 한 번도 연주하지 않았던 찰스 브라움도 배도빈의 곡이라면 욕심을 냈다.

그렇게 함께했고.

이제는 위태롭게 버티고 있는 그를 걱정하게 되었다.

충분한 휴식 없이 무대에 오를 수는 없기에 찰스 브라움은 베를린 필하모닉의 빡빡한 일정을 알면서도.

굳이 더 노력하지 않았다.

악장인 그가 희생하기 시작하면 무리하고 있는 베를린 필하모닉이 달라지지 않을 것 같았다.

배도빈부터 바뀌어야 한다고 생각했다.

그러나 그로서는 배도빈도 그와 같은 생각을 하고 있다는 사실을 알 순 없었다.

　다만.

　다만 그래야만 하는 이유가 있기 때문이었다.

　배도빈이 입을 열었다.

　"당분간이에요."

　베를린 필하모닉 밴드의 공연을 보고 있던 최지훈은 기악과 성악의 아름다운 조화에 감탄했다.

　언제 또 이렇게 성장했을까.

　나카무라 료코와 진달래는 베를린 필하모닉에 조금도 부끄럽지 않게 제 역할을 충실히 해내고 있었다.

　찰스 브라움과 나윤희의 바이올린은 곡 전반에 이르러 감정을 극대화했고.

　속이 비치는 얇은 천으로 겹겹이 이루어진 드레스와 쓰러질 듯 쓰러지지 않는 마녀가 보이는 듯했다.

　그리고.

　'더 는 거 같아.'

　피아노를 치는 배도빈.

그는 신기하게도 매번 새로운 모습을 보여주었다.

섬세하게 세공된 다이아몬드처럼 내리는 눈송이.

최지훈은 숱한 거장들의 연주를 직접 들었지만 표현력에 있어서만큼 배도빈만 한 피아니스트를 알지 못했다.

동시에.

'내 자리.'

형제가 지키고 있는 자리가 자신의 자리임을 인지하고 있었다.

최지훈은 퀸 엘리자베스 콩쿠르에서 우승하고 당당히 손을 뻗고 싶었다.

이제 같은 무대에 서도 되지 않겠냐고 오래 참아왔던 이야기를 꺼내고 싶었다.

배도빈의 악단에 피아노가 필요하다면.

형제가 피아노를 필요로 한다면 자신일 거라고 믿어 의심치 않았다.

베풀고 살았지만.

양보하며 살았지만 배도빈의 옆자리만큼은 누구에게도 내줄 수 없었다.

그렇기에 무대 위에 놓인 피아노를 보고선 가슴이 철렁했고 그 앞에 배도빈이 앉을 때는 안도했으며.

미안했다.

왜 좀 더 조심하지 않았을까.

가까스로 묻어두었던 감정이 'Let me up'과 함께 고개를 들었다.

노래는 간주를 지나 절정으로 치닫고 있었다.

배도빈의 피아노는 우아한 드레스를 벗어 던진 마녀를 화려하게 휘감았고.

현악기들은 점차 세차게 몰아치는데 진달래의 목소리는 올곧게 뻗어 나와 굴하지 않았다.

할 수 있다고.

해낼 거라고 말하는 베를린 필하모닉 밴드의 응원에.

최지훈이 빙그레 웃었다.

다시 한번 절정.

"Let me up. Let me up."

그 순간.

객석에 있던 어린아이들이 진달래의 노래를 따라 불렀다.

조금씩 들리는 그 어리고 미숙한 목소리들이 공연을 방해하기는커녕 응원을 하는 듯해.

최지훈은 저도 모르게 그에 동참했다.

"Let me up. Let me up."

모두의 목소리가 하나 되어 울렸다.

"레미업! 레뮈업!"

아들의 노래를 처음 듣는 그레이 웨인은 두 손으로 입을 막고 울었다.

정말 와도 괜찮을까.

또 폐를 끼치는 건 아닐까 걱정했던 그녀와 딸 죠엘 웨인은 너무나 행복히 웃으며 노래를 따라하는 산타 웨인을 보며.

위로와 희망을 얻었다.

그는 사실 완벽하길 바라지 않는다

오래 준비했던 공연을 마쳤다.

40분 정도의 짧은 시간이었지만, 팬들은 그 어느 때보다 뜨겁게 환호해 주었다.

무대에서 내려온 단원들도 해냈다는 표정이다.

"평소보다 좋은데?"

"진짜로. 이런 적은 처음이야."

무대에 수백 번 올랐던 이들도 관객과 직접 소통하는 공연은 처음이나 마찬가지.

관객뿐만 아니라 연주자도 만족스러운 공연이었으니 괜찮은 시작이다.

"진, 훌륭했어."

"잘했어."

"이히."

다니엘 홀랜드와 왕소소를 비롯한 단원들이 첫 공연을 무사히 마친 진달래를 축하했다.

벌벌 떨며 무대에 오른 녀석은 칠삼의 응원으로 각오를 다졌다.

첫 곡 이후로 긴장이 풀렸는지 날개를 단 듯 콘서트홀을 마음껏 누볐다.

가장 걱정되었던 발음 문제도 해결.

아직 개선할 점이 남아 있지만 적어도 발음, 발성, 전달력에서는 합격점을 줘도 괜찮을 것 같다.

'여러 장르를 소화할 수 있다는 게 장점이니까.'

언젠가는 본인만의 영역을 구축해야 할 테지만 지금은 이 정도로 충분하다.

"앙코르!"

"앙코르!"

대기실에서도 관객들의 연호와 박수 소리가 우렁차게 울린다.

나윤희가 괜히 활을 쓸어낸다.

둘러보니 그녀뿐만 아니라 다들 다시 한번 무대에 오르고 싶은 눈치.

하지만 당장 내일부터 다른 일정이 있고 동시에 피델리오도 준비해야 한다.

"정리하죠."

"진심이야? 저렇게나 부르는데?"

"한 곡만 더 하자."

"오늘처럼 즐거웠던 적 없었다고. 좀 더 놀자."

"어림없어요."

단호히 끊어내자 단원들이 아쉬워하며 짐을 정리하기 시작
했다.

그중에서도 유독 들뜬 녀석이 간절한 눈빛을 보냈다.

"안 돼."

"응……."

진달래가 시무룩하게 답했다.

베를린 필하모닉 밴드의 보컬은 마이크 없이 노래하기에 한
번의 공연으로도 큰 짐을 짊어진다.

비록 공연 시간이 짧다고는 해도, 흥분해서 피로도 못 느낀
채 무리했다간 분명 목에 이상이 생길 것이다.

나윤희와 최지훈의 경우를 접했기에 세 번째는 결코 용납
할 수 없다.

"앙코르!"

"앙코르!"

그러나 관객들의 바람을 마냥 무시할 수도 없는 법.

"찰스, 대신 정리 좀 해주세요. 올라갈 거예요."

"그런 법이 어딨어!"

무대에 올라간다고 하니 정리하고 있던 단원들이 달려들었다.

"우리는!"

"치사하다!"

"폭정 반대!"

어이가 없어 웃고 말았는데 찰스 브라움이 손뼉을 쳐 이목을 끌었다.

"보스 지시야. 다들 내일 공연을 위해 이만 쉬도록 해."

평소에는 안 그러면서 공연 때만큼은 꼬박꼬박 보스 취급한다.

그러나 그런 찰스 브라움 덕에 편한 것도 사실이다.

연주나 편곡뿐만이 아니라 최근 들어 단원들의 컨디션 관리에 부쩍 힘쓰기도 하니, 그를 들이길 정말 잘했다.

앞으로도 베를린 필하모닉의 악장으로서 굳건한 기둥이 되어줄 것이다.

무대에 올라섰다.

"꺄아악!"

"나왔어! 나왔다고!"

"하향!"

"휘이익!"

휘파람까지 날리며 환호하는 관객들을 보니 다시 한번 기분이 좋아진다.

고개 숙여, 그 열렬한 호의에 감사를 전했다.

피아노 앞에 앉으니 더욱 크게 소리친다.

'앙코르라.'

연주할 곡은 올라오며 생각해 두었다.

대부분 앞선 공연을 좋아하는 것 같지만 개중에는 고전을 듣고 싶은 이들도 있을 터.

떠들썩한 분위기가 싫은 사람도 있을 것이다.

음악을 차분히 음미하고 싶은 이들도 지금까지 베를린 필하모닉을 지탱해 주었던 소중한 팬.

잠시 아이들이 모여 앉아 있는 곳을 보았다.

엉덩이를 들썩이며 이번에는 무슨 곡을 연주해 줄지 기대하고 있다.

객석을 비추던 조명이 꺼졌다.

'어느 쪽도 포기 못 하지.'

기존 팬도 앞으로 함께할 아이들도 모두 소중한 팬이다.

그들을 위한 일에 타협이 있을 수 없다.

가능한 모든 것을 쏟아낸다.

그래서.

베를린 필하모닉을 찾은 모든 이를 만족시킨다.

'말로 달래는 건 힘들겠지.'

주의를 준다고 해서 어린아이들이 말을 들을 리 없다. 산타 웨인 같은 경우는 더욱 그러하다.

아이들 스스로 연주에 집중할 수 있도록 해야 한다.

앞선 몇 번의 연주로 가능성은 확인했다.

굳이 조용히 하라고 말하지 않아도 정말 좋은 연주라면, 넋을 잃고 집중할 것이다.

아직 예절을 갖추지 못한 아이들이라도 음악은 이해할 수 있으니까.

'새 목표가 되겠네.'

어려운 일이지만.

나라면 가능할 것이다.

베를린 필하모닉의 음악을 이제 막 처음 접하기 시작한 아이들에게 음악의 즐거움을 알려주고 싶다.

또.

지금까지 베를린 필하모닉을 사랑해 준, 클래식 음악의 명맥을 잇게 해준 이들을 실망시킬 수 없다.

"후우."

숨을 길게 내쉬고.

다소 떠들썩한 콘서트홀에.

밤을 초대했다.

피아노 소나타 14번, C샤프 단조.

구름 틈 사이로 달빛이 내릴 때마다 아이들의 말소리가 잦아든다.

아득한 심연의 호수는 고요히 빛을 반사한다.

어둠 속에서 길을 잃은 사내의 유일한 이정표.

이방인은 달빛의 인도에 따라 천천히 발을 내디딘다.

낮게 깔린 안개.

풀 냄새 가득한 호수로 다가간다.

한 걸음 내디딜 때마다 찰박찰박.

호수가 발을 적신다.

발이 젖는 줄도 모른 채 달빛의 마성에 이끌린 남자는 슬픔으로 젖어갔다.

한 걸음. 다시 한 걸음.

조금씩 침전한다.

호수의 한가운데에 이른 사내는 아래로.

저 아래로.

바닥을 알 수 없는 깊은 심연의 끝으로.

달빛에 취한 남자는 환상을 본다.

해맑게 재잘대던 그녀의 목소리가 그리운 말들을 전한다.

그때마다 이방인의 가슴은 고동쳐 호수에 파문을 남긴다.

멀리 타지에서 온 그는 고향의 흙과 따스한 바람이 그립다.

그곳의 사랑하는 사람과.

그녀와 함께 보았던 달을 그리워한다.

고향의 포근한 흙도 따스한 바람도 아름다운 그녀도 없는 이곳.

지독한 향수.

단지 저 달만이 고향 땅과 같다.

남자가 눈을 떴다.

차가운 호수 아래서 달을 올려다보던 남자는 가슴이 뛰었다. 수면을 향해 미친 듯이 헤엄쳤다.

심연의 호수가 요동친다.

달.

상처받고 지쳐, 행복했던 기억마저 잃어가던 이방인은 고향의 달을 봄으로써 희망을 얻는다.

다시 일어날 의지를 다진다.

감당키 벅찬 시련이 장막처럼 앞을 가려도, 밤이 그를 감싸도.

그는. 인간은.

그 어떠한 고난 속에서도 아주 작은 희망만으로도 살아갈 수 있다.

처절한 삶 속에서.

오직 달빛에 의지한 채 다시 일어나는 이방인을 그리며.

그것이 월광이라고.

이렇게나 따스한 빛이라 말해주었다.

♪

'세상에.'

베를린 필하모닉의 진수식을 찾은 800여 명의 관객은 넋이 나가 손가락 하나 움직일 수 없었다.

그들의 가슴에 압도적인 심상을 때려 박은 배도빈의 피아노는 지금껏 그 어떤 '월광'보다도 깊게 각인되었다.

연주가 끝났음에도.

그렇게 열렬히 환호했던 관객들은 누구 하나 숨조차 제대로 쉬지 못했다.

'정말 괴물 같은 사람이네요.'

크리스틴 지메르만은 두려웠다.

그녀는 세계 그 어떤 피아니스트보다도 자신이 우월하다고 여겼다.

인지의 영역 끝에 도달해 있다고 생각했다.

글렌 골드, 그레고리 소콜라브, 에밀 길렐스, 마리오 폴리니, 사카모토 료이치까지.

그녀도 인정하는 거장들이 있었지만 음을 내는 방법에 통달한 그녀의 기준에 부합하는 인물은 없었다.

가우왕과 최지훈 정도만이 자신과 같은 영역에 이를 수 있다고 확신했다.

그런데.

그런 크리스틴 지메르만의 세계가 침범당하고 말았다.

배도빈의 타건은 크리스틴 지메르만 본인이나 가우왕, 최지훈처럼 깔끔하지 못했다.

너무나 격렬해 야성적이었다.

연주는 완벽히 재단되어야만 한다는 크리스틴 지메르만의 기준에 부합하지 않았다.

훌륭한 피아니스트지만.

아래라고 생각했다.

그러나 그의 베토벤 피아노 소나타 14번을 듣고 나선 그런 생각이 무참히 짓밟혔다.

배도빈의 연주는 충동적이고 돌발적이라 예측할 수 없었고, 있는 그대로의 심상을 각인시켰다.

일찍이 그녀는 그와 같은 카리스마를 접한 적 없었다.

완고했던 그녀의 인식을 처참히 박살 내버리는 폭력 앞에.

그 거대한 힘 앞에 크리스틴 지메르만은 지난 몇십 년간 변치 않았던 자신의 기준이 바뀌었음을 인정하지 않을 수 없었다.

배도빈의 월광을 들은 모두가 비슷한 감정을 느끼고 있었다.

연주가 시작된 순간 등줄기를 타고 오른 전율이 그가 연주를 마친 지금까지 이어지고 있었다.

푸르트벵글러호 진수식 연주회는 베를린 필하모닉 디지털 콘서트홀을 통해 전 세계 팬들에게 전달되었다.

└나 진짜 충격받았다.

└배도빈이 지휘하는 거 안타까워하는 사람들 지금까지 이해 못 했는데 지금은 공감함. 월광 미쳤다 진짜.

└오오 갓이시여.

└인간이 아님. 진짜 마왕이든 신이든 아무튼 그럼.

└ㅇㅇ. 가우왕이 배도빈 관련 인터뷰 할 때마다 피아노로 돌아오라고 하는 것도.

└밴드 공연 재밌게 듣고 있다가 지려 버림.

└연주 시작하자마자 조용해지는 거 진짜 개소름.

└정말 시도가 의외다. 다른 오케스트라도 게임이나 애니, 영화 OST로 연주회는 가지지만 이벤트일 뿐이잖아.

└굳이 스스로 팬층을 고정하진 않겠다는 거지. 싫어하는 사람도 있는데 개인적으로 지지함.

└솔직히 배도빈 피아노 들으면 그런 생각도 든다. 그냥 클래식만 계

속해 줬으면 좋겠어.

    ㄴ진달래라는 애 경력도 얼마 없는데 잘하네.

    ㄴㅇㅇ 시원시원하더라.

    ㄴ나도 궁금해서 찾아보니 봉달 서커스 OST 불렀던데.

    ㄴ하, 진짜 배도빈 피아노 리사이틀 한 번만이라도 직관하고 싶다.

    ㄴㅇㅈ.

    ㄴ팬으로서 진짜 억울한 게 배도빈 지금도 일 엄청 많이 하고 있단 말이야.

    ㄴ나두. 도빈이 나윤희 악장이나 최지훈 그렇게 되기 전부터 쓰러지기도 몇 번 했고. 근데 또 바이올린이나 피아노도 듣고 싶고.

    ㄴ한 사람이 어떻게 저리 완벽할 수 있는지 이해할 수 없다. 그간 대단하다 정말 대단하다 감탄만 했는데, 이번 음악회 보면서 뭐랄까. 진짜 차원이 다른 것 같았음.

    ㄴ이제 까는 사람도 거의 없잖아. 있어 봤자 관종 어그로고.

    배도빈을 향한 팬들의 찬사는 끊이질 않았고 그것은 평단에서도 마찬가지였다.

    클래식 음악 관계자들은 베를린 필하모닉의 새로운 문화에 우려를 표하면서도, 그들의 밴드 공연이 정기 연주회와는 별개의 영역이라는 데 안심했고.

    그럼으로써 긍정적인 시장 반응과는 달리 베를린 필하모닉 밴드에 크게 의의를 두지 않았다.

그들이 주목한 것은 무르익을 대로 성숙해진 배도빈의 피아노뿐이었다.

감히 완벽한 베토벤 소나타였다는 말이 심심치 않게 나왔다.

신약 성서라 불리는 성전이 정복되었다는 불경한 말과 함께.

배도빈에 대한 열망은 멈출 줄 몰랐다.

1800년 빈.

"선생님! 선생님! 악!"

둔탁한 소리가 나서 고개를 돌리니 앙헬이 또 의자에 걸려 넘어졌다.

앞도 못 보는 녀석이 한시도 가만있질 못한다.

다가가 일으켜 주려 하니 녀석이 벌떡 일어나 손을 허우적댔다.

그 모습을 보다가 녀석이 떨어뜨린 지팡이를 쥐여주었다.

"아! 감사합니다!"

철없는 녀석이지만 크게 말하는 것만큼은 마음에 든다.

첩에서 난 자식에다 장님이기까지 하니 그 지저분한 저택에서 어지간히 괴롭힘당했을 터.

그럼에도 힘찬 모습이 보기 좋다.

"무슨 일이냐. 쓸데없는 질문 하려거든 돌아가."

"쓸데없는 거 아니에요!"

오늘은 또 어떤 엉뚱한 질문을 할지 기다리고 있는데 뜻밖의 이야기를 꺼냈다.

"저 결혼한대요."

또 정략인가.

너무나 익숙한 관례지만 눈먼 막내딸까지 거래 대상으로 여기는 그의 추악함에 토악질이 나올 것 같다.

"그분이 편지를 보내주셨는데, 제가 앞을 못 보는 걸 아직 모르시나 봐요. 대신 읽어주실 수 있으세요?"

"하녀에게 부탁하면 되잖느냐."

"부끄러운 걸 어떡해요."

"나는 괜찮고?"

"선생님은 친구가 없으니까 괜찮을 거예요. 소문 날 일 없잖아요."

녀석이 말끝에 웃었다.

수줍게 내민 편지를 못마땅해하며 받았다.

첫 문장부터 속이 니글댄다.

"앙헬, 나는 매일 밤 달 아래서 그대의 이름을 되뇌어 본다오."

"목소리가 화나신 것 같아요."

"시끄럽다."

두 손으로 입을 막은 앙헬을 보곤 편지를 읽어나갔다.

"그대에 대한 이야기는 아름다운 것뿐이라 부족한 나로서는 그대를 어찌 만나야 좋을지 알 수 없소. 그저 달 아래 이 미약한 정신을 정화할 뿐이오."

"겸손하신 분 같네요."

"다 입 발린 말이다."

"선생님!"

"……이제 그대를 만나 뵐 날도 얼마 남지 않았소. 그때까지 모쪼록 그대 마음에 들도록 스스로를 갈고닦도록 하겠소."

"근사해라."

앙헬의 손에 편지를 다시 쥐여주자 소중히 접었다. 그러고는 묻는다.

"그런데 선생님, 달은 어떻게 생겼어요?"

녀석의 손을 잡아 원과 초승달 모양을 그려주니 고개를 갸웃한다.

"그럼 달빛은 어떻게 생겼어요?"

달빛이라.

어떻게 설명해야 할지 알 수 없었다.

두 달 뒤.

정오가 한참 지났는데도 앙헬이 오지 않았다.

일주일이나 연락이 없어 따로 찾아가니 앙헬의 하녀가 조용히 방으로 안내했다.

창가에 앉아 있는 앙헬은 당장에라도 부서질 것 같았다.

"누구 마음대로 레슨을 빼먹느냐."

깜짝 놀란 앙헬이 씁쓸히 웃었다.

"선생님."

이내 눈물을 보인 그녀는 약혼자가 죽었다는 사실을 알려주었다.

그 목소리가 너무나 위태로워 자세한 이야기는 묻지 못했지만 약혼자는 원래부터 병약했던 것 같다.

짧은 시간이었지만, 통하는 게 있었는지 두 사람은 서로에게 크게 의지했고.

혼인하기도 전에 사별하고 말았다.

한참을 다독인 끝에.

녀석의 피아노 앞에 앉았다.

"달빛이 어떻게 생겼냐고 물었지."

"……네."

건반을 눌러 밤을 초대했다.

진수식과 정기 연주회를 연달아 치른 주말.

일요일 연주회만큼은 케르바 슈타인에게 맡기고 쉬기로 정했다.

덕분에 늘어지게 자고 일어나니 시계가 11시를 넘어가고 있다.

꽤 게으름을 부렸는데도 피로가 남았는지 몸이 무겁다.

허기가 느껴져 대충 배를 채우고 다시 잘 생각으로 식당으로 내려갔다.

있어선 안 될 녀석이 앉아 있다.

"1년 만의 재회로군, 마왕이여."

잠이 아직 덜 깬 모양.

녀석이 한국말을 한다.

그대로 지나쳐 부엌으로 향하자 진달래가 오징어와 야채를 썰고 있었다.

가스레인지에는 프라이팬이 두 개 올려져 있었는데 한쪽에는 기름이 끓고 있다.

아직도 꿈인가 싶어서 냉장고를 열어 냉수를 마셨더니 차갑다.

"……"

진달래는 여전히 낑낑대고 있다.

슬쩍 고개를 돌려 식당 쪽으로 나 있는 문을 보았다.

닫혀 있는 문 너머의 정신병자가 정말일 줄이야.

"쟤 뭐야."

"내일 LA로 돌아간대서."

"지금 가는 게 좋을 것 같은데."

"둘이 왜 그렇게 싫어해? 좀 친하게 지내봐."

내쫓으려다가 이 녀석이 월세를 내기 시작한 걸 떠올렸다.

"정 주방장님은?"

"장 보러 나가셨어. 돌아오시려면 꽤 걸릴걸."

진달래가 손질한 오징어를 키친 타올로 감싸 물기를 뺐다.

그 모습을 지켜보고 있자니 배가 더욱 고파졌다.

"먹을 거 없어?"

"기다려 봐."

소금과 후추를 뿌리곤 밑간이 된 오징어를 반죽에 적신다.

그것을 끓는 기름에 하나씩 넣으니 이내 맛있는 냄새가 났다.

카레에 넣어 곁들어 먹으면 훌륭한 해물 카레가 될 것 같다.

"자, 가져가서 먹어. 둘이서 얘기도 좀 하고."

어쩔 수 없이 진달래가 만든 오징어 튀김을 들고 식당으로 돌아가니 녀석이 눈을 감은 채 요상한 자세를 취하고 있었다.

소름 돋는다.

"돌아왔군."

"말 걸지 마."

적당히 앉으니 내 말은 들은 척도 안 하고 이야기를 풀어낸다.

"진수식 공연은 인상적이었다. 괴팍한 마왕치곤 여신의 매력을 제법 잘 이해하고 있더군."

피곤해진다.

"그러나 자만하지 마라. 그녀가 부를 노래는 내가 만들 터. 덧없는 꿈과 같은 시간을 보내다간 뒤처질 것이다."

"염병 떨지 말고 이거나 먹어."

오징어 튀김을 본 녀석은 살짝 인상을 쓰곤 고개를 들었다.

관심 없는 모양이다.

"여신은 어디에 있지?"

무시하고 오징어 튀김을 집어 먹었다.

"깜짝 놀라게 해준다며 자리를 비운 지 꽤 되었는데. 무슨 일이 생긴 건 아닌지 걱정되는군."

의외로 맛이 제법이다.

연거푸 먹으니 아리엘 녀석이 관심을 보였다.

"묘한 냄새군. 무슨 요리지?"

같이 먹으라고 준 거니 적당히 덜어 그릇을 밀어주었다.

바삭한 감촉한 깊은 풍미를 느끼고 있자니 녀석이 불평을 해댔다.

"겉은 훌륭하지만 내용물의 식감이 그리 좋지 않군. 냄새도 묘하고. 3점 짜리야."

"기다렸지!"

마침 진달래가 문을 열고 들어왔다.

쟁반에 밥과 오징어볶음 그리고 반찬을 들고 있다.

아리엘 얀스가 자기가 만든 오징어 튀김을 먹고 있는 걸 보곤 눈을 빛낸다.

"3점? 뭐가?"

들어오면서 놈의 혹평을 들었는지 묻는다.

행복한 얼굴이다.

진달래의 요리를 폄하한 아리엘 얀스가 얼마나 난감해할지 상상되어 흡족스럽다.

"미슐랭 3스타급 요리라는 뜻이었습니다."

"정말?"

속이 안 좋아져서 일어났다.

"배고프다며! 먹고 가!"

"배불러."

내 층으로 올라와 사카모토의 피아노 곡을 틀곤 거실에 누웠다.

TV를 틀어도 볼만한 것이 없어 적당히 아무 채널이나 틀어놓고 졸고 있는데, 문득 내 이름이 들렸다.

음악 시사 프로그램인 것 같다.

-요즘 또 화제가 되고 있는 일이 있죠. 베를린 필하모닉이 푸르트벵글러호 진수식에서 멋진 연주를 들려줬다고요.

-그렇습니다.

-처음에는 우려의 목소리가 컸죠. 왜 그런 건가요?

-기존 클래식 공연과는 전혀 다른 분위기 때문이겠죠. 아무래도 베를린 필하모닉과 같이 영향력이 강한 곳에서 새로운 시도를 하니 걱정하는 분이 많을 수밖에 없었습니다.

-다른 분위기라. 선곡도 특이했다고 들었습니다. 애니메이션 곡을 연주했다지요? 아이나 그쪽에 취미를 둔 팬들은 좋아할 것 같습니다.

-하하. 제 아들도 좋아하더군요. 하지만 선곡보다는 공연 문화의 변화에 초점을 맞춰야 할 일이었습니다. 영화나 애니메이션 또는 비디오 게임에 사용되었던 곡을 연주하는 건 종종 있었던 일이니까요.

-정확히 어떤 차이가 있었나요?

-대중음악 공연을 생각해 보시면 이해하기 쉽습니다. 즐길 수 있을지언정 감상에는 크게 방해가 되었죠.

-그런 차이가 있었군요. 현재 가장 많이 사랑받는 베를린 필하모닉이 그랬다면 조용한 관람 문화를 옹호하는 입장에서는 걱정되겠습니다.

-네. 하지만 공연 직후 베를린 필하모닉의 정기 연주회와 밴드 공연이 별개로 진행될 거라고 밝히면서 논란도 잦아들었습니다. 정말 화제가 되었던 일은 따로 있죠.

-무슨 일인가요?

-배도빈 악단주의 앙코르 공연이었습니다. 베토벤 피아노 소나타 14번. 흔히 월광이라고 하죠.

-그 곡이라면 저도 알고 있습니다.

-하하. 네. 아마 대부분 한 번쯤은 들어봤을 만큼 유명한 곡이죠.

-어떤 곡인지 간단히 소개 부탁드립니다.

-베토벤 피아노 소나타 14번은 1801년에 완성되고 이듬해 줄리에타 귀차르디에게 헌정되었습니다.

'남의 사생활을 또.'

무슨 말을 하나 지켜보았다.

-처음부터 월광으로 불리진 않았다고 들었습니다.

-그렇습니다. '환상곡풍으로'라는 부제가 달린 작품 번호 27의 두 번째 곡이죠. 월광이란 이름은 베토벤 사후, 독일의 시인 루트비히 렐슈타프가 '달빛이 비치는 루체른 호수의 조각배 같다'고 말한 것에서 유래되었습니다.

-정말 그 말이 딱 어울리는 곡인데, 배도빈 악단주의 연주가 유독 회자되는 이유가 무엇일까요?

-완벽하기 때문이죠. 지금껏 정말 많은 피아니스트가 셀 수 없을 만큼 연주한 곡이지만, 배도빈의 연주는 남달랐습니다.

-어떤 점에서 그런가요?

-연주 속도가 극단적으로 빠른 것이 가장 큰 특징이겠죠.

아니, 정정하겠습니다. 그런데도 심상이 명확히 전달되는 점이 신기합니다.

-빠르다고 하시면?

-보통 연주 시간은 15분을 전후로 이루어지는데 배도빈의 연주는 13분 17초. 1악장이 다른 피아니스트와 비슷한 걸 감안하면 그의 3악장이 얼마나 격렬했는지 알 수 있습니다.

전문가라고 초빙된 남자는 자기가 알고 있는 걸 주저리주저리 늘어놓았다.

당연한 이야기를 하기에 흡족스럽게 듣고 있던 중, 심기를 불편하게 하는 말을 꺼낸다.

-대단하다는 말씀이시네요.

-정말 대단하죠. 완벽한 연주였습니다. 그 연주 이상 가는 월광은 없을 거라 감히 단언하겠습니다.

기가 찰 노릇.

오만이 하늘을 찌른다.

"그렇게 맛있었어?"

진달래는 아리엘에게 오징어볶음의 위대함을 알려주기 위해 요 며칠간 요리 연습에 매진했다.

마침내 솜씨를 발휘했고.

아리엘이 그릇을 깔끔하게 비우자 기쁘기 그지 없었다.

"훌륭했습니다. 지난 10년 중 가장 멋진 점심이었습니다."

"히힛."

두 사람이 차를 놓고 나란히 앉았다.

진달래는 테이블에 팔을 얹고 그 위에 엎드린 채 고개만 들어 아리엘을 보았다.

"있지. 나 노래하길 진짜 잘했다고 생각해."

아리엘은 따뜻한 눈으로 그녀를 바라보았다.

"뭐랄까. 행복하다는 말로는 부족해. 연습이 어렵긴 해도 즐겁고 무대가 떨리긴 해도 다시 오르고 싶어. 그 박수 계속 받고 싶어."

"이해합니다."

아리엘이 빙그레 웃으며 동조했다.

"그치."

"언젠가는 제가 만든 곡도 불러주시길 바랍니다."

"언젠가는?"

진달래가 고개를 들었다.

"지금은 안 돼? 나 아직 부족하지만 열심히 연습할게."

"저로서는 아직 그대의 매력을 온전히 표현할 곡을 만들지 못합니다. 하지만 언젠가는 반드시."

"아닌데! 왜 그런 생각을 해."

진달래가 나무라듯 말했다.

"……질투했습니다."

완벽한 남자가 생각지도 못한 말을 꺼내기 시작했다.

"저번 공연 때 당신은 정말 빛났습니다. 그리고 마왕과 베를린 필하모닉은 제가 몰랐던 당신의 매력을 이해하고 있었죠. 분했습니다."

그의 말이 너무 갑작스러워 진달래는 혼란스러웠다.

너무나 행복한 기억이었는데, 아리엘에게는 안 좋았다고 하니 어떻게 받아들여야 할지 알 수 없었다.

"하지만 Let me up을 들으며 생각했습니다. 일어나라고, 내버려 두라고 하는 말들이 응원해 주었죠. 지지 않을 거라고 마음을 다잡을 수 있었습니다."

"판……."

"다들 힘을 얻었을 겁니다."

그가 거짓말을 조금도 못 하는 걸 알기에, 진달래는 다행이라 생각하면서 그의 말을 계속 들었다.

"지금은 그 무대를 이뤘던 모든 이에게 고맙습니다. 저열한 감정에 매몰되지 않도록 훌륭한 공연을 해주었으니까요. 베를린 필하모닉은 멋진 오케스트라입니다."

진달래가 비로소 웃으며 아리엘 얀스의 볼을 쿡쿡 찔렀다.

"난 봄의 여신이 제일 좋아."

"최고의 찬사로군요."

"응. 다른 사람들도 완벽한 곡이라고 하잖아."

아리엘 얀스가 웃었다.

"다음에는 더 좋은 곡을 만들 겁니다."

진달래는 자신의 꿈을 말하는, 그 행위에 조금도 망설이지 않는 아리엘이 좋았다.

그가 계속 말할 수 있도록 질문을 던졌다.

"더? 그렇게나 대단한 곡인데?"

"완벽하다는 말은 듣지만. 또 완벽한 곡을 만들기 위해 최선을 다하지만 그것이 제 한계라고는 인정하고 싶지 않습니다. 그건 당신도 마찬가지겠죠."

"알 것 같아."

아리엘 핀 얀스에게 완벽이란 개념은 허상과 같았다.

완전무결한 곡을 만들고 연주하기 위해 영혼을 불사르지만 완벽하길 바라진 않았다.

음악의 한계가 있을 수 없음을 알고 있고 동시에 자신의 한계를 인정하고 싶지 않기 때문이었다.

진달래도 같은 생각이었다.

"윤희 언니랑 소소 언니, 료코도 같은 말 했었어. 도빈이도."

"마왕이?"

그러나 단 하나.

아리엘에게 단 한 명의 예외가 있었다.

그가 존경하는 유일한 지휘자 마리 얀스를 넘어선 배도빈.

아리엘이 되묻자 진달래가 배도빈처럼 심통 맞은 표정을
따라 했다.

"완벽한 건 없어. 편한 말일 뿐이야."

그 말투도 비슷하여 아리엘 얀스는 웃고 말았다.

"끄아아아악!"

원고를 쓰던 차채은이 괴성을 질러댔다.

푸르트벵글러호 진수식 음악회에 대한 칼럼을 쓰는데 배도
빈의 월광 소나타만은 도저히 표현할 수 없었다.

어떤 말을 붙여도 부족한 탓에 원고를 썼다 지우길 몇 시간째.

있는 대로 쥐어뜯은 덕분에 머리카락이 산발이 되었다.

"아으아앟아으우어."

벌써 많은 기사와 평이 쏟아진 뒤였고 마감은 하루 이틀 늦
어지고 있었다.

차채은은 아침저녁으로 오는 '관중석'의 연락이 두려울 정
도로 부담을 느끼고 있었다.

그러나 계속 미룰 수도 없는 법.

기분 전환을 하기 위해 베를린 필하모닉 디지털 콘서트홀에 접속한 차채은은 배도빈의 월광 소나타를 재생했다.

'이걸 대체 어떻게 표현해?'

그러나 아무리 들어도 일렁이는 가슴을 표현할 방법이 생각나지 않았다.

연주를 모두 들은 차채은이 다른 사람은 어떤 감상을 남겼는지 확인하기 위해 검색창을 채웠다.

곧 수백 건의 문건이 조회되었다.

[천재가 일으킨 또 한 번의 기적]

[베토벤 피아노 소나타 14번이 완성되다]

[완벽한 연주가 대미를 장식하다]

그러나 어느것 하나 차채은의 눈에 차는 글은 없었다.

'다들 너무 쉽게 쓴 거 같은데.'

그렇게 기사를 훑고 있던 중 핸드폰이 울렸다.

"힉!"

깜짝 놀란 차채은이 핸드폰 액정을 확인했고 담당 편집자의 이름을 보고 말았다.

눈을 감고 온몸을 비튼 뒤 조심스레 전화를 받았다.

"펴, 편집자님."

-원고 쓰고 계시죠? 딴짓하고 있던 거 아니죠?

"아, 아니에요. 열심히 열심히 쓰고 있었어요."

-정말이길 바랄게요. 벌써 이틀이나 늦어졌다고요. 저 좀 살려줘요.

"죄송합니다……. 오늘 안에는 꼭 보내드릴게요."

-오늘이 00시는 아니겠죠? 거기서 12시면 한국은 아침 7시라고요. 저 사무실에서 계속 대기해야 해요.

차채은이 전화기를 떼 시간을 확인했다.

오전 12시.

한국에서는 이미 퇴근 시간인 저녁 7시라는 생각에 거듭 사죄했다.

"죄송합니다. 죄송합니다. 빨리 써서 보내드릴게요."

한편, 차채은과 점심을 먹기 위해 놀러온 최지훈은 전화를 받으며 굽신대는 17세, 3살 어린 친구를 볼 수 있었다.

아버지께 고개를 숙이는 아저씨들이 떠올라 괜히 숙연해졌다.

"형이랑 학교 가는 거 오랜만이다."

도진이가 방실방실 웃는다.

세상에서 제일 귀엽다.

"그러게. 요즘은 무슨 공부 하고 있어?"

어머니와 도진이에게 종종 이야기를 듣곤 하지만 매번 달라지는 데다 이해할 수도 없어 자꾸만 묻게 된다.

"선형대수학이랑 공학수학."

"……."

이번에도 마찬가지.

그래도 귀엽다.

"근데 요즘은 분자생물학 공부하고 싶어. 전과할 거야."

그게 뭐냐고 물어봤자 도진이의 설명을 이해할 수 있을 것 같진 않다.

"어쩌다가?"

전공을 왜 바꾸려 하는지 묻자 의외의 대답을 꺼냈다.

"푸르트뱅글러 할아버지 머리카락 고쳐줄 거야."

"그게 돼?"

"몰라."

고개를 저은 도진이가 할 수 없는 게 아니라 모르는 거니까 도전하는 거라는 기특한 말을 덧붙였다.

무슨 일이든 최선을 다하는 건 좋은 일이다.

"머리카락이 풍성한 푸르트뱅글러는 상상이 안 되는데."

"그치! 궁금하지!"

웃으며 도진이의 머리를 쓰다듬었다.

잠시 후.

"빠이빠이!"

대학에 도착했다.

집사와 함께 씩씩하게 걸어가는 도진이에게 손을 흔들어 주었다.

'얼마 안 남았을 텐데.'

시간을 확인하니 강의 시작까지 10분 정도 남았다.

관리실 옆으로 가 찰스 브라움이 알려준 건물을 찾았다.

'음대 건물이 아니라 찾기 힘드네.'

지도를 보니 어디로 가야 하는지 대충 알 것 같은데 잘 다니지 않은 곳이라 조금은 헤맬 것 같다.

일단 방향을 정하고 걷기 시작.

발을 재촉했다.

"야, 야, 저기 좀 봐."

"맙소사. 배도빈이잖아."

"우리 학교 다닌다는 게 사실이었어?"

항상 그렇듯 주변이 시끄러워졌다.

"나 실물 처음 봐."

"잘생겼는데?"

"작아."

"TV에서 보는 것보단 안 작아 보이는데?"

"조금 컸나?"

다들 할 일이 없는지 뒤따라온다.

멈춰서 돌아보니 언제 이렇게 모였는지 수백 명은 되어 보였다.

'뭐야.'

종강 직전이라 사람이 몇 없을 줄 알았는데 조금 놀랐다.

"마에스트로! 팬이에요!"

그중 한 남자가 소리치자 수군대던 대학생들이 용기를 얻었는지 앞다투어 달려들었다.

다들 한 체격씩 해서 위협적이다.

"사진 찍어줄 수 있으신가요?"

"저 베를린 필하모닉 팬이에요! 엄마도 할머니도 팬이에요!"

"사인 좀 해주세요!"

"사랑해요!"

남자고 여자고 덩치 큰 꼬맹이들이 마구잡이로 달려드니 그리 좋지 않다.

친절히 대해야 하겠지만 여기서 발목이 잡혔다간 강의에 늦고 만다.

"약속이 있어 서둘러야 해요."

"무슨 약속이요? 혹시 찰스 브라움 교수님하고 만나시는 거예요?"

"봐봐! 눈이 안 찢어졌어!"

헛소리한 놈의 눈을 찢어버리려고 고개를 돌렸는데 때마침 전화가 울렸다.

음악사 강의를 해주었던 프란츠 게르그 교수다.

"네."

-오오. 자네 지금 어딘가?

"중앙 계단이요. 강의실로 가는 중이에요."

-오. 그래. 그래. 지금 곧 그리 갈 테니 기다리게.

안내해 주려는 모양.

그럴 필요까진 없지만 해준다는데 굳이 거절할 필요는 없을 듯해 알겠다고 답했다.

통화를 마치고는 시선을 돌렸다.

눈을 째 주려고 방금 짖었던 개를 찾았지만 이미 온몸에 여러 발자국이 새겨진 채 바닥에 너부러져 있다.

고개를 드니 건장한 학생들이 이를 드러내고 웃었다.

마친 칭찬해 달라고 말하는 것 같다.

훌륭한 청년들이다.

"저도. 저도요!"

"어떡해! 나 손 잡았어!"

"우훗! 우훗!"

기다리는 시간 동안 잠시 어울렸다.

사진을 찍어주고 사인도 해주고 있자니 계단 위에서 중장년들 한 무리가 뒤뚱뒤뚱 걸어 내려왔다.

'왜 이렇게 많이 나왔어?'

족히 50명은 되어 보인다.

"총장님, 저기 있습니다!"

프란츠 게르그 교수 옆에 배가 튀어나온 남자가 총장인 모양. 입학식 때 본 기억이 날 듯 말 듯 하다.

그와 함께 온 교직원들이 학생들 사이를 비집고 다가왔다.

"오오오! 도빈 학생, 아니. 배 교수! 그간 잘 지냈는가!"

그러곤 내 손을 덥석 잡더니 헛소리를 해댄다.

오늘 여러모로 불쾌하다.

"교수 아닙니다."

"하하하하! 이거 내가 실례했구만. 미안하네. 배 교수. 너무 반가워 그랬지."

남의 말은 안 듣는 인간 같다.

길 안내를 해주려는 줄 알았더니 이 인간은 한술 더 떠 기억도 안 나는 첫 만남을 언급하며 사진을 찍어댔다.

몹시 불쾌해 프란츠 게르그 교수를 보니 딴청을 부린다.

"게르그 교수님, 강의실로 안내 부탁드릴게요."

"오오. 게르그 교수, 뭐 하고 있는가. 어서 갑시다. 배 교수가 이렇게나 의욕을 보이는데!"

찰스의 부탁만 아니었으면 당장 돌아갔을 것이다.

교직원과 학생 무리에 떠밀려 계단을 오르자 중앙 정원부터 내 이름과 사진이 포스터처럼 줄지어 걸린 캠퍼스를 볼 수 있었다.

'카펫은 왜 깔아 놓은 거야?'

몇 번 안면이 있는 음대생들이 양쪽으로 나뉘어 길을 튼 채 바이올린을 켜고 있다.

난리도 생난리가 따로 없다.

총장의 짓인지 프란츠 게르그 교수의 짓인지 몰라도 우선 찰스는 가만 안 놔둘 테다.

앞으로 한 달간 강의할 곳은 일반 강의실이 아니었다.

대예배실.

건물 하나를 통째로 쓴다는 말에 불안했거늘.

아니나 다를까 3층으로 나뉜 예배실을 확인하곤 두통이 밀려들었다.

어이가 없어 밖을 확인하니, 못해도 1,000석은 넘는 자리가 빠짐없이 차 있다.

음대생을 대상으로 한 방학 특강 수준이 아니다.

뒤늦게 온 찰스 브라움을 노려보자 어깨를 으쓱였다.

"수강생이 너무 많아서 어쩔 수 없었다더군. 수강 인원 늘리라는 요청이 자꾸. 억!"

엉덩이를 차버리니 그가 헛소리를 멈췄다.

오늘 말 같지 않은 말을 너무 많이 들어 스트레스가 쌓였던 차, 조금은 풀린 것 같다.

"무슨 짓이야!"

넘어진 찰스가 성을 냈지만, 이미 강의 시작 시간을 훌쩍 넘긴 탓에 더는 지연시킬 수 없다.

한 번 더 차주고 싶은 마음을 거두고 무대로 나섰다.

"배도빈! 배도빈!"

"이야아아아!"

"꺄악!"

강의가 아니라 꼭 리사이틀을 연 기분이다.

베를린 필하모닉에 관련한 일로 강의 준비를 제대로 못 했는데, 이 똘망똘망한 눈을 보고 있자니 조금은 부담스럽다.

1학기 말부터 방학까지 한 달간 그 소중한 시간을 내 강의에 투자한 꼬맹이들에게 무엇을 가르쳐야 할지 지금도 확신이 없다.

학과라도 정해져 있으면 모를까.

바라는 것도, 가진 바 재능도, 원하는 것도 모두 다른 천 명의 학생들에게 대체 무엇을 알려줘야 하는지 혼란스럽다.

강의 준비 시간조차 없이, 최소한의 정보도 없이 날치기로 일을 처리한 베를린 대학과 찰스에게 정식으로 욕을 퍼부어줘야겠다.

그러나 그것도 강의 뒤의 일.

저들의 소중한 시간을 망치고 싶진 않아 그나마 준비했던 이야기를 꺼내고자 마음먹었다.

학생들을 둘러보며 인사를 건넸다.

"반갑습니다."

"안녕하세요!"

우렁찬 대답에 내심 놀라고 있다가 나카무라 료코를 보곤 정말 놀랐다.

여긴 왜 왔냐고 묻고 싶은 걸 참고 말을 이어나갔다.

"오늘은 위대한 음악가에 대해 알아보고자 합니다. 그런 후 여러분이 궁금한 이야기를 들어보도록 하죠."

"네!"

"……."

지난 수십 년간 받아온 지나친 관심보다 이 수업이 더 민망하다.

"음악이 체계를 갖추기 시작한 시기를 바로크라 합니다. 악보를 적는 방법이 고안되었고 12선법이 정립되었죠."

학생들과 눈을 마주하고 있는데 다들 눈이 뭔가 비어 있다.

"그리고 무엇보다 중요한 화성이 만들어졌죠. 여러분이 잘 알고 있는."

"바흐요!"

열정적인 학생들이다.

그러나 저 눈들이 마치 '다 알고 있는 이야기 하지 말고 재밌는 거 말해주세요'라고 말하는 듯하다.

위대한 내 이야기를 90분 정도 짧게 해줄 생각이었는데 아무래도 생각을 바꿔야 할 것 같다.

"좋습니다. 아무래도 기본적인 교양은 갖추고 계신 듯하니 몇 사람의 질문을 받고 강의 방향을 잡아보죠."

순식간에 수백 명이 팔을 들었다.

가장 먼저 눈이 마주친 학생을 지목하니 벌떡 일어났다.

"자, 자, 자, 자, 작곡과 3학년 양 쉔입니다. 마에스트로를 뵈어 영광입니다."

예의 바른 친구가 떨지 않고 편하게 질문할 수 있도록 손을 펴 보였다.

"저는 찰스 브라움을 가장 좋아하는데요. 아! 그, 그게 바이올린 협주곡이요. 무, 물론 마에스트로의 모든 곡을 좋아하지만."

진정 좀 했으면 좋겠다.

"찰스 브라움을 작곡하실 때 찰스 브라움 교수님의 어떤 점을 생각하셨는지 구, 궁금합니다."

예상과는 다른 질문이다.

화성 배치는 어떻게 하는지, 형식은 어떻게 비트는지 같은 걸 물어볼 줄 알았거늘.

추상적인 개념이라 대답하기 어렵다.

"답하기 어려운 질문이네요. 단어로 나열하자면 나르시즘, 찌질함, 상냥함입니다."

"아…… 네. 감사합니다……."

"……."

잠깐의 정적 이후 또다시 질문자가 생겼다.

이번에는 피둥피둥한 학생을 지목했다.

"피아노과 4학년 로맹 아도르입니다. 최근 퀸 엘리자베스 파이 널 라운드 과제곡으로 작곡하신 A108에 대해 여쭙고 싶습니다."

고개를 끄덕였다.

"음계 사이의 간격이 넓어 해석의 여지가 많은데, 혹시 퀸 엘 리자베스 국제 콩쿠르에서 연주된 A108에 만족하시는지 알고 싶습니다."

질문이 아니라 하고 싶은 말이 있어서 묻는 형식을 빌렸을 뿐이다.

"로맹 아도르 학생은 만족 못 하신 것 같네요."

"네. 그 곡이 발표된 날부터 지금까지 하루도 빠짐없이 반복 해 연주했습니다만 콩쿠르에서의 연주도, 제 연주에도 만족할 수 없었습니다."

"그래서 원하는 건요?"

"완성된 A108을 듣고 싶습니다."

고민하다가 옆에서 대기하고 있는 조교에게 물었다.

"피아노 준비가 될까요?"

환호와 박수 소리 때문에 조교의 대답이 묻혔지만 고개를 끄덕이며 후다닥 나가는 걸 보니 가능한 모양이다.

잠시 후.

어찌나 서둘렀는지 몇몇 사람이 숨을 헐떡이며 무대에 피아노를 끌어다 놓았다.

"조, 조율은 되어 있습니다."

"감사합니다."

피아노 앞에 앉으니 다소 웅성대던 예배당이 고요해졌다.

최지훈에게 헌정하려던 'A108'의 카덴차를 연주한 뒤 건반에서 손을 떼고 일어났다.

학생들은 차분하지만 마음이 담긴 박수를 보냈다.

손을 들어 분위기를 진정시키고 로맹 아도르를 지목했다.

"만족했나요?"

"네. 정말 완벽했습니다. 그 이상의 연주는 없을 것 같습니다."

"아뇨."

그에게서 시선을 떼 학생들을 둘러보았다.

천천히 걸으며 최대한 많은 이와 교감하려 노력했다.

"A108은 가능성의 곡입니다. 연주하는 사람과 기량에 따라 다양하게 변화하죠."

일부 학생이 고개를 끄덕였다.

"제가 앞으로 일주일간 A108을 연주하기 위해 준비한다면, 지금보다 뛰어난 연주를 해낼 겁니다. 1년 뒤에 연주한다면 또 다른 멋을 내겠죠."

이야기를 이어나가니 이제는 다들 납득하는 듯하다.

"비단 A108에만 해당되는 이야기는 아닙니다. 무대에 오르는 이상, 우리는 그 순간의 최선을 해내려 합니다. 그건 여러분이 시험을 볼 때와 마찬가지예요."

나카무라 료코와 눈이 마주쳤다.

평소보다 배는 매섭게 노려보고 있다.

"그러나 그것으로 만족해선 음악이 이렇게 변화하고 발전할 순 없었을 겁니다. 개인으로서도 마찬가지입니다."

다시 로맹 아도르를 보았다.

"만족하지 마세요. 단 한 번의 연주를 맹신하는 것만큼 당신의 재능을 막아서는 벽은 없습니다. 완벽해지려고 발버둥치세요. 그 과정에서 작은 만족을 얻었다고 해서 멈추지 마세요. 당신은 더 잘할 수 있습니다."

다시 피아노에 앉아 방금 연주했던 A108의 카덴차를 다시 연주했다.

"완벽한 곡과 완벽한 연주는 있을 수 없습니다. 간절히 바라지만 만약 그것을 얻는다고 해도 저는 그보다 나은 음악을 하려 할 겁니다. 다른 음악을 할 겁니다."

음악을 말하지만 인생관 강의가 된 듯하다.

"완벽을 인정하는 순간 한계도 인정하게 됩니다. 로맹 아도르 학생."

"네."

"음악에 절대성을 부여하려 하지 마세요. 음악은 음악가와 듣는 사람의 소통입니다. 그런 생각을 가지면 완벽할 수 없다는 걸 쉽게 받아들일 수 있을 거예요."

그렇게 답을 마치자 한 학생이 소리쳤다.

"마에스트로는 완벽하신데요!"

"하하하하!"

지금까지 내 설명을 대체 뭐로 들었는지.

고개를 저었다.

"이름이 뭐죠?"

"철학과 3학년 힐스 바우어입니다."

"철학을 공부하는 학생답게 통찰력이 있군요. 지각 1회 면제권을 드립니다."

· 82악장 ·

큰북, 작은북

레 자미가 터뜨린 브렉시트 조작 사건이 대대적으로 보도되기 시작했다.

한 군사기업이 자사의 이익을 위해 국가 간 분쟁을 유도했다는 의혹은 관련자들 사이에서 퍼지기 시작했고 이후 인터넷을 통해 암암리에 대중에게도 알려졌다.

최우철의 철두철미한 준비로 기반이 마련된 덕에 레 자미의 보도는 걷잡을 수 없이 확산되었다.

처음에는 설마 했던 분위기도 관련 증거 자료가 시시각각 공개되면서 반전.

특히나 2016년 11월에 통과된 인터넷 검열, 감청 안건마저 브렉시트를 위한 버만 인더스트리의 초석이었다는 사실은 유럽을 넘어 전 세계에 충격을 안겨주었다.

국회의원 및 일부 특권층은 영장 없이, 영국인이 접속하는 모든 인터넷 사이트를 열람할 수 있다는 '계급'의 논리가 포함되어 있었고, 당시에도 반발이 심했던 일인데.

그것이 한 기업의 로비로 이루어진 일이라고 하니 영국과 아일랜드 국민이 치를 떠는 것도 무리는 아니었다.

"이게 대체 무슨 일이야!"

버만 가문의 당주 로저 버만이 호통을 쳤다.

세계적 비난 여론이 가속화되었고.

자국 내에서도 심상치 않은 조짐 때문에 영국 의회는 버만 인더스트리에 대한 특검을 실시했다.

"돈 받아 처먹은 놈들은 뭣들 하고 있어!"

처음에는 보여주기식으로 얼버무리려던 의원들도 상황이 점차 불리해지자 등을 돌렸다.

그 과정에서 최우철의 입김이 강하게 작용했다.

"아니, 라너드 의원님. 의원님이 대체 무슨 잘못이 있으십니까. 명예라고는 눈곱만큼도 없는 장사치에게 속으신 것 아닙니까."

"그, 그럼! 그렇고말고."

"모든 건 영국을 위한 의원님의 결단이었습니다."

"그렇지! 자네가 정확히 알고 있네! 자네 말이 맞아!"

"그러나 애석하게도 무지한 국민이 그것을 알아줄까요? 아니죠. 의원님의 깊은 뜻은 생각지 않고 분노에 휩싸여 있습니다."

"내, 내가 어찌. 어찌해야 하겠는가."

"진실을 알리셔야지요."

"진실?"

"모든 건 버만 가문의 욕심 때문에 벌어진 일이라고요. 그들이 물고 늘어지기 전에 속히 움직이셔야 합니다."

"그것이 가능한가?"

"의원님과 같이 억울한 분이 한두 사람이겠습니까? 어려운 시기일수록 힘을 모으셔야지요."

"그래. 자네 말이 맞겠어."

"우선 모든 자료를 압수하고 필요한 내용만 내보내시면 됩니다. 그 일은 책임지고 도와드리도록 하지요."

"고맙네. 정말 고맙네."

"출국 정지와 계좌 거래 중지도 부탁드립니다."

"그렇게까지 해야겠나?"

"의원님, 안보법 위반입니다. 영국의 안위를 위협한 그들에게 도피처를 열어두실 생각은 아니시겠지요? 국민이 뭐라 생각하겠습니까. 이번 기회에 의원님의 이미지를 확고히 하셔야지요."

재선을 떠올린 라너드 의원이 고개를 끄덕였다.

"한데 왜 나를 도와주는가?"

"이 땅에 정의를 내리기 위해서지요."

"하하하하! 농담도 잘하는구만. 덕분에 좀 긴장이 풀리네."

"그저 버만 인더스트리의 공백을 조금이나마 채워드리고 싶어 그럴 뿐입니다."

"걱정 마시게. 내 이번 일만 잘 처리되면 힘을 실어주겠네."

최우철이 상냥하게 미소 지었다.

라너드 의원과 밀약한 뒤.

또 다른 의원을 만나기 위해 차에 오른 최우철의 얼굴은 차갑기 그지없었다.

그는 핸드폰을 훑으며 그의 비서에게 지시했다.

"압수수색 자료 넘겨받기로 했으니 철저히 준비해. 버만 인더스트리 특검 결과 보도되면 라너드 의원 관련 내용 레 자미에 넘기고."

"괜찮겠습니까?"

"쓸모없어진 늙은 너구리는 독이 될 뿐이지."

최우철의 안배에 따라.

영국 국회의원 일부는 동원 가능한 모든 수단으로 버만 인더스트리의 회계자료를 전량 압수.

최우철의 도움을 받아 본인들과의 거래 내용을 삭제하면서 버만 인더스트리의 비리를 조금씩 풀어냈다.

버만 가문은 사방에서 급격히 조여오는 벽에 가로막혔으나 누가, 어떠한 목적으로 그들을 공격하는지조차 파악하지 못했다.

궁지에 몰린 로저 버만은 어떻게든 길을 열기 위해 백방으로 노력했고 수단과 방법을 가리지 않았다.

"잡아들이라 한 지가 언젠데 아직도 소식이 없어!"

"사무실로 등록된 곳이 이미 오래 비어 있었습니다."

"빌어먹을!"

책상을 내려친 로저 버만은 상대조차 특정할 수 없음에 치를 떨었다.

그러나 절망할 때는 아니었다.

상대가 누구든, 그들의 음해로 100년간 쌓아온 버만 가문이 무너질 수 있을 거라곤 조금도 상상할 수 없었다.

올해 계획했던 일 중 피델리오와 크루즈 콘서트만이 남았으니 조금은 여유가 생겼다.

"그래서 연주자를 더 뽑을 생각이에요."

푸르트벵글러와 악장단 그리고 수석들을 소집해 미뤄왔던 일을 언급하니 다들 울먹인다.

"끄윽. 드디어."

"난 이런 날이 올 줄 알았어. 믿었다구읍."

"커험!"

푸르트뱅글러가 본인의 독재로 20년 넘게 인력 부족에 시달렸던 단원들의 눈물을 애써 무시했다.

"일단 들어봐요."

악장단과 수석들을 진정시키고 말을 이어나갔다.

"기본적으론 저도 푸르트뱅글러와 같은 생각이에요. 아무나 들일 생각은 추호도 없어요."

"당연하지."

"테스트는 엄격할 거예요. 한 명도 못 뽑는 상황이라 해도 기준을 완화하진 않을 거고요. 물론 기존의 수습 단원으로 2년간 활동 후 정식 단원으로 채용한다는 조항도 유지할 겁니다. 파트별로 기존 평가 항목 갱신해서 제출해 주세요."

감동적이었던 처음과 달리 다소 우울해졌지만 이견은 없다.

세계 최고의 오케스트라로서 그에 합당한 선발 기준을 세워야 한다는 생각에 동조하기 때문.

그런 엄격한 과정이 베를린 필하모닉 단원으로 활동하는 데 자긍심과 용기를 심어준다는 걸 너무나 잘 알고 있다.

니아 발그레이 고문이 미리 상의했던 일정을 설명하고 나섰다.

"기한은 다음 주 수요일까지입니다. 피델리오 상연 전 공고를 올려 이력서와 영상을 받을 예정입니다. 영상 테스트는 저와 악기별 수석들이 함께해 주셔야 하고요."

전력을 다하고 있는 피델리오가 남은 이상, 수석들에게 또 다른 짐을 부여할 순 없었다.

그래서 2주 정도의 유예기간을 두었는데 다들 만족하는 것 같다.

"모집 대상은 A와 B의 예비, 보충 인원입니다. 이건 악기별 할당된 정원 수를 정리한 표이니 참고해 주세요."

푸르트벵글러, 니아 발그레이와 함께, 넉넉한 수는 아니지만 적어도 로테이션을 돌릴 여력은 되도록 의논했고.

그 결과를 받아 본 악장단과 수석들은 혼잣말로 고개를 끄덕였다.

"어찌저찌 될 것 같은데."

"그래. 이게 어디야."

밝은 분위기에 선물 같은 이야기가 하나 더 준비되어 있다.

숨겨 둘 이야기도 아니라 입을 열었다.

"하나 더. 샛별 엔터테인먼트에서 육성한 인원은 추가로 들일 예정이에요."

"전에 말했던 특채?"

"네. 솔로로 좋은 모습을 보여준 인원 중에 베를린 필하모닉과 함께하길 바라는 이들이 있어요."

일이 없다던 히무라에게 부탁하니 금방 처리해 주었다.

3년 전부터 부탁했던 일이라고는 해도 이틀 만에 해결해 주는 걸 보니 역시 유능하다.

"당연히 테스트는 봐야 합니다. 바이올린은 파울 리히터 악장이, 첼로는 이승희 수석이 맡아 따로 진행해 주세요."

두 사람이 고개를 끄덕였다.

사실 면접을 보는 것도 피곤한 일이지만 적어도 인원이 부족해 생기는 피로보다는 나을 터.

마지막으로 준비한 일에 악장단이 모두 달려들어야 할 것 같다.

"또 베를린 대학 음대생도 오디션 대상입니다."

그를 데려오는 조건 중 하나였던 베를린 대학 음대생에게 할당된 자리도 채워야 하는데.

딱 다섯 자리.

이번에는 가장 많은 인원이 필요한 바이올리니스트에 한정했다.

"찰스."

찰스 브라움이 고개를 끄덕였다.

"공정성을 위해 찰스 브라움 악장은 음대생에 대해서는 관여치 않기로 했습니다. 이 일은 나윤희 악장이 담당해 주세요."

나윤희의 눈이 튀어나올 것 같았다.

"그, 그런 중요한 일을 저 혼자요?"

"처음이니 발그레이 고문이 도와줄 테지만 결정권은 나윤희 악장에게 있습니다."

베를린 필하모닉의 악장인 이상 익숙해져야 할 일이다.

훌륭한 솔로 바이올리니스트로 남아서는 굳이 악장직에 머무를 필요는 없다.

그러나 최근 1년간 나와 발그레이를 사사하면서 보였던 재능을 썩히기도 아쉽다.

단원들에게서 신뢰받고 있으니 이제 막 한 단계만 올라서면 훌륭한 악장, 그 이상이 될 수 있을 터.

자신감이 부족한 그녀는 지지해 줄 필요가 있다.

"아……."

"어렵게 생각할 거 없어요, 나윤희 악장. 어떤 사람인지 베를린 필하모닉과 어울릴 수 있는 사람인지만 보면 되는 거니까."

이승희가 나윤희의 걱정을 덜어주려 했다.

왕소소도 이승희의 말에 고개를 끄덕이니 나윤희가 고민 끝에 결심한 듯하다.

"해볼게요."

"좋아요."

나로서는 내심 믿는 구석이 있으니 맡긴 일이다.

그녀의 관찰력은 상당한 수준.

분위기를 파악한다든지, 상대방의 생각을 읽는다든지, 주변에 어떤 물건이 있는지 등 함께 일하면서 그런 생각을 종종 했다.

조심성 많은 성격 탓이라고 하는데 분명 사람을 판단하는 일도 잘 해내리라.

"마지막으로. 평가 척도에서 실력은 기본입니다. 그러나 그것만이 기준이 되면 안 돼요. 최종적으로는 지원자가 얼마나 우리와 함께하고 싶고 그것을 이루기 위해 정당한 길을 걸어왔는지 잘 확인해 주세요."

쉽게 표현하면 음악 바보가 좋겠다.

"아들~ 엄마 왔다~"

오늘도 퇴근 후 서둘러 귀가한 그레이 웨인이 현관 앞에 가방을 두고 아들을 찾았다.

복지사를 두고 있을 적, 산타 웨인이 폭행당했던 경험이 있었기에 지금은 가족이 돌아가며 돌보고 있었다.

친절한 이웃과 산타 웨인의 할머니가 도와주긴 하지만 그 정도로는 그레이와 죠엘의 부담을 덜기에 부족했다.

그럴 때마다 그레이 웨인은 가족을 두고 먼저 떠난 남편이 원망스럽기도 했다.

"아들?"

그러나 얼마 전부터 호전을 보이기 시작한 아들에게서 조금씩 희망을 얻고 있었다.

"영화 보고 있었어?"

그레이 웨인은 본인의 방에서 TV를 보고 있는 아들을 꽉 안아주었다.

"흐헤."

산타 웨인도 살짝 웃으며 엄마를 반겼다.

그레이 웨인이 산타 웨인의 머리를 쓸며 말했다.

"아들 머리 좀 길었네? 잘라야겠다. 이거 다 보고 머리 하자?"

"머니 하쟈."

그레이 웨인이 옷도 갈아입지 않은 채 아들 옆에 누웠다. 그러고는 아들이 보고 있던 것을 함께 시청하였는데 영화가 아니라 베를린 필하모닉을 다룬 다큐멘터리였다.

"마리 이모가 틀어줬어?"

산타 웨인은 대답하지 않았다.

그레이 웨인이 왔을 때만 잠시 반응했을 뿐, 마치 뭔가에 홀린 듯 TV 화면에서 눈을 떼지 않았다.

집중력이라고는 전혀 보이지 못했던 아들의 낯선 모습이 엄마를 기쁘게 했다.

한참 뒤.

머리를 자르기 위해 산타 웨인은 가운을 두르고 의자에 앉았다.

"자, 손님. 오늘은 어떻게 해드릴까요?"

"히."

"뭐라고요? 남자답게 잘라달라고요?"

"힝힝."

"좋아요. 아빠처럼 멋지게 해드릴게요."

매번 같은 스타일이었지만 그레이 웨인과 산타 웨인에게는 즐거운 놀이였다.

그레이 웨인은 아들이 지루하지 않도록 이런저런 말을 하면서도 혹시나 다치지 않도록 신경이 예민해져 있었는데.

어느 순간부터 아들이 뭐라뭐라 중얼거리기 시작해서 귀를 기울였다.

"바니올린 20개, 2바니올린 18개."

산타 웨인이 갑자기 고개를 틀어 그레이 웨인은 깜짝 놀라 가위를 치웠다.

"비, 비온나 16개, 체체첼로 14개. 풀르트는 4개애. 흐. 오보에 4개. 클라니넷 2개."

"우리 아들 악기 정말 좋아하나 보네. 그렇게 많이 있으면 즐겁겠다."

"흐헤!"

잠시 후.

그레이 웨인은 아들의 머리를 잘라주고 샤워를 시킨 뒤 책을 읽어주었다.

아들이 완전히 잠들 때까지 함께 있어준 그녀가 피곤한 몸을 뉘었을 때 딸이 돌아왔다.

"어서 오렴."

딸 죠엘 웨인은 잔뜩 지쳐 보이는 엄마를 보자마자 꼭 끌어안았다.

"미안해요, 엄마. 시험만 끝나면 산타 제가 돌볼 테니까."

"걱정하지 마. 엄마 아직 젊으니까. 넌 네 일만 열심히 하면 돼."

"……믿고 맡길 수 있는 데가 있으면 좋을 텐데."

죠엘의 말에 그레이가 단호히 나왔다.

"그놈 기억하지? 엄만 남한테 산타 맡길 생각 없어. 조금도."

"그렇지만 언제까지 이럴 순 없잖아요. 엄마 먼저 쓰러지면 어쩌게."

"엄만 괜찮아. 그러니까 그런 생각 안 해도 돼."

죠엘은 어쩔 수 없이 고개를 끄덕이곤 자신의 방으로 올라가 공부를 이어 하기 시작했다.

며칠이 지나고.

그레이 웨인은 베를린의 여러 복지센터를 알아보았지만 아들을 믿고 맡길 만한 곳을 찾을 수 없었다.

질 나쁜 보육사로부터 산타가 학대당하는 모습을 영상으로 확인했을 때는 피가 거꾸로 솟는 것만 같았다.

무거운 처벌을 받았다곤 하지만 산타가 겪은 상처가 씻기는 건 아니었기에 그레이 웨인의 불신은 깊어질 수밖에 없었다.

그것이 가장 큰 원인이었다.

그 후 몇 년째.

정규 교육 과정을 제외하고는 모든 것을 홀로 감당하던 그레이 웨인은 점점 현실을 받아들일 수밖에 없었다.

시어머니는 날로 성장하는 산타를 감당하기 어려워했다.

가끔 산타가 말썽을 부린 날이면 시어머니의 몸 이곳저곳에 멍이 나 있었고.

동생을 끔찍이 아끼는 딸 죠엘이 자신을 희생하는 것도 안타까웠다.

대학 4년간 단 한 번의 장학금도 놓치지 않았던 죠엘이 좀 더 본인을 위해 살기를 바랐다.

동생을 지극히 아끼고 학교 생활에 충실한 딸이 자랑스러우면서도, 알게 모르게 부담을 느낄 터이기에 미안할 뿐이었다.

그렇게 고민이 깊어졌고.

그레이 웨인도 결심을 내렸다.

'적어도 내가 없을 때 산타가 있을 곳이 필요해.'

그레이 웨인은 다시 한번 커뮤니티 사이트와 SNS를 통해 복지센터에 대한 정보를 찾기 시작했다.

얼마나 흘렀을까.

어깨가 뻐근하여 일어난 그레이 웨인은 시간을 확인하곤 깜짝 놀랐다.

시계는 벌써 밤 1시를 가리키고 있었다.

그레이 웨인이 2층 거실로 나섰다.

산타의 방에서는 살짝 열린 문을 통해 여러 빛과 음악이 새어 나오고 있었다.

이미 잠들었을 시간.

잠들기 전에는 항상 곁을 지켜줘야만 했는데 오늘은 혼자 잠든 모양이었다.

그레이 웨인은 최근 들어 조금씩 나아지는 아들을 기특하게 여기며, 깨지 않도록 조심스레 다가갔다.

"헤헷."

잠들기는커녕 웃으면서 베를린 필하모닉의 발트뷔네 음악회 영상을 보고 있는 산타 웨인.

그레이 웨인은 아들 곁으로 다가갔다.

"이거 보느라 엄마도 안 찾았구나?"

"응."

베를린 필하모닉, 특히 배도빈이 지휘하는 공연을 좋아하는 동생을 위해 누나 죠엘은 베를린 필하모닉 디지털 콘서트홀에 가입.

산타 웨인이 조작하지 않아도 영상을 이어서 볼 수 있도록 설정해 두었는데, 그러자니 몇 시간이고 계속 보게 되어 걱정이 늘었다.

"오늘은 늦었으니까 이만 자고 내일 또 보자."

"더, 더."

"응?"

"더 흐. 보고 싶어. 힛."

아들이 의사 표현을 확실히 한 것은 정말 오랜만이라 그레이 웨인은 내일을 걱정하면서도 고개를 끄덕였다.

"그럼 이것만 마저 보고 코 자자?"

산타 웨인은 대답도 없이 모니터에 시선을 고정한 채 고개를 끄덕였다.

다음 날.

아들 방에서 잠들었던 그레이 웨인은 평소보다 늦게 일어나 서둘러 주방으로 내려갔다.

"좋은 아침."

"죠엘."

"산타랑 둘이서만 같이 자기 있어요? 질투 나게."

그녀는 식탁에 놓인 구운 빵과 에그 스크램블 그리고 산타가 좋아하는 블루베리를 보곤 미소 지었다.

며칠 전까지 시험을 치르느라 피곤했을 텐데 이렇게 도와주니 너무나 기특하고 고마웠다.

"커피 드실래요?"

"응. 고마워."

모녀가 나란히 앉아 잠깐의 휴식을 가졌다.

"저 이력서 좀 내보려 해요."

"벌써?"

"네. 졸업 후에 시간 허비하고 싶지도 않아서요."

"하고 싶은 공부 더 해도 돼. 놀러 다니는 것도 공부야."

풍족하진 않지만, 경제적으로 아쉽지도 않았기에 그레이 웨인은 재능 있는 딸이 곧장 취직하는 것보다 좀 더 많은 경험을 하길 바랐다.

그러나 죠엘 웨인의 생각은 달랐다.

"하고 싶은 일이 생겼어요. 공부를 더 하면 좋겠지만, 어차피 시작할 거면 빠른 게 나은 것 같아요."

죠엘 웨인은 계속 학교 공부만을 하고 싶지는 않았다.

하고 싶은 일이 명확하다면 직접 뛰어들어 업계에서 경험을 쌓아나가는 게 더 중요하다고 여겼다.

"또 좋은 기회를 제안받아서요."

딸의 기쁜 소식에 그레이 웨인의 얼굴이 활짝 피었다.

"무슨?"

"이자벨 멀핀 씨라고 산타 일로 몇 번 만났었잖아요. 베를린 필하모닉에서 일해볼 생각 없냐고 하시더라고요. 당장은 아르바이트지만."

뜻밖이었다.

베를린 필하모닉을 언급한 적이 없었던 탓에 딸이 그곳에 관심을 가지게 된 이유가 궁금했다.

"고맙기는 해도."

엄마가 어떤 걱정을 하는지 이해하고 있는 죠엘은 고개를 끄덕였다.

"저도 몰랐어요. 산타랑 같이 영상 보면서 알게 된 건데, 베를린 필하모닉이 하는 일들이 멋져 보이더라고요."

그레이 웨인이 잠자코 딸의 말을 들어주었다.

"처음에는 산타도 들을 수 있는 공연을 마련해 줘서 너무 고마웠는데, 생각할수록 한 아이를 위해 그렇게까지 해줄 수 있나 싶더라고요. 그래서 조금 알아보니까 원래 그랬던 것 같아요. 모두가 즐길 수 있는 음악을 하려고."

죠엘 웨인은 베를린 필하모닉의 지난 발자취를 좇으며 그들이 사회에 미치는 긍정적인 영향에 깊이 감화되었다.

2010년 유니세프 아이티 지진 긴급 구호를 위한 자선 음악회.

2016년 난민과 조력자를 위한 특별 음악회.

2022년부터 해년마다 개최되는 자선 연주회 '배도빈 음악회' 등은 물론, 클래식뿐만 아니라 대중음악을 좋아하는 이들을 위해서도 활동했다.

발트뷔네(Waldbühne) 연주회, 아이들을 위한 어린이 타악 교실, 아이들을 위한 실내공연, 베를린 필하모닉 밴드에 더해.

차별로 인해 제대로 된 교육을 받지 못하는 이들을 위해 설립된 베를린 대학 음대에 대한 지원.

또 샛별 엔터테인먼트, 도빈 재단과 협력해 국가를 불문하고 여러 지역에 음악 학교를 설립해 교육 혜택을 전파하는 일까지.

죠엘 웨인은 단순히 돈을 많이 벌고 큰 회사에서 일하기보다는 베를린 필하모닉과 같은 곳에서 함께하고 싶었다.

"정말 멋진 곳이네."

그레이 웨인도 딸의 설명을 듣고는 고개를 끄덕였다.

산타에게 너무나 멋진 취미를 갖게 해준 배도빈과 베를린 필하모닉에 깊이 감사하던 차.

딸이 원해서 그들과 함께할 수 있다면 더 바랄 것이 없었다.

"그리고 좀 알아봤는데."

"응?"

"산타, 베를린 필하모닉 어린이 타악 교실에 보내는 건 어때요?"

누군가 돌봐줘야 하는 아들을 공부하는 곳에 보내는 것은 상상도 하지 못했던 그레이 웨인은 걱정부터 앞섰다.

"떨어져 있으면 얼마나 불안해하는지 알잖아. 또 공부하는 다른 아이들에게 피해를 줄 수도 있고."

"클래스가 따로 있대요."

죠엘이 핸드폰을 내밀었다.

그곳에는 정서 발달이 더딘 아이들을 위한 프로그램이 소개되어 있었다.

그레이 웨인이 그것을 살피는 동안 죠엘이 베를린 필하모닉의 어린이 타악 교실을 계속해서 설명했다.

"산타가 뭐 좋아하는 거 처음이잖아요. 배우기도 하면서 정서 안정에 도움도 된다고 하니 좋을 것 같아요."

딸의 설득에 그레이의 마음이 조금씩 흔들렸다.

"들어가기 전에 면담도 진행한다고 하니 판단은 그쪽에 부탁해도 되지 않을까요?"

그레이 웨인은 순간 거절당했을 때 산타 웨인이 얼마나 슬퍼할지 떠올렸다.

그러나 지난 몇 년간 걱정해서 감싸기만 해서는 어떤 것도 달라지지 않는다는 걸 깨달았기에 마음을 굳혔다.

"그래. 한번 알아볼게."

"네."

일주일에 두 번.

크리스틴 지메르만과 함께 악보를 공부하던 최지훈이 문득 고개를 들었다.

창을 투과해 내리는 햇빛이 너무나 강렬해 눈을 찌푸렸다.

크리스틴 지메르만의 별장은 공원과 가까워, 산책하고 있는 사람과 한가롭게 여유를 즐기는 이들을 볼 수 있었다.

평온.

철이 들 무렵부터 쉬지 않고 달렸던 최지훈에게는 익숙지 않은 분위기였다.

달칵-

방으로 들어선 크리스틴 지메르만은 창문 가까이 서 있는 최지훈을 보곤 차를 내려놓았다.

"불안한가요?"

"아."

최지훈은 돌아서 차를 따르는 스승을 보았다.

아로니아와 사과를 혼합한 크리스틴 지메르만의 특제 차는 몸과 마음을 편히 달래주었다.

"아뇨. 도빈이가 자리를 지켜주고 있거든요."

최지훈의 표정이 어둡지 않아 지메르만은 빙그레 웃었다.

"멋진 형제애네요."

"아, 감사합니다."

스승으로부터 차를 건네받은 최지훈이 인사하곤 찻잔을

감쌌다.

"그럼 무슨 생각을 하고 있었나요?"

"으음. ……심심하다?"

의외의 대답에 지메르만이 눈을 평소보다 크게 뜨고 최지훈을 유심히 살폈다.

"재활도 열심히 받고 있고 선생님이랑 악보 공부하는 것도 재밌지만 그 외 시간에 뭘 해야 좋을지 모르겠어요."

남는 시간은 모두 피아노를 연주하는 데 보냈던 최지훈은 아주 기초적인 단계의 금단 현상을 겪고 있었다.

최지훈과 같은 상황을 겪었던 지메르만은 이해한다는 듯 고개를 끄덕였다.

"다른 일에 집중하는 게 가장 좋은 방법이죠."

악보를 분석하는 일에 매달렸던 지메르만은 최지훈에게도 같은 일을 제안했었다.

다만 그 행위가 최지훈에게도 위로가 되지는 않았기에 함께 다른 방법을 강구해 보기로 했다.

"전혀 다른 일은 어떤가요. 미술이라든지 문학도 도움이 될 거예요."

"아……. 비슷한 걸 하고 있어요."

최지훈이 얼굴을 붉혔다.

"멋지네요."

지메르만의 고상한 제안에 최지훈은 패션 잡지를 보는 것이 괜히 쑥스러워졌다.

"스포츠도 좋겠네요. 손에 무리가 안 가는 쪽으로. 몸이 지치면 기본적인 욕구가 우선시 되니까요."

"음."

생각을 이어가던 최지훈이 조심스레 물었다.

"사실 곡을 써 보고 싶어요."

지메르만의 얼굴에 이채가 돌았다.

"악보 보면서 이렇게 연주해 보고 싶다는 생각이 들었거든요. 수정하다 보니 재밌을 것 같아서요."

"좋은 일이네요. 연주하고 싶은 걸 적어 보면 그것만으로도 다른 작곡가의 입장을 이해할 수 있을 거예요."

최지훈이 지메르만의 차를 마셨다.

"그런데 어디서부터 시작해야 좋을지 모르겠어요."

"처음에는 느슨한 양식에 맞춰 써 보는 것도 도움이 될 거예요. 왈츠는 어떤가요."

4분의 3박자의 춤곡을 떠올린 최지훈이 일단 고개를 끄덕였다.

"해볼게요."

♪

"보스, 타마키 히로시라는 분이 방문하셨습니다. 어디로 안내할까요?"

구인 공고를 올리고 며칠 뒤.

수석과 악장단이 선별한 이력서를 검토하고 있는데 멀핀이 문을 두드렸다.

처음 들어보는 이름이다.

"누군데요?"

누구냐고 묻자 멀핀이 눈을 몇 번 깜빡였다.

"친구분 아니신가요?"

두 손을 들곤 고개를 저었다.

"너무 당당히 친구라고 하여 확인이 미흡했습니다. 쫓아내겠습니다."

"네."

지인이라면서 찾아오는 사람이 종종 있었는데 이번에는 연기력이 정말 좋은 사람인 듯.

멀핀을 속일 정도면 훌륭한 배우가 될 자질을 가졌을 것 같다.

대수롭지 않게 여기고 적당히 타일러서 돌려보내라고 부탁했다.

다시 이력서를 들여다보고 있자니 밖이 조금 소란스럽다.

"정말입니다! 한 번만. 한 번만 만나게 해주세요! 얼굴을 보면 기억할 거예요!"

이상해서 나가보니 복도 끝에서 여러 사람이 실랑이 중이다.

보안 직원 둘이 그를 막아서고 있고 이자벨 멀핀은 경고하고 있었다.

"이 이상 소란 피우시면 경찰 부를 거예요."

유별난 친구구만.

그러려니 하면서 방으로 들어가려니 남자가 크게 외쳤다.

"배도빈! 나야! 타마키 히로시! 한 번만, 한 번만 만나줘! 제발!"

누가 들으면 정말 아는 사이인데 무시당하는 것 같다.

내가 들어도 그래서 다가가자 침을 삼킨다.

"죄송합니다, 보스. 지금 내보내겠습니다."

보안 직원들이 남자의 팔을 잡고는 고개를 숙여 괜찮다는 뜻으로 손을 들었다.

"이거 봐요!"

남자가 이제야 속이 후련하다는 듯 옷매무시를 가다듬었다.

"누구시죠?"

잠깐의 정적 후.

보안 직원들이 험한 인상으로 말처럼 생긴 남자를 끌고 나가려 했다.

"잠깐! 잠깐만요! 우으읍!"

♪

보안 직원들이 남자를 끌어내는 중에 멀핀이 괜한 말을 했다.

"이런 일로 신경 쓰게 해드려 죄송합니다."

"신경 쓰지 마요."

조금 별난 사람이 들어왔을 뿐이다.

방으로 돌아가려고 몸을 돌렸다.

쿵-

순간 육중한 소리가 나 고개를 돌리니 남자가 뭔가를 쏟았다.

"이거 봐!"

남자는 보안 직원들의 팔을 뿌리치고 바닥에 엎드렸다. 그러고는 허겁지겁 종이를 모았는데, 어찌나 많은지 처음 들었던 큰 소리가 납득되었다.

복도 바닥에 흩뿌려진 종이들.

뭔가 싶어 살피니 악보다.

"……."

먼지를 대충 털어내고 악보를 넘기자 그가 다시 한번 침을 삼키고는 고개를 숙였다.

조금 당황스럽다.

"한 번만, 한 번만이라도 봐줘. 부탁해."

말처럼 생긴 남자가 악보 뭉치를 뻗었다.

무엇이 이 남자를 이렇게 절박하게 만들었는지 몰라도, 바닥에 무릎 꿇고 고개를 숙인 이를 무시할 순 없었다.

그리고.

'많아.'

오케스트라 총보.

보지 못한 곡들이다.

"이거 당신이 만들었어요?"

남자가 고개를 끄덕였다.

"전부?"

다시 한번.

일어나 보안 직원에게 지시했다.

"이 사람 접견실로 안내해 주세요."

남자가 고개를 퍼뜩 들었다.

어지간히 기쁜 모양이다.

"보스?"

"괜찮아요."

멀펀이 걱정스레 물었지만 아마 괜찮을 거다.

누군지는 모르지만 적어도 내게 자작곡을 보여주고 싶은 마음만큼은 진심인 듯하다.

베를린까지 찾아와서 끌려가는 도중에 악보를 떨어뜨려, 옆드린 채 소중한 악보를 허겁지겁 모으는 행동과 방대한 분량의 악보.

절실해 보인다.

잠시 후.

접견실에서 커피를 앞에 두고, 자신을 타마키 히로시라고 소개한 남자를 살펴보았다.

긴장한 듯하면서도 각오를 다진 인상이다.

악보를 들었다.

간절했던 언행대로 공들였다는 느낌을 이곳저곳에서 찾을 수 있었다.

첫 번째 곡은 음울한 분위기로 시작하는 F단조.

고전 양식을 갖추었지만 짧고 돌출되는 부분이 많아 낭만과 고전의 경계선에 만들어진 느낌이다.

무난하지만 도리어 너무 무난하여 의문이 드는 부분도 있었다.

"3화음에 딸림7화음 두 개. 무슨 의도죠?"

논리적으로는 빈틈없는 구성이지만 작곡을 하는 사람에게 의도가 명확하지 않은 음계란 존재할 수 없다.

만약 제대로 대답하지 못하면 그걸로 끝.

더 이상 살펴볼 필요 없다.

'대부분 그러니까.'

지망생은커녕 프로 중에서도 적당히, 무난히 들을 만한 소리를 나열하는 이가 대부분이다.

그러나 내 예상과는 달리 타마키 히로시는 곧장 대답했다.

"뒤에 나올 바이올린의 포르테를 강조하려 했어. 가장 익숙한 화성으로 안심시키고 심상의 반전을 주려고."

"반전을 주려는 이유는?"

"평범한 화음도 달리 들어주길 바랐으니까."

'이놈 봐라.'

평범한 곡이 새롭게 들리길 바랐다고 말하는 26세, 말 뼈다귀, 소가 핥아준 듯한 머리, 일본인, 작곡가 지망생 타마키를 계속 바라보다가.

"아."

생각났다.

"말 뼈다귀."

"어?"

저 드라마틱한 헤어 스타일과 말상 얼굴을 보고 있자니 크리크 국제 피아노 콩쿠르에서 깝쭉대던 녀석이 떠올랐다.

나카무라에게 피아노를 칠 수 없게 되었고 녀석을 스폰하던 도요토미란 원숭이 때문에 크게 좌절했다고 들었던 것 같은데 용케 힘을 낸 모양이다.

"누군가 했더니 그때 그 젖먹이였어."

"기억해 준 건 기쁜데. 그래도 7살 차이나 나는데 젖먹이는 좀 심하지 않나?"

7살이 아니라 51살 차이다.

똑똑-

"들어오세요."

노크 소리가 나 대답하니 멀핀이 보안 직원들과 함께 들어왔다.

"무슨 일이에요?"

"벌써 3시간이나 아무 말씀이 없으셔서."

악보가 워낙 많다 보니 시간이 벌써 그렇게 흐른 모양.

걱정할 만하다.

멀핀은 여전히 의심하고 있는지 타마키 히로시를 노려본다.

슬슬 정리해야 할 것 같아서 악보를 내려놓았다.

"그래. 잘 봤어."

"어, 어땠어?"

"노력했네."

길게 잡아도 10년.

8~9년 만에 프로 작곡가를 흉내라도 냈다는 점은 대견한 일이다.

단순히 곡을 만드는 일이야 누구나 할 수 있겠지만 형식이란 틀 안에 자신을 담아내는 일이 쉬울 리 없다.

더군다나 수십 개의 악기를 다뤄야 하는 오케스트라 총보.

재능을 떠나 피나는 노력 없인 불가능하다.

"……."

"……."

녀석이 우물쭈물한다.

"뭔데."

"구인 공고를 봤어."

한 번 이야기를 꺼내자 언제 망설였냐는 듯 토로하기 시작했다.

"모집 분야 중에 내가 할 수 있는 일은 없지만, 보조자라도 좋아. 네가 일이 많은 것도 알아. 베를린 필하모닉 공연이라면 단 하나도 빠짐없이 분석했어. 분명 도움이 될 거야."

이번에는 고개를 숙이지 않았다.

그 대신 확신을 담은 눈빛을 곧게 보냈다.

'배짱은 마음에 들지만.'

확인할 게 몇 더 있다.

"이유는?"

"언젠가는 베를린 필하모닉이 내 곡을 연주해 줬으면 해. 배도빈이 지휘하고 베를린 필하모닉이 연주하는 무대를 보고 싶어."

세계 최고의 오케스트라가 자신의 곡을 연주해 주길 바라는 마음은 알 것 같다.

"우리가 네 곡을 연주해야 할 이유는?"

하지만 그 반대의 경우에는 다르다.

"수많은 음악가가 남긴 명곡이 있고 내가 만든 곡이 있음에 도 베를린 필하모닉이 네 곡을 연주할 이유가 뭐냐고."

분명 노력은 가상하다.

기본에 충실한 악보만 봐도 녀석이 얼마나 많이 노력했는지 알 수 있다.

그렇지만 그것이 그를 연주할 이유가 될 순 없다.

그러지 않아도 많은 일을 감당하고 있는 베를린 필하모닉은 나와 푸르트벵글러가 매년 발표하는 신곡만으로도 벅차다.

이대로 잘 성장한다는 조건이 붙긴하지만 몇 년 뒤에는 프 란츠의 곡도 밴드를 통해 올릴 예정이다.

나와 베를린 필하모닉에게 작곡가는 더 이상 필요 없다.

"지금은…… 없어."

"잘 알고 있네."

머리가 안 돌아가는 녀석은 아닌 모양.

허튼 대답은 하지 않는다.

"하지만 언젠가는 꼭 이유를 만들 거야. 그때까지, 적어도 그때까지 곁에서 돕게 해줘. 무슨 일이라도 좋아. 어차피 악보 다루는 사람 필요하잖아? 네 습관이라면 모두 기억하고 있어."

타마키 히로시가 또 한 무더기의 악보를 꺼냈다.

위에는 날짜가 적혀 있었고 베를린 필하모닉이 연주했던 곡을 분석한 악보들이다.

무식하게 처음부터 하나하나 따져가며 의미를 찾는 방식.

미련스러운 공부법이다.

그러나 이런 녀석은 싫지 않다.

"좋아."

"그럼!"

"하지만 난 보조자를 두지 않아."

어렸을 때 영화 작업을 할 때도, 게임 음악 감독을 할 때도 그랬지만 내 곡을 남에게 맡길 리 없다.

이 녀석이 베를린 필하모닉과 일하고 싶고 내게서 뭔가를 배우고 싶은 마음은 충분히 인지했고.

또 그 능력도 인정해 줄 만하지만 딱히 빈자리가 없다.

"멀핀, 이 사람 일할 만한 곳이 어디죠?"

"그렇게 말씀하셔도……."

멀핀이 곤란해하고 있는데 타마키 히로시가 눈치 빠르게 이력서를 꺼냈다.

역시 공연 준비에 있어서는 모든 걸 혼자 처리하는 나나 푸르트벵글러에게는 필요치 않다.

그나마 있는 일도 악장들이 맡아주고 있고, 타마키 히로시가 할 수 있는 일은 없을 듯하다.

"역시 작곡가로서는 함께하기 힘든 건가."

"그래."

이 녀석이 아니라 다른 어떤 작곡가가 오더라도 지금의 베를린 필하모닉에 어울릴 순 없다.

"그러고 보니 어린이 타악 교실에 반주자가 다음 달부터 못 나온다고 했습니다."

마침 멀핀이 그나마 빈자리를 말해주었는데, 타마키의 표정이 그리 좋지 못했다.

"사고당했다고 들었는데. 어때?"

"반주 정도라면……."

하고 싶은 말이 있는 것 같아 잠시 기다려주었다.

아마 좀 더 자신을 어필하고 싶겠지.

그러나 녀석은 그러한 마음을 감추고 고개를 끄덕였다.

"하게 해줘. 아니."

녀석이 잠시 말을 멈추었다.

그러고는 다시 입을 떼며 고개를 숙인다.

"부탁드립니다, 배도빈 악단주."

그간 많은 일이 있었던 모양.

망아지 같았던 녀석이 어느덧 훌륭한 말이 되어 나타났다.

어머니께.

그간 연락드리지 못해 걱정하셨으리라 생각합니다. 갑작스러울지 모르겠지만 베를린 필하모닉에서 일할 수 있게 되었습니다.

어린이 타악 교실에서 피아노 반주를 맡게 되었어요.

비록 바라던 형태는 아니지만 이곳에 있으면 배도빈과 빌헬름 푸르트벵글러의 음악을 더 가까이 접할 수 있지 않을까 싶습니다.

그렇게 노력하다 보면 언젠가는 제게도 기회가 오겠죠.

그때를 위해서 지금은 주어진 일에 최선을 다할 생각입니다.

이제 겨우 제대로 된 시작점에 선 것 같습니다.

어려서 잘못된 방법으로 활동했고 3년 전에는 계속된 실패 끝에 도요토미 류토의 대필 제안에도 흔들렸었죠.

그렇게라도 제 곡을 발표하고 싶었지만 어머니께서는 잘못을 반복할 생각이냐며 꾸짖어주셨습니다.

네, 어머니.

이제 요행은 바라지 않겠습니다.

한 걸음씩 내디뎌 바른길로 걸어가겠습니다.

배도빈처럼요.

어린이 타악 교실은 생각보다 즐겁습니다. 아이들은 밝고 교육자들은 전문적입니다. 아이들이 음악에 관심을 가질 수 있도록 여러 커리큘럼을 시행하고 있습니다.

비자와 거처 문제를 해결하면서 교육 내용을 공부해야 해서 요 며칠은 시간 가는 줄 몰랐습니다.

강의는 매일 세 팀씩 맡습니다.

베를린 필하모닉의 업무 강도가 강하다는 말을 조금은 이해할 수 있었습니다.

그래도 귀여운 아이들과 함께 있다 보면 저도 동심으로 돌아간 듯 합니다.

이 중에서 눈에 띄는 아이는 산타 웨인이라는 16살 아이입니다.

어린이는 아니죠.

행동이 어수룩하고 말도 제대로 못 하는 아이지만 집중력과 박자 감각은 무척 뛰어납니다.

이곳에 있는 아이 중에 유일하게 제 반주에 맞춰 큰북을 칩니다.

그것만으로도 녀석은 행복한지 항상 웃습니다.

산타 웨인을 보고 있으면 처음 피아노를 배웠을 때가 생각납니다.

나도 저렇게 순수하게 음악을 좋아했던 때도 있었는데, 하고 옛 생각을 하다 보면 어느새 평온해집니다.

다음 주에는 베를린 필하모닉이 준비한 피델리오가 초연됩니다.

배도빈이 연습을 참관할 수 있게 해주어서 시간이 날 때마다 찾아가곤 했습니다만, 정말 그가 왜 신으로 추앙받는지 알 것 같습니다.

어머니.

사랑하는 어머니.

그날 이후 항상 걱정만 끼치는 아들이었지만 비로소 제 길을 찾은 듯합니다.

부디 심려치 마시고 건강하시길 바랍니다.

추신.

베를린 필하모닉의 숙소는 훌륭합니다. 8평의 개인실이 주어지고 식당에는 항상 음식이 마련되어 있습니다.

특이하게 인도와 영국, 일본, 한국의 카레가 종류별로 준비되어 있습니다.

언젠가 어머니께도 숙소를 보여드리고 싶습니다.

사랑합니다.

아들 타마키 히로시가.

· 83악장 ·

레오노레

베를린 대학은 최근 초청 강사 배도빈 덕분에 행복한 비명을 질러대고 있었다.

그의 강의는 1,200명의 재학생이 듣는 것으로도 모자라 대학 홈페이지에 게시된 강의 영상이 수만 번 반복될 정도로 인기 있었다.

베를린의 마왕으로 불리는 배도빈의 강의 실력이 뛰어난 것도,

그 수강하는 학생들의 수준이 뛰어나, 거장의 심오한 말을 잘 이해하는 것도 이유는 아니었다.

"뭐가 재밌냐고요?"

대학 신문 기자 엑스의 질문에 학생이 망설이다 친구에게 물었다.

"왜지? 황하하하."

"왜 나한테 물억컥헝허."

마땅한 대답은 듣지 못한 그는 학교 커뮤니티를 검색, 어느 정도 공감되는 이야기를 찾을 수 있었다.

ㄴ아, 내일 강의 진짜 기대된다.

ㄴ저번 주에 진짜 웃겼**짘**ㅋㅋㅋ

ㄴ나 저번 주 못 나갔어 ㅠㅠ

ㄴ하이든 물어보니까 빌어먹을 노인네라**곸**ㅋㅋㅋ 무슨 직접 겪은 것처럼 말하는데 개웃김ㅋㅋㅋ

'의외로 말재주가 있나 보네?'

엑스는 어렸을 적부터 언론을 접했던 배도빈이 화술에 익숙하다고 여기며, 좀 더 정확한 기사를 위해 그의 강의를 직접 청강하기로 했다.

다음 날.

학생들은 베를린 대학의 대예배실을 가득 채운 것으로도 모자라 계단과 바닥까지 차지하고 있었다.

베를린 대학의 재학생들이 이렇게나 열정적일 줄 몰랐던 엑스는 감탄하며 주변을 살폈다.

천 명이 넘는 숫자라 미리 좌석별로 지정된 조교가 출석 여부를 파악하는 중이었다.

"오늘은 무슨 이야기 해줄까?"

"모차르트 또 듣고 싶은데."

"똥 좋아했다며."

"왜 그것만 기억핵킥킥킥킥. 천재로 알려졌어도 20대 때는 도리어 인정 못 받았고 꾸준히 노력했단 이야기였잖아."

"똥밖에 생각 안 나."

학생들의 말을 들은 엑스가 메모했다.

'음악 하느라 관심 없을 줄 알았는데 음악사도 공부했나 보네.'

전형적인 천재인 줄로만 알았던 배도빈이 실기와는 무관한 음악사 공부도 했다는 점이 의외였다.

잠시 후 배도빈이 강단에 섰다.

강의를 듣고 있던 엑스는 배도빈의 강의가 생각과는 전혀 다른 방식이라는 걸 알 수 있었다.

'옛날 이야기 같아.'

할아버지가 잠들기 전에 해주는 이야기처럼 편안했다.

"그럼 또 뭐가 궁금한지 들어보죠."

배도빈의 말에 대부분의 학생이 손을 들었다.

엑스도 묻고 싶은 것이 있었기에 다급히 응했지만 기회는 다른 학생에게 주어졌다.

"수학과 2학년 조지 스톡스입니다. 지금까지 많은 음악가에 대해 말씀해 주셨지만 베토벤은 언급지 않으셨는데요."

"루트비히 판 베트호펜입니다."

"죄송합니다. 불멸의 음악가로 불리는 루트비히 판 베트호펜이 그를 가장 힘들게 했던 일을 극복하며 만든 곡을 소개해 주셨으면 합니다."

조지 스톡스의 질문에 배도빈은 잠시 생각을 정리하는 듯 걷기 시작했다. 강단으로 있는 무대를 좌우로 왕복한 뒤에야 입을 열었다.

"그는 수없이 많은 좌절을 겪고 극복했지만 끝내 그를 가장 힘들게 한 일만은 그러지 못했습니다."

배도빈의 말에 학생들이 의아해했다.

대학 기자 엑스도 베토벤이 청각을 잃고 난 뒤 그것을 극복했음을 잘 알고 있었기에 납득할 수 없었다.

그러나 뒤이은 설명에 그도 학생들도 작게 신음했다.

"주정뱅이에 쓰레기 같은 요한도, 어머니와 형제의 죽음도. 연인과의 이별. 소리를 잃은 절망도 이겨냈던 그였지만 단 하나. 아들, 아니, 조카 카를의."

항상 명확했던 배도빈의 목소리가 잠기고 말았다.

그는 단상에 마련되어 있는 물병을 집어 들어 벌컥 들이켜고 나서야 말을 이어나갔다.

"······그를 가장 힘들게 했던 일은 카를 판 베트호펜의 자살기도였습니다."

관련한 내용을 모르고 있었던 학생들의 입에서 탄사가 흘러내렸다.

안타까운 일이기는 하지만 그렇다고 슬퍼할 일은 아니었다.

역사 속의 사람이었다.

그러나 이야기를 이어나가는 배도빈을 보고 있으니 그들도 모르게 감정이 이입되었다.

"루트비히는 카를을 친아들처럼 여겼습니다. 대학을 나와 지식인으로서 살아가길 바랐죠. 하지만 카를이 부랑자들과 어울리고 빚을 지며 사는 것을 막을 순 없었습니다."

배도빈의 목소리가 조금씩 차분해졌다.

"카를은 루트비히의 신뢰를 잃었습니다. 루트비히도 크게 실망했습니다만, 조카를 사랑하는 마음만은 어쩔 수 없었습니다. 어떻게든 되돌려 놓으려 했죠."

잠시간 침묵.

배도빈은 조금의 설명을 덧붙였다.

"아마 루트비히가 행복한 가정에서 태어났더라면, 카를의 엇나감을 사랑으로 보담아줄 수도 있었을 겁니다. 다음 질문 받겠습니다."

그 가정은 결국 베토벤과 카를의 관계가 나아지지 않았음을 의미했다.

숙연해진 강의실 분위기 때문에 학생들은 눈치를 보기 시작했다.

좋은 기회였기에 엑스가 손을 들었다.

"네."

배도빈의 지목을 받은 엑스가 일어났다.

"문예창작학과 3학년 엑스 트랄라입니다."

엑스가 자신을 소개하자 배도빈이 눈썹을 좁혔다.

"스펠링이 어떻게 되죠?"

배도빈의 질문에 학생들이 웃고 말았다.

누가 들어도 엑스트라. 장난 같은 이름이었던 탓인데, 엑스의 얼굴이 빨갛게 달아올랐다.

"Axe Trala입니다."

"네, 트랄라 학생."

"다음 주에 베를린 필하모닉과 도이체 오퍼가 피델리오를 합연한다고 알고 있습니다. 베토벤 유일의 오페라로 알려진 피델리오가 어떤 곡인지, 어떻게 준비하셨는지 궁금합니다."

질문을 받은 배도빈이 입을 굳게 다물고 잠시 거널었다. 그러고 엑스에게 다시 시선을 주었다.

"언론사에서나 할 법한 질문이네요."

"베를린 대학 일간지 까메오에서 나왔습니다."

어떻게든 배도빈과의 인터뷰를 따려는 기자는 많았고 그들이 접근하는 방식은 상상을 초월했기에 혹시나 의심했던 배도빈이 웃고 말았다.

"좋은 언론인이 되겠네요."

그리고 학생들을 위해 그간 언론에서는 언급지 않았던 이야기를 풀기 시작했다.

"피델리오만큼 루트비히를 잘 보여주는 작품은 없습니다. 시작부터 끝까지 말이죠."

배도빈은 앞서 최지훈과 차채은에게 해주었던 이야기를 떠올리며 강의를 이어나갔다.

"오빠, 오빠. 나 좀 도와주라."

"피아노?"

"웬 피아노?"

배토벤과 같이 한가로운 오후를 보내고 있는데 지훈이와 채은이가 놀러 왔다.

"베토벤은 어떤 사람이었어?"

배토벤이 목을 쭈욱 내민다.

내 마음에 들든 그러지 못하든 오만 책에 다 나온 내용을 물어서 조금 당황스럽다.

"그걸 왜 나한테 물어."

"평소에 베토벤 이야기 자주 했잖아. 이거 틀렸다. 저거 틀렸다 하면서."

"넌?"

최지훈을 보니 방실방실 웃는다.

"심심하단 말이야~"

그러고는 방에 드러눕더니 그대로 올려다본다.

하는 수 없이 대충 이야기를 시작했다.

"나이를 제대로 모르는 게 어이없었지. 빌어먹을 인간 때문에 출생 신고도 제대로 안 되어 있었으니까. 모차르트 흉내 내보겠다고 두세 살 어리게 말하고 다녔는데 본인도 그런 줄 알았고."

그 미친 작자가 날 어떻게든 천재로 팔아보겠다고 나이를 속인 것도 황당한데, 출생 신고도 늦었던 모양.

덕분에 세례받은 날이 출생일이 되었지만 그마저도 의심스럽다.

"천재……."

최지훈이 중얼거렸다.

꽤 긴 시간 천재라는 이름에 집착했던 녀석이 느끼는 바가 있는 모양이다.

"다들 익숙하게 알고 있는 거 말구. 다른 건 없어?"

차채은이 턱을 괸 채 입을 내밀었다.

"뭐 때문에 그런데."

"오빠랑 베토벤의 연관성을 찾고 있어. 다들 모차르트니 하면서 오빠 기분 상하게 하는 기사만 써대니까."

기특하구만.

"피델리오를 만들 때 이야기인데."

"응."

"마음에 드는 이야기가 없었어. 구질구질한 사랑 이야기라면 지긋지긋했거든."

"왜?"

대답해 주려는데 채은이가 멋대로 납득해 버렸다.

"아, 하긴 그럴 만도 하겠다. 엄청 많이 차였잖아. 어지간한 사랑 이야기로는 성에 안 찼겠다."

"차인 게 아니지."

"그럼?"

"……."

계속 말해봤자 손해만 볼 것 같아 베토벤의 등을 만지며 마음을 가라앉혔다.

"그런 이유도 없지 않아 있었지만 당시 급격히 변화하던 사회를 말하고 싶었어. 계급제도의 부당함 같은 것들 말이야."

"맞아. 신분제를 계속 비판했다고 들었어."

최지훈이 고개를 끄덕였다.

"예술이 정치적 목적성을 띠면 안 된다고 생각하면서도 진정한 자유와 진리를 노래하는 것을 바랐지. 그래서 당시에도 가장 인기 있었던 오페라를 통해 말하고 싶었고, 그런 이야기를 찾았어."

"베토벤이 말이지?"

"그래."

당시 혁명을 거친 프랑스에서는 어느 미친놈들이 정당을 이루어 반대파들의 목을 날려 버렸다.

"클뢰브 데 자코뱅 이야기네."

"그런 이름이었던 것 같아."

"……원래 공부 잘하는 지훈 오빠는 그렇다 치고 오빠는 언제 이런 공부 했어? 뭔 소린지 하나도 못 알아듣겠다."

사실 나도 클뢰브 데 자코뱅이라는 이름은 잊고 있었다.

"얘가 이상한 거야."

누운 채 이쪽을 올려다보고 있는 최지훈의 볼을 쿡쿡 쑤셨다.

"그런 분위기 속에서 루트비히의 마음에 드는 작품이 나왔어. 레오노르 또는 부부애라는 건데 프랑스에서는 이미 연극과 오페라로 만들어진 희곡이었지. 루트비히는 그걸 독일어로 번역하고 음악을 덧입혀 오페라로 만들었어."

"그게 피델리오야?"

"아니."

"나 알아. 레오노레지?"

고개를 끄덕였다.

"그때 빌어먹을 돼지 새끼가 초를 쳤어."

"엉?"

"도빈이는 나폴레옹 이야기만 나오면 화내더라."

아무렴. 아주 치졸하고 돼먹지 못한 돼지 새끼다.

"만들어진 지 얼마 안 된 신축 극장이었어. 안 데어 빈 극장. 루트비히는 성공을 확신하고 있었지."

"그거랑 나폴레옹이랑 무슨 상관이야?"

"당시 빈이 그놈한테 점령당해 있었거든. 오페라를 즐길 만한 상황이 아니었고, 게다가 그나마 있는 관객도 프랑스 놈들이었어."

"전쟁 중이었으면 그럴 만도 하겠다."

"……망할 프랑스 놈들은 예나 지금이나 자기네들 말 아니면 못 알아들어."

"아!"

차채은이 손뼉을 쳤다.

"독일어로 만든 거니까 무슨 내용인지도 못 알아들었겠네."

"그래."

내 평생 그런 실패가 또 있었을까 싶을 정도로 시원하게 말아먹었다.

"그 때문에 수정 요구를 들어줄 수밖에 없었어. 3막을 2막으로 줄이라니. 말도 안 되는 요구였지만 돈이 걸린 문제였으니까."

홍행 실패의 이유가 분명한데, 그것을 작품의 질적 문제로 접근하는 이들과는 함께할 수 없었다.

"2년간 여러 방법을 시도해 봤지만 결국 결과는 좋지 않았어."

"그럼 피델리오는?"

"1814년에 케른트너토어 극장에서 올렸지. 여름이 되기 전이었는데, 대본을 수정했고 제목도 레오노레에서 피델리오로 고쳤어. 마지막이란 느낌이었지."

"잠깐. 레오노레가 1805년에 만들어졌는데? 9년 동안 포기 안 한 거야?"

"그럴 리가."

포기할 리가 없다.

"엄청 끈질겼네."

"그게 루트비히가 성공할 수 있었던 이유지."

차채은이 열심히 받아 적는다.

"케른트너토어. 케른트너토어. 합창도 거기서 연주되지 않았어?"

"맞아."

이 녀석은 대체 공부를 얼마나 한 건지 모르는 게 없다.

"엄청 고생했네. 조금 의외다."

"지금이었으면 그런 과정 안 거쳤을 거야."

"그건 어떻게 알아?"

"정상적인 상황에서 경제적 문제 때문에 남의 요구를 받아들이지 않아도 되는데, 루트비히가 실패할 리 없으니까."

암. 그렇고말고.

"설명이 좀 되었나요?"

"네, 감사합니다."

피델리오가 만들어지기까지의 역사를 들은 엑스 트랄라와 학생들이 고개를 끄덕였다.

"베토벤이라고 하면 항상 성공만 한 줄 알았는데 그것도 아니었나 보네."

"그러게. 전에 바흐나 모차르트 이야기도 그렇고. 당시에는 생각보다 대단하진 않았나 봐."

"근데 피델리오가 뭔 내용이야?"

"야, 넌 음대 다닌다면서 그것도 모르냐?"

"모를 수도 있지. 그럼 넌 아냐?"

"남편 구하러 남장하고 교도소 잠입하는 내용이잖아."

"어…… 재밌겠는데?"

배도빈의 강의로 베를린 대학 학생들 사이에서 피델리오에 관심이 생겨나기 시작했다.

♪

　그러한 분위기 속에서 마침내 도이체 오퍼와 베를린 필하모
닉의 두 번째 콜라보레이션.

　오페라 〈피델리오〉의 첫 공연일이 다가왔다.

　오케스트라 대전 우승 이후로도 베를린 필하모닉을 향한
관심은 날로 짙어졌다.

　인류의 희망으로 불리던 배도빈의 실종에 더불어.

　빌헬름 푸르트벵글러의 건강 악화.

　정상에 이르렀던 베를린 필하모닉의 관객 수 저하.

　그리고 기적과도 같은 생환.

　대대적인 개혁.

　푸르트벵글러호의 진수식과 마법과도 같았던 배도빈의 월
광 소나타.

　오케스트라의 새로운 비전을 제시한 베를린 필하모닉 밴드
활동으로 인해 그 관심이 절정에 이른 베를린 필하모닉의 대
형 프로젝트인 만큼 전 세계적으로 이목이 쏠렸다.

　ㄴ와 스케일 뭔데?

└진짜 미친 수준이넼ㅋㅋㅋㅋㅋ

└아무래도 세계 정복 하려는 거임. 아무튼 그런 거임.

└아니 대체 얼마나 자신 있으면 저런 식으로 일을 벌이냐? 아무리 베를린 필하모닉이라도 너무한 거 아냐?

베를린 필하모닉과 도이체 오퍼가 추진한 유럽 투어의 규모는 전례가 없을 만큼 컸다.

투자 금액 약 480억 원.

정확한 수치를 모르는 팬들이 배도빈과 베를린 필하모닉을 우려하는 것도 무리는 아니었다.

7월 3일부터 4일까지 이틀간 올림피아슈타디온 베를린(30,000석)을 시작으로.

7월 10일부터 11일까지 바르샤바 국립 오페라 극장(1,841석).

7월 14일부터 15일까지 프라하 O2아레나(18,000석).

7월 20일부터 21일까지 뮌헨 국립 오페라 극장(2,200석).

7월 26일부터 27일까지 밀라노 라스칼라 극장(3,600석), 30일부터 31일까지 아레나 디 베로나(30,000석)에서 특별 공연.

8월 10일부터 11일까지 바르셀로나 리세우 극장(2,992석), 14일부터 15일까지 마드리드 오페라 하우스 레알 극장(1,750석).

8월 20일부터 21일까지 파리 오페라 가르니에(2,200석).

8월 24일 암스테르담 스토페라 극장(1,689석).

8월 30일 런던 웸블리 스타디움(90,000석)에서 유럽 투어가 예정되어 있었다.

└일정이 두 달ㅋㅋㅋㅋㅋ

└개비싸;;

└저 가격이 나름 납득되는 게 인건비만 해도 미친 수준이겠는데?

└저렇게 일 벌여놔도 표 없어서 못 구한다고 하잖아.

└유럽 투어 끝나면 한국에도 오나?

└유럽, 북미, 아시아순으로 돈다고 했음. 북미 쪽은 이미 예매 진행 중임.

└ㄴㄴ 이미 끝났어. 다 팔림.

그러나 이례적인 규모의 투어에도 〈피델리오〉의 성공은 이미 확정되어 있었다.

220유로(영국 200파운드, 한화 약 29만 원)의 높은 티켓 가격에도 전 공연, 전석 매진이라는 대기록을 세워, 티켓 판매 금액만으로 640억 원의 수입을 기록.

JH와 미시시피 프리미엄 비디오 서비스, 베를린 필하모닉 디지털 콘서트홀을 통한 스트리밍 추가 수입과 스폰서, 관련 상품 판매 등을 고려하면 배도빈과 베를린 필하모닉의 위상이 다시 한번 증명된 셈이었다.

ㄴ아니, 그래. 올림피아슈타디온 베를린은 투란도트 때도 이용했다고 치는데 그건 홈그라운드였잖아.

ㄴ웸블리 스타디움 매진은 진짜 소름 돋는닼ㅋㅋㅋ 영국인들 베를린 필하모닉 싫어하는 거 아니었냨ㅋㅋ

ㄴ츤츤

ㄴ아레나 디 베로나 오페라 축제에서 특별 공연하는 것도 미쳤지.

ㄴ콜로세움?

ㄴㄴㄴ 비슷하게 생기긴 해도 콜로세움은 아님. 아레나 디 베로나는 경기장이 아니라 야외극장임.

ㄴAD 30년에 만들어진 곳에서 공연을 한다고?

언론과 팬덤은 다시 한번 베를린 필하모닉의 스케일에 놀랄 수밖에 없었다.

일반적인 오페라 극장을 이용하면서도 베를린, 프라하, 베로나, 런던 4개 도시에서는 그야말로 초대형 무대를 준비했던 것.

덕분에 베를린 필하모닉과 도이체 오퍼의 직원들은 장소 섭외부터 무대 설치, 장비 동원, 숙소, 교통 등에 문제가 생기지 않도록 철저해야만 했다.

오랜 시간 베를린 필하모닉의 사무국장으로서 일했던 카밀라 앤더슨과 도이체 오퍼의 운영실장마저 혀를 내두를 일이었고.

찰스 브라움과의 인연으로 몇몇 도시에서의 연출을 맡은 공연 기획자 루드 테슬라로서는 행복한 비명을 질러댈 일이었다.

　모든 것이 초호화.

　공연 기획자로서 차마 하지 못했던 이상향을 펼칠 시간이었다.

　나이가 먹어 그런지 무릎이 쑤신다.

　'내일은 말라야 할 텐데.'

　올림피아슈타디온 경기장에 오전까지 내린 비 냄새가 가득
하다.

　푸른 막으로 가려둔 세트장과 객석을 둘러보니 〈투란도트〉를
올렸을 때의 기분이 떠오른다.

　더할 나위 없는 성공.

　괜스레 힘이 들어간다.

　몇 번 실패를 겪은 작품인 탓일까.

　아니면 너무나 긴 시간과 큰 돈, 노력을 투자한 탓일까.

　나답지 않은 감상이다.

　'준비는 완벽해.'

　첫 번째 삶과는 달리 모든 환경이 완벽하게 준비되었다.

　1년간의 준비.

　도이체 오퍼의 배우들은 각 나라의 말로 노래를 준비했고

베를린 필하모닉은 바쁜 일정 속에서도 잘 따라와 주었다.

A와 B에서 선발한 C팀과 마찬가지로 도이체 오퍼에서 뽑은 연주자들까지 연주진만 200명이 동원되는 대규모 오페라.

합창단과 배우 그리고 이 무대를 준비하기 위해 힘써준 이들을 생각하면 실패란 있을 수 없다.

"일 한번 요란하게 하는구나."

푸르트벵글러가 다가왔다.

그도 주변을 둘러보곤 심심한 감상을 내뱉었다.

"내 이름을 붙인 콘서트홀과 배가 생기고 이런 무대를 심심치 않게 벌이게 되니. 시간이 많이 흘렀어. 최근 들어선 여름도 너무 덥고."

확실히 지금 유럽 날씨는 19세기와 비교하면 딴 판이다.

어렸을 적 기억으로도 이렇게까지 덥진 않았는데, 이제는 에어컨이 없으면 못 버틸 정도다.

"콘서트홀에도 에어컨 설치하길 잘했죠."

"음. 그렇더구나."

대화 도중 짧게 침묵이 흘렀다.

"걱정되느냐."

"그러네요."

흥행 여부는 이미 확정.

단지 그러한 기대를 충족시킬 수 있는지는 별개의 문제다.

"자신감 빼고는 시체인 너도 그러긴 하는구나. *끄웅.*"

푸르트벵글러가 무대 안쪽으로 걸어가 앉았다.

"지휘자란 고독한 법이다. 천재도 그렇지. 아무도 네 고충을 전부 이해할 순 없다."

곁에 앉으니 말을 잇는다.

"모두가 널 의지하지. 천재 배도빈이라면 성공은 당연하고. 경연인으로서 실패란 용납될 수 없다. 그러다 보면 무리하게 되지."

완벽하기 위한 발버둥.

나도 푸르트벵글러도 평생을 그것에 묶여 있었다.

"하지만 기억해야 한단다. 너도 나도 사람일 뿐이야."

"당연하죠."

"끌끌. 그래. 폭군이니 마왕이니 신이니 멋대로들 부르지만 사람이야. 사람이니까 그들을 즐겁게 해줄 수 있고 위로할 수 있는 거다."

가끔, 아니, 자주.

푸르트벵글러는 내 생각과 똑같은 말을 해서 날 놀라게 한다.

"여기는 맡겨두고 잘 다녀오너라. 하고 싶었던 거 전부 토해 내고 와."

"그럴 생각이에요."

7월 3일 수요일.

평일임에도 올림피아슈타디온 베를린의 3만 개의 의자가 모두 채워져 있었다.

한 차례 경험이 있었던 단원들도 긴장할 수밖에 없는 상황.

스칼라는 알 수 없는 소리로 웅성이는 관중석을 바라보곤 심장이 멎는 듯했다.

하프를 조율해야 하건만.

3만 명의 인원이 내뿜는 무게감에 차마 움직일 수 없었다.

'여기서 연주한다고?'

베를린 필하모닉 콘서트홀이 가슴 벅찼다면 지금은 말 그대로 압도되어 있었다.

이렇게 많은 사람을 앞에 두는 것은 처음인 스칼라는 할 일도 잊고 말았다.

"괜찮아."

그때, 나윤희가 스칼라의 등에 손을 얹었다.

"악장?"

겨우 뒤돌아본 스칼라는 나윤희의 부드러운 눈과 마주했다. 거세거나 폭력적이진 않으나 그 흔들림 없는 눈동자에서 알 수 없는 힘을 느낄 수 있었다.

'이런 무대를 두고도 긴장하지 않는다고? 어떻게?'

스칼라는 주변을 둘러보았다.

다들 내색하진 않았지만 평소 보다 서두른다든지 손을 떤다든지 심호흡을 하고 있었다.

"공연 20분 전입니다!"

스태프가 간이 대기실에다 대고 소리쳤다.

그러자 대기하고 있던 연주자들이 저마다의 방식으로 마음을 달랬다.

타악기 수석 피셔 디스카우는 팀파니 채를 놀렸고, 오보에 주자 진 마르코는 이미 확인을 마쳤음에도 예비용 리드를 만지작댔다.

바순 수석 마누엘 노이어는 팔짱을 낀 채 눈을 감고 있었고 제1바이올린 부수석 한스 이안은 다리를 떨었다.

이승희 첼로 수석은 이번 공연과는 전혀 상관없는 곡을 연주하다 멈추길 반복했고 이번 공연에서 제1바이올린 주자로 들어선 왕소소 부수석은 파르페를 먹고 있었다.

"우리 모두 함께니까 괜찮아."

나윤희가 다시 한번 스칼라를 응원했고 그는 고개를 끄덕였다.

그리고.

대기실에 음악 감독이자 악단주 배도빈이 들어서자 단원들이 모두 그를 향했다.

그 모습이 마치 의식을 치르는 듯해 스칼라는 저도 모르게 침을 삼켰다.

"오늘 3만 명이 모였습니다."

배도빈이 단원들 한 명 한 명과 시선을 교환하기 시작했다.

"내일도 마찬가지입니다. 바르샤바, 프라하, 뮌헨, 밀라노, 베로나, 바르셀로나, 마드리드, 파리, 암스테르담, 런던까지. 수십만 명이 우리를 기다리고 있습니다."

배도빈이 한스 이안 앞에 섰다.

"우리가 누구죠."

"베를린 필하모닉."

배도빈이 오늘 콘서트마스터를 맡은 찰스 브라움에게 시선을 주었다.

"최고의 오케스트라."

두 사람의 대답에 만족한 배도빈이 단원들 가운데로 나아갔다.

"위대한 음악가의 작품을 제가 편곡했습니다. 그것을 세계 최고의 우리 베를린 필하모닉이 연주합니다."

스칼라의 주먹에 힘이 들어갔다.

"지금까지의 역사 중에 이보다 위대한 피델리오는 없을 겁니다."

"좋아!"

"우리가 누구!"

"최고의 악단!"

"지휘자는 누구!"

"베를린의 마왕!"

지휘자를 구심점으로 다시 한번 마음을 모은 베를린 필하모닉과 그 속의 하피스트 스칼라.

지금껏 단 한 번의 실패도.

단 한 번의 실수조차 용납하지 않았던 그들의 위대한 지휘자 덕에 베를린 필하모닉은 또 한 번 견고해졌다.

한편.

마음을 다잡은 단원들을 보며 배도빈 또한 힘을 얻었다.

'나의 성채. 나의 방패. 나의 피난처여.'[1]

너무도 지고한 곳에 이르렀기에.

경외와 두려움, 신앙처럼 여겨지는 한 음악가가 자신을 온전히 유지할 수 있는 이유는.

그와 함께하는 이들이 있기 때문이었다.

'자랑스러운 기개를 펼칠 때다.'

....

[1] 오오, 나의 신이여.
나의 성채, 나의 방패, 나의 피난처여! 당신은 나의 마음속을 들여다보실 것이오니, 내게서 내 보배, 카를을 빼앗으려는 사람들의 마음을 상하게 하지 않을 수 없는 나의 괴로움을 아실 것입니다.
Romain Rolland. (1972). 베토벤의 생애(이휘영 옮김). 문예출판사(원서출판 1903). 성경 시편 143편 참고.

무대로 향하는 단원들을 보며 배도빈이 이를 앙다물었다.

♪

오후 7시.

연주자들이 1층 무대로 올라서자 올림피아슈타디온이 들썩였다.

베를린 필하모닉과 도이체 오퍼의 〈피델리오〉를 가장 먼저 관람하기 위해 모여든 이들은 지금까지 그래왔던 것처럼 배도빈과 베를린 필하모닉의 압도적인 퍼포먼스를 기대했다.

소리만으로 하나의 이야기를 보여주는 듯한 몰입감.

그로 인한 감동과 환희.

그 무엇으로도 표현할 수 없는 베를린의 연주를 온몸으로 느끼고 싶었다.

그 열망이.

지휘자 배도빈이 등장하면서 걷잡을 수 없어졌다.

뚜벅- 뚜벅-

멀리서도 느껴지는 깊고 강렬한 눈빛.

허벅지까지 내려오는 원 버튼의 싱글 브레스트 상의를 휘날리며 포디움에 오른 배도빈을 향해 경외와 애정이 쏟아졌다.

"으오오오오!"

"꺄아아아!"

올림피아슈타디온이 요동쳤다.

"마에스트로!"

"마에스트로!"

무대까지 그 여파가 전달될 정도로 수만 개의 목소리가 한마음으로 외쳤다.

베를린 필하모닉은 마치 큰 스피커를 앞에 둔 것 같았다.

팬들의 환호성이 해일처럼 밀려들어 전신을 때렸다. 당장에라도 몸이 바스러질 것 같았다.

그러나 그들을 이끄는 남자와 함께할 수 있었기에 당당히 서 있을 수 있었다.

지난 15년간 인류의 희망이라 불렸고 앞으로 천 년간 기억될 음악가.

희망, 신 혹은 마왕으로 불리나 그 어떤 타이틀도 자신을 대표할 수 없다는 긍지 높은 음악가와 함께하기에.

베를린 필하모닉은 매번 새롭게 도전할 수 있었다.

"정말 어마어마하네요."

"그러니까. 한 인간이 이렇게나 사랑받을 수 있는 건가 싶어."

이시하라 린은 15년 전 3살 소년을 떠올렸다.

음악을 하기 위해 돈을 벌고 싶다던 아이는, 불과 성인이 되기도 전에 세계 최고의 오케스트라를 손에 넣었다.

혹자는 그의 외조부 덕이라고 할지도 모르나 이시하라 린은 결코 그렇게 생각지 않았다.

WH그룹의 지원이 없었더라도 배도빈은 이미 전 세계로부터 사랑받고 있었다.

마치 정말 알 수 없는 존재의 축복이라도 받는 사람처럼.

신화 속 인물처럼 역사를 써 내리고 있었다.

그녀만의 생각은 아니었다.

이곳에 모인 사람 대부분이 배도빈을 평범한 사람으로 여기지 않았다.

그렇다고 하기에는 너무나 많은 것을 할 수 있었으니까.

베를린 필하모닉에서도 유일하게 빌헬름 푸르트벵글러만이 그러한 상황을 견제하고 있었다.

그는 배도빈이 자신과 마찬가지로 그저 자신을 드러내고, 관객과의 소통만을 생각하는 평범한 인간이라는 걸 알고 있었다.

누구보다도 상냥하고 솔직할 뿐.

제아무리 자긍심이 강한 인간이더라도 수백만, 수천만 혹은 그 이상의 사람에게 완벽하게 인식된 이상 자유로울 순 없었다.

'네 음악을 해라.'

빌헬름 푸르트벵글러는 주먹을 꽉 쥐었다.

배도빈이 지나칠 정도의 과한 사랑 속에서 자신을 잃지 않길 바랐다.

그의 음악이 가슴을 울릴 수 있었던 것은 스스로에게 솔직했기 때문.

그로 인해 관객과 공감대를 형성한 덕이었다.

한편.

'도빈아.'

벌써 몇 번이고 경험했던 일이지만 배영준과 유진희 부부는 아들을 향한 이 맹목적 관심이 두려웠다.

다른 이유는 없었다.

세상 그 무엇보다 소중한 아들이, 가장 좋아하는 음악을 즐길 수 없게 될 것이 두려웠다.

감당하기엔 너무나 큰 관심을 받고 있으니까.

사람이라면, 정상적인 신경이라면 부담될 수밖에 없었고 언젠가는 그것이 안 좋게 작용할 수 있을 것으로 생각했다.

'네가 좋으면 괜찮아.'

부부는 둘째의 손을 꼭 잡은 채 첫째를 응원했다.

그리고 이 순간.

전 세계의 관심을 한 몸에 받은 남자가 관객에게 인사했다.

웃고 있다든지, 긴장한 기색을 보이는 일은 없었다.

항상 그랬던 것처럼 마치 관중들의 얼굴을 모두 기억하려는 것처럼 천천히 주변을 둘러볼 뿐이었다.

배영준, 유진희 부부와 푸르트벵글러 그리고 배도빈을 인간으로서 사랑하는 사람들은 그 모습을 보고서는 안도했다.

배도빈이 돌아서자.

경기장을 흔들던 환호성이 거짓말처럼 사라졌다.

'최고의 연주를 들려주자.'

배도빈이 두 팔을 양옆으로 뻗었고 긴장감은 최고조에 이르렀다.

그가 크게 두 개의 원을 그리며 팔을 내뻗었고 묵직하게 울리는 진군의 나팔.

마왕의 군세가 또 한 번 침략을 시작했다.

서곡.

팀파니와 금관이 벼락처럼 내려치고.

현악기와 관악기가 번쩍이는 가운데 찰스 브라움이 이끄는 제1바이올린이 떨기 시작했다.

'작게. 더 작게.'

찰스 브라움은 배도빈의 지시를 반영하며 곡의 분위기를 이끌었고.

다니엘 홀랜드가 이끄는 콘트라베이스와 이승희의 첼로는 그보다 아래에서 기반을 다져주었다.

현악기 소리가 당장에라도 멈출 듯이 여리고 또 여리게 연주되다가.

나윤희가 이끄는 제2바이올린과 함께 숨쉬기 시작했다.

이어서 나오는 마누엘 노이어의 바순과 진 마르코의 오보에.

절제.

천천히 고조되는 비장한 멜로디가 공연장을 채워나갔다.

그리고.

관객들은 베를린 필하모닉이 펼친 문을 통해 장대한 이야기 속으로 빠져들었다.

문지기 야퀴노는 한 여성을 사랑했다.

"내 사랑, 우리 둘뿐입니다. 서로에게 솔직해지죠."

아름다운 마르첼리네.

그러나 마르첼리네는 이미 한 남성에게 빠져 있었으니, 그는 바로 아버지의 조수 피델리오.

"관심 없어요, 야퀴노. 나 일하고 있는 거 안 보여요?"

"딱 한 마디만이라도."

"대체 무슨 말인데요?"

"당신이 계속 그렇게 매정하게 군다면 한 마디도 하지 않겠 소, 마르첼리네."

"하지 말아요, 그럼. 웃겨 정말."

"잠깐. 잠깐만 들어주시오. 다시는 귀찮게 하지 않겠소."

"뜸 들이지 말고 하고 싶은 말 있으면 빨리 하고 가요."

"실은 당신을 내 아내로 정해두었소."

"하."

"이삼 주 뒤에 식을 올릴 준비도 해두었다오."

"놀고 있네."

마르첼리네는 야퀴노의 무례한 행동을 신랄하게 탓했다.

그러나 야퀴노는 끈질기게 그녀를 귀찮게 했다.

야퀴노는 마르첼리네의 아버지, 로코의 부름을 받고 나서야 자리를 떠났다.

"저 머저리는 언제 철이 들지? 하아. 그래. 그는 죄가 없어. 단지 피델리오가 우리 집에 들어온 뒤로 내 마음이 변한 거야."

피델리오를 향한 마르첼리네의 마음은 날이 갈수록 깊어졌다.

그러나 이 무슨 운명의 장난이란 말인가.

마르첼리네로서는 피델리오가 사실 여자라는 것을 알 수 없었다.

그녀의 아버지, 로코가 관리하는 감옥에 갇힌 죄수의 아내라고는 상상할 수 없었다.

그, 아니, 그녀의 이름이 레오노레라는 것도 알 수 없었다.

그것도 모른 채.

마르첼리네는 간수장인 아버지와 함께 들어온 피델리오에게 시선을 빼앗겼다.

"고생했네, 피델리오."

"고생 좀 했습니다. 하하! 여기 계산서입니다. 확실히 확인했습니다."

"좋아. 영리하고 성실한 자네가 처리한 일이니 믿을 만하지. 오오! 그래 물품을 아주 싸게 구입했구만!"

"최선을 다할 뿐이지요."

"그래. 보수는 곧 지불하지. 고생했네, 피델리오."

"신경 쓰지 마십시오, 간수장."

"이 친구. 내가 자네 속내를 모를 것 같은가. 잠깐 기다리게."

그가 아버지와 대화하는 모습만 봐도 마르첼리네의 가슴은 터질 것만 같았다.

'내가 왜 이럴까. 그만 보면 넋을 잃고 말아. 그도 그럴까? 그래. 나를 보면 항상 웃어주니까 그도 날 사랑하는 거야. 확실해.'

마르첼리네가 행복한 상상을 하고 있을 때.

피델리오, 아니, 레오노레는 각오를 다졌다.

'이 얼마나 위험한 일인가. 남편을 구하기 위해 간수장의 조수를 자처하다니. 내가 과연 해낼 수 있을까.'

그러는 한편, 레오노레는 자신을 향한 마르첼리네의 연심을 눈치채고 있었다.

'저 어린 아가씨가 날 좋아하고 있어. 어떡하지?'

위태롭게 균형을 이루고 있던 상황은 간수장 로코의 오해로

점화되었다.

'딸아, 피델리오 녀석이 그렇게 좋더냐. 그래. 녀석도 널 좋아하는 것 같더구나. 그렇지 않고서야 이렇게 일을 열심히 해줄 리가 없지. 얼마나 잘 어울리는 한 쌍이냐. 내가 두 사람 결혼식만은 성대히 치러주마.'

마르첼리네는 피델리오와 결혼하길 바라고 그녀의 아버지는 두 사람의 결혼을 허락한다.

♪

'미쳤어. 미쳤어! 왜 이렇게 재밌어?'

도이체 오퍼에 의해 각색된 가사와 베를린 필하모닉의 압도적이고 드라마틱한 사운드는 지금까지 다소 진부했던 피델리오에 새로운 활기를 불어넣었다.

관객들은 숨 쉬는 것조차 잊은 채 꼬일 대로 꼬인 등장인물들의 관계에 몰입했다.

본인의 과오를 덮기 위해 레오노레의 남편, 플로레스탄을 죽이라고 명하는 형무소장 돈 피차로.

간수장 로코는 피델리오로 위장한 레오노레와 함께 플로레스탄을 묻으려 한다.

쇠약해진 남편을 본 레오노레는 눈물을 참으며 그에게 빵과 물을 건넨다.

설마 아내가 와줄 거라고는 생각지 못했던 플로레스탄은 그 저 마음 좋은 간수라 여기며 갈증과 허기를 달래고.

마침내 그에게 누명을 씌우고 이제 죽이려는 돈 피차로가 검을 들고 나타났다.

"플로레스탄! 여기, 네가 파멸시키려던 피차로가 왔다! 네가 두려워했어야 할 돈 피차로가 여기 있다. 너는 그래서는 아니 되었어!"

"피차로! 살인마, 추악한 얼굴을 들이밀었구나!"

"그 건방진 입을 놀리는 것도 이제 끝이다. 이 칼로 너의 생 명이 다할 것이다!"

돈 피차로가 검을 높이 든 순간.

플로레스탄은 아내를 떠올리며 죽음을 각오한다.

그때.

"안 돼!"

플로레스탄은 자신을 껴안은 간수에게서, 빵과 물을 주었던 간수에게서 아내의 향기를 맡는다.

"당신."

레오노레는 돌아서 당황한 돈 피차로에게 외쳤다.

"찔러라. 이 사람을 죽이려거든 나부터 죽여야 할 것이다."

"이, 이 미친놈이. 썩 비키지 못해!"

"피, 피델리오. 자네."

놀란 로코가 피델리오, 아니, 레오노레를 말리고 나서나 남편을 구하려는 그녀는 굴하지 않았다.

"웃기지 마! 만일 이 사람을 죽이거든, 내 모든 걸 바쳐서라도 용서치 않을 것이다. 피에 굶주린 추악하고 더러운 널 용서치 않을 것이다!"

"피델리오! 그만하게! 이분이 어떤 분인지 모르는가! 내 딸은 어찌하려 그러는가!"

로코는 딸 마르첼리네와 예비 사위를 걱정했고 돈 피차로는 당장에라도 검을 휘두르려 했다.

"당장 비키지 않으면 너부터 죽이겠다!"

"그래!"

그러나 그 어떤 말과 위협도 레오노레의 사랑과 용기를 꺾을 순 없었다.

"이 사람을 죽일 거라면 먼저 아내부터 죽여야 할 것이다!"

"레오노레!"

급박하게 흐르는 전개 속에서.

가슴을 뜨겁게 만드는 장중한 멜로디.

마침내 피날레로 향하는 오페라 〈피델리오〉를 관람한 관객들은 저도 모르게 일어나.

종막을 맞이했고.

모든 이야기가 끝이 났을 때 서 있는 상태 그대로 경의를 담아 그들이 받은 격한 감동을 표현했다.

200년간 제빛을 발하지 못했던 악성의 유일한 오페라가 정당한 평가를 받는 순간이었다.

♪

〈피델리오〉를 관람한 관객들은 도이체 오퍼가 각색한 새로운 느낌의 오페라에 매료되었다.

막이 내리고.

귀가하는 이들은 저마다의 감상을 나누었다.

"마르첼리네 되게 매력 있지 않아?"

"응. 문지기 대하는 게 웃겼어."

"오페라 가사는 좀 딱딱하다고 해야 하나. 옛스럽다고 해야 하나. 그런 게 없었던 것 같아."

"맞아. 맞아. 오페라 처음이었는데 생각했던 이미지랑 완전 달랐어."

"각색했다고 하더니 신경 정말 많이 쓴 것 같아. 나도 오페라는 좀 먼 느낌이었는데 전혀? 드라마 보는 거 같았어."

"레오노레는? 레오노레도 진짜 대박 아냐? 돈 피차로가 남편 죽이려 할 때 박력 봤지."

"매력 터졌지. 근데 원래 칼싸움 장면이 있었나?"

"없었을걸?"

고전극의 경우 현대와의 간극이 있었기에 명작이라고는 해도 공감대를 형성하기 어려웠다.

그나마 시간과 공간을 넘어선 가치, 즉 사랑에 관련한 이야기 정도만이 오랜 세월 사랑받았지만.

그마저도 다양한 이야기에 익숙해진 현대인들에게는 시시할 수밖에 없었다.

그러나 〈피델리오〉의 경우에는 현대 드라마 못지않은 자극성을 지니고 있었다.

〈투란도트〉 때도 배도빈과 호흡을 맞추었던 도이체 오퍼의 총감독 구스타프 제르너는 작가진, 배도빈과의 논의 끝에 피델리오가 지닌 '자극성'을 극대화했다.

그 결과.

레오노레는 좀 더 적극적으로 활동하게 되었고 남장여자로서의 캐릭터성에 더해 주체적인 인물로 거듭났다.

그런 피델리오를 사랑하는 마르첼리네 역시 공기화되지 않고 피델리오가 사실 여자라는 것을 알게 되고, 번뇌하고 결국에는 사랑하는 '그'를 위해 활약하도록 배치되었다.

현대극과 같이 캐릭터성이 강화되고 인물 사이의 갈등이 심화.

그것을 효과적으로 전달하기 위한 무대 연출.

현대적인 감각으로 변경된 각 등장인물의 대사까지.

〈피델리오〉를 본 이들은 그 드라마성에 반하지 않을 수 없었다.

　└진짜 개재밌닼ㅋㅋㅋ

　└걍 음악 좀 많이 들어간 영화네. 오페라라고 해서 좀 거부감 있었는데 전혀 없음.

　└베를린 필하모닉이 진짜 대단한 게 끊임없이 연주되는데도 몰입을 더해줬음.

　└원래 오페라가 음악과 서사의 결합이니까.

　└진짜 재밌었음. 뭐라고 해야 하지. 레 미제라블이랑 비슷하다고 해야 하나.

　└맞아. 맞아. 딱 그 느낌인데 좀 더 세련된?

　└이렇게 재밌는 걸 왜 지금까지 몰랐지.

　└내 생각엔 베토벤이 만들었던 시기보단 지금 시대에 더 맞는 이야기 같음.

　└좀 그렇긴 하다.

　└권력자를 향한 투쟁이잖아. 레오노레든 남편이든 결국엔 권력과 싸운 거잖아.

　└지금은 당연한 건데 당시만 해도 아직 귀족이니 뭐니 남아 있었으니까.

　└그때도 오페라를 주로 보는 사람들은 권력 있는 사람들이었으니까.

아무래도 불편했겠네.

　ㄴㅇㅇ 이렇게 보니까 아리아부터 곡도 진짜 좋다.

　ㄴ시대를 앞서갔던 거임.

　베를린 필하모닉의 골수팬들은 〈피델리오〉의 매력을 파고들기 시작했고.

　그것은 전문가들의 의견과도 어느 정도 일치했다.

　평단에서는 비운의 작품이었던 〈피델리오〉가 드디어 제대로 된 감독과 무대 그리고 시대를 맞이했다고 평했다.

　"도이체 오퍼의 각색은 특출했습니다. 위대한 베토벤의 음악이 드디어 제 옷을 입었다고 생각합니다."

　현대 음악가 가운데 가장 성공한 인물 중 한 사람이자 클래식 음악 작곡가로서는 배도빈 이전, 세계를 주름잡았던 필립 클래스는 〈피델리오〉에 찬사를 아끼지 않았다.

　그러면서도 아쉬움을 내비쳤는데 그것은 배도빈의 활동 반경이 베를린 필하모닉의 주인이 되면서 제약되었다는 점이었다.

　"그러나 최소 반년 이상의 스케줄을 소모해야 하니, 미스터 배의 팬으로서 아쉽기도 합니다."

　필립 클래스는 의아해하는 기자들을 향해 설명을 이어나갔다.

　"그와 베를린 필하모닉의 피델리오는 더할 나위 없이 훌륭했지만 미스터 배의 역량을 막고 있기도 합니다. 바이올리니스트, 피아니스트, 지휘자로서의 그도 훌륭하지만 그의 진가는 곡을 만드는 데 있습니다."

필립 클래스의 말은 여러 사람의 공감을 샀다.

올림피아슈타디온 베를린을 방문했던 이들은 대부분 오페라 내용에 주목하고 있었는데, 그것은 지금까지 베를린 필하모닉의 공연과는 다소 다른 반응이었다.

"이번 피델리오의 놀라운 점은 당연히 주인공이었던 베를린 필하모닉이 철저히 배경이 되었다는 점입니다."

정확한 지적이었다.

〈투란도트〉 때만 해도 도이체 오퍼는 철저히 조력자였고 어디까지나 주는 베를린 필하모닉이었다.

그러나 〈피델리오〉에서는 베를린 필하모닉이 스스로 배경이 되어 오페라로서의 완성도에 집중했던 것.

필립 클래스가 코 중간에 걸친 안경 너머로 기자들을 보며 설명을 계속했다.

"그 뛰어난 역량을 가지고도 오페라에 집중할 수 있도록 했습니다. 정말 베토벤이 직접 지휘했다면 그랬을 것 같은 느낌이었죠. 덕분에 정말 훌륭한 오페라가 완성되었고요."

기자들도 조금씩 필립 클래스가 무슨 말을 하려는지 예상할 수 있었다.

"그것은 지휘자로서의 그가 한 단계 발전했다는 뜻이고 동시에 미스터 배가 개인을 의도적으로 감췄다는 뜻입니다. 지금까지의 그의 행보는 파격과 충격으로 요약할 수 있었습니다만. 어젯밤은 아니었죠."

음악계 거장의 말은 과연 그 여파가 컸다.

항상 배도빈의 기발한 편곡과 뛰어난 작곡 능력.

그리고 그것을 훌륭히 소화하는 연주진으로 화제의 중심이 되었던 베를린 필하모닉이 상대적으로 후방으로 빠진 것은 사실이었고.

〈피델리오〉에서 그러한 시도가 없이 원곡에 충실한 것도 사실이었다.

그것은 베를린 필하모닉에도 큰 걱정거리로 남았다.

첫 공연 동시 시청자 수 약 400만 명.

하루 만에 누적 시청자 수 3,700만 명을 넘기며 또 한 번의 신화를 써 내린 베를린 필하모닉이었지만, 마냥 기뻐할 순 없었다.

"확실히 보스가 얌전해지긴 했어."

베를린 필하모닉 단원들은 필립 클래스의 발언에 배도빈의 평소답지 않은 행동을 걱정하기 시작했다.

"아무래도 그렇지. 원곡을 최대한 완성도 있게 연주하는 데 신경 썼으니까."

"자각이 없었어. 생각해 보면 항상 새로운 해석을 내놓았는데."

"혹시 조금 지친 걸까?"

"너무 성급한 생각 아니야? 그렇다고 보스가 곡을 안 쓰는 건 아니잖아."

"나도 같은 생각이야. 결국 오페라는 성공적이었어. 보스도 더할 나위 없이 좋은 연주였다고 했고."

"우리 다들 같은 걱정 하는 거 아니었어? 보스가 지고 있는 일이 너무 많아서 하고 싶은 걸 못 하고 있다는."

"……."

"그래. 암만 생각해도 평소랑은 달랐어. 어쩌면 기대에 부응해야 한다는 부담을 느끼고 있을지도 몰라."

"……."

"……."

"다, 다들 왜 그래?"

"아니. 그저 보스가 부담을 느낀다고 하니까 말이 안 되는 거 같아서."

"그러네."

"다들 필립 클래스의 말이라고 너무 예민하게 받아들이는 거야. 보스 완벽주의 몰라? 피델리오에 가장 잘 어울리는 곡을 연주하려는 거 아니겠어? 특별히 편곡하지 않아도 된다고 생각했겠지."

"어쩌면 너무 바빠서 그랬을지도 몰라. 최근 정말 바빴잖아. 게다가 바깥일도 하고 있었고."

모두의 시선이 찰스 브라움에게 향했다.

"크흠."

찰스 브라움은 애써 모른 척했지만 그도 내심 걱정하고 있었다.

확실히 안주하길 거부하고 항상 변화를 꾀했던 배도빈의 지휘라고 하기에는 너무나 얌전했다.

루트비히 판 베토벤의 원곡을 최대한 살리긴 해도 그것은 그와 그를 사랑하던 이들이 알던 모습과는 다른 모습이었다.

그렇게 큰 성공을 거두면서도.

베를린 필하모닉의 고민이 깊어져 갔다.

올림피아슈타디온 베를린에서의 공연을 마친 배도빈은 자택에서 휴식을 취하고 있었다.

소파에 기댄 채 가슴에 애완 거북이 배토벤을 두곤 꾸벅꾸벅 졸았다.

이틀 연속 장시간 공연을 했기에 피로가 쌓였고 3일 뒤에는 폴란드의 수도 바르샤바로 향해야 했다.

그리고 이어질 두 달간의 유럽 투어.

일정 사이마다 휴일을 두긴 했지만 체력적으로 부담스러울 수밖에 없기에 쉴 수 있는 시간을 최대한 활용하려 했다.

그러나 평화로운 시간도 잠시.

누군가 문을 두드렸다.

"으음."

억지로 몸을 일으킨 배도빈이 문을 열었다.

집사는 배도빈에게 정중히 인사하고는 물었다.

"마누엘 노이어 씨와 피셔 디스카우 씨가 방문하셨습니다. 어찌 대응할까요."

'무슨 일이지.'

배도빈은 심상치 않은 일이 생겼음을 직감했다.

피델리오 공연 팀에 대해서는 오늘과 내일 푹 쉬라고 전달했다.

연락도 없이 집에 찾아왔으니 보통 일이 아닐 듯싶었다.

"응접실로 안내해 주세요. 곧 내려갈게요."

"그렇게 하겠습니다."

배도빈은 안방 거실을 지나 샤워실로 향했고 간단히 씻은 뒤 곧장 1층 응접실로 향했다.

급한 마음에 젖은 머리를 말리지도 않은 채였다.

"무슨 일이에요?"

배도빈이 응접실에 들어서자마자 노이어와 디스카우에게 물었다.

"어? 뭐. 잘 있나 싶어서."

"하하하하! 보고 싶어서 왔지."

"……뭐 잘못 먹었어요?"

두 사람의 헛소리에 배도빈이 눈살을 찌푸렸다.

"앞으로 일정에 한 사람이라도 빠지면 안 되니까 음식 조절해요."

"뭐, 그런 이야기는 제쳐두고."

"으핫핫핫!"

배도빈의 충고를 얼버무린 두 사람이 종이 가방에서 위스키를 꺼냈다.

"뭐예요?"

"공연 성공했으니 소소하게 자축이나 하자고."

"마실 거면 두 사람만 마셔요. 뭔 일인가 했네."

배도빈이 늘어지게 하품을 하며 일어서자 노이어와 디스카우가 그를 붙잡았다.

"자, 자. 그러지 말고."

"이렇게라도 풀어야지. 노력했고. 성공했잖아. 딱 이것만 마시자고."

"주정뱅이들 상대할 생각 없어요."

배도빈은 악단 내에서도 술고래로 유명한 두 사람이 단 한 병의 위스키로 만족할 거라고는 생각지 않았다.

"정말이야. 이틀째인데 영상 조회수 6천만 넘긴 거 못 봤어?"

"암암. 그냥 넘어가면 그간의 노력이 섭하지."

"……"

"한 잔 정도라면 숙면에도 도움이 된다고."

"자자."

"한 잔만이에요."

배도빈의 말에 디스카우가 어깨를 들썩이며 뚜껑을 열었다.

두 시간 뒤.

"모라고오?"

"그러니까아. 세프도 있고 슈타인 감독도 있다고오. 난 우리 보스가 하고 싶은 거 다아아! 했으면 좋겠어."

"암. 암! 괜히 우리 신경 쓴다고 너무 무리하지 말란 이 말이야!"

"모라는 거야."

"작년에 너 나간다고 했을 때. 어? 우리가 약속했잖아. 하고 싶은 거 다 하게 도울 테니까 남아달라고. 옴? 근데에. 근데에 네가 그러면 우리가 뭐가 돼애애애. 딸꾹."

배도빈은 주정뱅이 둘이 취해서 또 헛소리를 꺼낸다고 여기고는 술병을 들었다.

찰랑거려야 할 위스키가 없자 눈을 가늘게 뜨고는 테이블 가운데에 놓인 금속 벨을 눌렀다.

잠시 후.

그의 집사가 방으로 들어왔다.

"찾으셨습니까?"

"위스키 하나 가져다주세요."

발갛게 달아오른 배도빈의 얼굴을 확인한 집사가 고개를 숙였다.

"이미 취하신 듯합니다."

"한 잔만~"

"한 잔만요."

"흐하하! 한 잔만 부탁드립니다!"

세 명의 주정뱅이가 떼를 쓰자 집사도 어쩔 수 없이 보관하고 있던 위스키와 곁들일 과일을 가져다 놓았다.

술을 채운 세 사람이 잔을 높이 들어 보인 뒤 단숨에 넘겼다.

"크으으으."

"이봐, 보스으."

"왜요오."

"우린 이미 함께하는 사이잖아? 그러니 그렇게 숨기면 도리어 서운하다고오."

디스카우의 투정 아닌 투정에 배도빈의 기분이 상했다.

"아까부터 자꼬 무슨 말을 하는 거예요?"

이번에는 마누엘 노이어가 나섰다.

"누가 봐도 얌전한 연주였자나. 어엉? 배도빈의 지휘가 아니

었단 말씀이야아. 편곡할 시간도 없이 바빴고, 준비할 우릴 생
각했던 거자나?"

"음음."

"뭐래."

배도빈이 가소롭다는 듯 콧방귀를 뀌었다.

"또 모른 척한다."

"서운하게."

그러나 배도빈을 각별히 사랑하는 두 사람은 포기하지
않았다.

"좀 더 박력 있게. 싸나이답게에! 그래야 배도빈이쥐이!"

"옳지! 옳지! 너무 심심했단 말이야아."

두 사람의 말을 들은 배도빈이 정색했다.

"헛소리 마라요. 피델리오에 가장 어울리는 방식대로 지휘
했을 뿐이에요."

"진짜아?"

"진짜아."

"뭐 그렇다면야."

세 사람은 잠시간 술에 집중했다.

그러나 아무리 생각해도 마누엘 노이어의 생각에, 원곡에
충실한 배도빈, 성실한 배도빈이 납득되질 않았다.

"증마알. 증말. 어?"

"또 모요."

"진짜로 괜찮은 그지?"

배도빈이 반쯤 감긴 눈을 하고선 고개를 크게 끄덕였다.

스스로 옳았음을 증명해낸 그는 무척이나 만족스러웠다.

다만 노이어와 피셔가 그런 걱정을 하는 이유조차 이해할
수 없었다.

♪

바르샤바 공연을 마쳤다.

단원들은 평소보다 적극적이었는데 아무래도 다들 노이어
나 디스카우처럼 날 걱정하는 모양이다.

알 수 없는 열의를 보인다.

작은 행동에도 즉시 반응한다든지 아니면 본인의 연주를
검토해 주길 바란다든지.

소금이라노 너 좋은 연주를 하기 위한 일이라 크게 신경 쓰
진 않았다.

단지 나와 함께 음악을 하고 싶어 하기 때문이라는 걸 잘 알
고 있기 때문인데.

'이제 와서 뭘 걱정하는 거야.'

베를린 필하모닉을 인수했음에도 여전히 불안한 모양.

베를린 필하모닉과 함께하는 내가 부담을 느끼지 않았으면 하는 것 같다.

여러 사람이 내게 다양한 활동을 기대하고, 나 역시 최대한 많은 일을 하고 싶어 생긴 문제.

최근 들어 홍승일의 말이 자꾸 떠오른다.

'아마 이렇게 되리라 생각했던 거겠지.'

그러나 그때나 지금이나 하고 싶은 음악을 한다는 마음에는 변함없다.

팬이 있기에 음악을 할 수 있지만.

그 무엇보다 중요하지만.

내가 나로 있지 않고서야 그들이 사랑하는 '배도빈'이 존재할 순 없는 법이다.

그러나 이런 기사가 자꾸 올라오는 걸 보면 단원들이 걱정하는 것도 무리는 아니다.

[피델리오, 바르샤바에서 또다시 진기록을 세우다!]

[피델리오 초연 영상 217시간 3분 만에 누적 2억 뷰 돌파!]

[재평가를 받는 완성된 피델리오]

[원곡에 충실한 마에스트로 배. 베토벤을 향한 그의 사랑]

[개혁의 베를린 필하모닉, '피델리오' 역시 스펙트럼의 일부인가]

지난 3일, 베를린 필하모닉과 도이체 오퍼가 올림피아슈타디온 베를린에서 첫 공연을 마쳤다.

동시 시청자 수 400만 명을 기록한, 2024년 상업적으로 가장 성공한 무대는 여러 이야기를 낳았다.

그중에서 이목을 끄는 이야기는 제르바 루빈스타인, 필립 클래스 등 음악계 거장들의 평.

필립 클래스는 지휘자로서의 배도빈이 한층 더 성숙해졌다고 평하면서도, 그만의 색이 드러나지 않은 데 아쉬움을 표했다.

시카고 심포니의 제르바 루빈스타인은 어느 곡을 연주하든 자신만의 편곡으로 세상을 놀라게 했던 배도빈이 처음으로 원곡에 충실했다는 점에 주목해야 한다는 입장이다.

앞선 평들과 같이 〈피델리오〉를 연주하는 베를린 필하모닉은 평소와 차이를 보였다.

이에 대해 소수 언론에서는 그간 과거 거장들의 곡을 편곡하는 데 망설임이 없던 배도빈이 부담을 느낀 탓이라는 의견도 제시하고 있다.

최근 여러 사업을 통해 재정 지출이 컸던 베를린 필하모닉을 안정시키기 위해 조심스러워졌다는 말.

여러 분란을 일으켰던 해먼 쇼익의 경우 배도빈이 베토벤의 걸작을 두고 마침내 능력의 한계를 맞이한 거라고 주장하여 이번에도 뭇사람의 분노를 샀다.

한편 평단에서는 원곡에 충실한 지휘와 연주에 긍정적인 반응을 내놓기도 했다.

유력 음악사의 대표 파인 리파스토는 이번 〈피델리오〉가 원곡에 충실한 이유로 베토벤을 향한 배도빈 악단주의 경의라고 주장.

항상 화제를 몰고 다니는 베를린 필하모닉의 다음 행보가 주목된다.

개들이 또 짖는 듯하다.

이전에는 아마데와 비교하여 거슬리게 하더니 이번에는 나와 나를 비교하는 듯.

참으로 할 짓 없는 짐승들이다.

그렇게 생각을 마무리하곤 사카모토의 'Bibo no Aozora'를 틀었다.

영화에서 사용된 피아노와 바이올린 합주.

원곡보다 이쪽이 더 마음에 드는데 사카모토는 요란한 원곡이 더 마음에 든다고 했었다.

사카모토의 곡 중에서 Rain과 더불어 가장 좋아하는 곡.

안 좋은 곡이 있겠냐마는 차분히 감상하기에 더없이 훌륭하다.

바이올린이 움직여선 안 될 영역까지 침범하는데, 그것이 지금까지 이끌어 온 분위기와 놀랍도록 잘 어울린다.

똑똑-

"도빈아, 잠깐 시간 괜찮아?"

나윤희다.

문을 여니 그녀가 과일 바구니를 들어 보이며 웃고 있다.

"내일 아침에 먹으면 좋을 것 같아서."

"고마워요."

바구니를 받아 들곤 길을 터주었다. 안쪽으로 안내하곤 냉장고에서 물을 꺼냈다.

"어제도 대단했지."

"네. 대편성이 아니라 조금 아쉬웠지만."

"무대가 좁으니까. 아, 야외 공연장에 비해서."

커피포트에 물을 올려두고 마주 앉으니 나윤희가 전에 내주었던 숙제를 꺼냈다.

'투어 때문에 좀 늦을 거라 생각했는데.'

성실한 학생이다.

"어땠어요?"

"어려웠어."

"하하."

악장 취임 후.

악장으로서의 자질을 갖추기 위해 공부하기 시작한 그녀는 차곡차곡 지식을 쌓고 있었다.

어느 정도 성취를 보여 이번에는 새로 발표할 곡에 빈 곳을 만들어 문제를 내주었다.

정답이 없는 일.

완성본과 나윤희가 채워 넣은 악보를 비교하며 그녀의 이해력을 돕고 창작성을 지켜줄 생각이었다.

'괜찮네.'

쭉 한 번 훑어보니 처음에는 총보를 보는 것도 익숙하지 않았던 것 치고 곧잘 따라온 것 같다.

슬쩍 고개를 드니 조금 긴장한 기색.

작게 웃으며 다시 한번 자세히 살폈다.

그리고 문제로 낸 것이 아닌 부분이 수정된 부분을 발견했다.

데크레셴도(Decrescendo: 점점 약하게)가 추가되어 있다.

"이건 뭐예요?"

"아, 빠져 있는 것 같아서."

"빠져 있다고요?"

"응. 다음 호른에 스포르찬도가 붙어 있으니까. 너라면 이러지 않을까 싶어서……."

"제가요?"

"응. 이런 강조 좋아하니까."

악보를 다시 보니 확실히 여리게 연주하여 다음에 올 스포르찬도를 효과적으로 사용하려 했다는 걸 기억할 수 있었다.

'빼먹었네.'

악보를 쓰다 보면 가끔 있는 실수.

검토를 반복해 수정해 나갈 일인데 나윤희가 그걸 대신한 것이다.

"브루노 발터였으면 중간에 음을 끊었을 거예요. 저도 자주 사용하는 방법이고."

다른 방법도 있을 수 있다고 지적하자 나윤희가 조심스레, 그러나 확신에 찬 눈빛을 보냈다.

"앞에서 이미 사용했던 방식이니까. 여기서는 다르게 하고 싶을 거라 생각했어."

정답이다.

'문제를 푸는 데만 집중하고 있는 게 아니야.'

악보를 이해하기 위해 노력하다 보니 자세히 들여다본 것이고, 동시에 내 음악을 이해하고 있다는 뜻.

푸르트벵글러야 당연한 일이고.

니아 발그레이와 케르바 슈타인, 찰스 브라움 같이 곡을 다루는 몇몇 이만 내 곡을 완전히 이해하고 있는 게 사실이다.

나윤희가 연주자로서의 역량에 더해 발전하고 있음에 기뻤다.

"좋아요. 투어 끝나고 총연습 때 다시 보도록 해요."

"응."

적당히 식은 차를 마셨다.

몸이 이완되어 나른해진다.

문득 그녀는 이번 피델리오를 어떻게 생각하는지 궁금해졌다.

"누난 어떻게 생각해요?"

"뭘?"

"피델리오요. 이런저런 말이 있나 봐요."

방금까지 보고 있던 신문을 보여주니 눈썹을 살짝 찡그린다.

"다른 건 몰라도 너답지 않다는 말은 아, 아닌 거 같아."

고개를 끄덕였다.

"물론 나 같은 거보다 훨씬 대단한 분이시지만."

필립 클래스를 말하는 것 같다.

"아마 널 잘 몰라서 하시는 말 같아. 이, 이번에 준비한 곡이 원곡에 충실한 것도 사실이고 그게 편곡을 적극적으로 했던 예전과 다르긴 해도."

말 더듬는 버릇이 많이 좋아졌다.

"강렬하거나 독특한 해석만으로 규정 짓는 건 잘못된 판단 같아. 안주하지 않는……. 완벽한 연주를 위해서라면 뭐든 하는 게 우리잖아?"

듣고 싶었던 말이다.

그간 몇몇 이를 통해 내 음악이 클래식 고유의 음악성을 해칠 우려가 있다는 점을 꾸준히 지적받았다.

모두 전통적으로 지켜져 왔던 해석을 무시한 데 근거를 두고 있다.

그러나 훌륭한 연주를 위해서라면 지금까지 해왔던 실험적 시도든, 시대연주든 상관하지 않는 것이 본질.

그것을 인지하지 못하는 사람들이 하는 헛소리일 뿐이다.

또 완벽한 연주를 추구하는 나와 푸르트벵글러 그리고 베를린 필하모닉의 정신이기도 하다.

"너, 너무 아는 척했지."

"그런 모습이 더 보기 좋아요."

손가락을 꼼지락댄다.

불새 이후 생긴 버릇인데, 하고 싶은 말이 있을 때마다 저런다.

아니나 다를까.

단원들 이야기를 꺼냈다.

"단원들도 알고 있어. 직접 연주하니까, 네가 가장 멋진 방법을 찾았다는 것 정도는 알고 있는데."

표정을 보니 그녀도 걱정하고 있는 모양이다.

"단지 너무 바빠서 하고 싶은 음악을 못 하게 될까 봐. 그건 걱정하는 거 같아. 노이어 씨도. 다들."

"걱정 마요."

찻잔을 비웠다.

"베를린 필하모닉은 걸림돌이 아니에요. 제가 하고 싶은 걸 이룰 수 있는, 그럴 수 있게 돕는 곳이니까."

세계 어디를 둘러봐도 이들만 한 연주자를 모아둔 곳은 몇 없다.

또 마음이 맞는 이들을 구하기도 쉽지 않으니 도리어 이들이 내게 도움을 주고 있는 거다.

기특한 친구들이다.

"응."

걱정스럽게 보던 나윤희가 고개를 끄덕였다.

한편.

베를린에 남은 프란츠 페터는 첫날 직관했던 피델리오에 푹 빠져 있었다.

배도빈과 구스타프 제르너.

두 천재가 재현한 악성의 오페라는 만 15세 소년의 마음에 불을 지피고 말았다.

생활고 때문에 영화 한 편 제대로 보지 못했고, 책 한 권 여 유롭게 읽지 못했던 프란츠에게 '피델리오'의 서사는 너무나 자 극적이었고.

구세주나 다름없는 배도빈의 지휘는 그에게 법전이나 마찬 가지였다.

그 이외에 답은 없었다.

소년은 오페라 피델리오를 사랑하고 말았다.

불꽃과도 같은 마음은 피델리오를 더 알고 싶은 것으로 표출되었고.

프란츠 페터는 일주일째 식음과 수면조차 제대로 하지 않으며 배도빈이 남기고 간 악보를 들여다볼 뿐이었다.

'왜?'

'아, 이래서 저렇게.'

'대단해. 너무 대단해.'

천재의 눈에 베토벤의 의도가, 그것을 극대화한 배도빈의 의도가 보이기 시작했다.

정규 과정으로는 충족할 수 없었던 탐구심을 스스로 채워 넣기 시작한 프란츠는 그 행위를 멈출 수 없었다.

"형, 형, 밥 좀 먹어."

주변에서 무슨 말을 하든 그런 생각조차 할 수 없었다.

그저 탐할 뿐.

그런 마음이 마침내 10일이 지났을 무렵 더 없이 커지고 말았다.

프란츠 페터는 자신이 공부했던, 밝혀냈던 것을 다시 한번 확인하고 싶었다.

올림피아슈타디온 베를린에서의 첫 공연처럼, 스트리밍이 아니라 피부로 직접 느끼고 싶었다.

'다음 도시가 어디였지?'

프라하 O2아레나에서의 공연은 이미 진행 중이었다.

다음은 뮌헨.

그러나 일정을 확인하던 프란츠는 공연 시작 전에 이미 모든 표가 매진되었던 사실을 떠올리곤 좌절하고 말았다.

'부탁드려볼까.'

배도빈에게 공연을 직접 보고 싶다고 말할까 고민하던 프란츠가 고개를 저었다.

이미 너무나 많은 것을 받고 있었고 여전히 '받는 일'에 익숙하지 않은 소년에게는 너무나 민망한 일이었다.

그런 고민을 '밴드'에 같이 속한 진달래에게 털어놓았다.

"그냥 부탁하지? 어려운 일도 아니잖아. 객석에는 못 앉겠지만 대기실에는 있게 해주지 않을까?"

"그래도 죄송하잖아요."

"나도 처음엔 그랬는데, 나중에 돈 벌어서 갚으래. 눈 딱 감고 더 열심히 하면 돼. 나도 도빈이한테 빚 많아."

진달래가 손가락을 헤아리곤 좌절했다.

"이제 11억 남았네……."

대부분이 의료비와 수업료였다.

밴드에 합류하면서 연봉의 50퍼센트를 떼 갚기 시작했지만, 몇 년이 걸릴지 알 수 없었다.

더군다나 계약직.

진달래는 콧김을 크게 내쉬어 의지를 다지고는 녹음실로

들어갔다.

프란츠는 이러지도 저러지도 못하다가 밴드 연습실에 머물렀다.

그러고는 〈피델리오〉의 일정에 관련한 팸플릿을 멍하니 들여다보는데.

"어?"

아레나 디 베로나에서의 특별 공연만은 아레나 디 베로나 오페라 페스티벌 VVIP티켓을 가진 이들에 한해 특별 입장이 가능한 내용을 확인할 수 있었다.

혹시나 비용이 많이 나올까 봐 반드시 필요할 때만, 전화만 썼던 선물 받은 핸드폰을 꺼낸 프란츠가 더듬더듬 관련 내용을 검색했다.

'3, 370유로?'

아레나 디 베로나 오페라 페스티벌 VVIP티켓 가격을 확인한 프란츠의 눈이 거의 튀어나왔다.

· 84악장 ·
폭발 배도빈

370유로.

프란츠로서는 감당키 힘든 금액이었다.

크리크 국제 피아노 콩쿠르에서 우승한 소년은 얼마 전까지 도빈 재단으로부터 생계와 학업 전반을 지원받았다.

그리고 최근.

주4일, 하루 3시간. 배도빈의 개인 조수이자 베를린 필하모닉 밴드의 어시스트로 일할 수 있었다.

배도빈은 추가 생활비 명목으로 재단이 지급했던 월 500유로에서 100유로를 더 얹어 보수로 지급해 주었다.

노동에 대한 정당한 보수를 받는다는 당연한 일이 프란츠 페터에게는 기적 같았다.

근무 시간을 늘리고 싶었지만 배도빈이 그 외 시간은 공부하라고 당부했기에 프란츠는 만족했다.

매달 600유로(약 79만 원).

베를린 필하모닉 직원 숙소에 머물 수 있었고, 그에 딸린 식당에서 무료로 끼니를 챙길 수 있었기에 혼자 살기에는 충분했다.

지원감축이라는 예상치 못한 일도 배도빈의 배려로 해결할 수 있었다.

베를린 필하모닉 숙소로 거처를 옮기면서 도빈 재단에서는 프란츠 페터가 더 이상 집이 필요치 않다고 판단.

페터 형제가 머물던 방을 환수하고 동시에 소득 발생을 근거로 달마다 지급하던 500유로의 생활 지원금을 300유로로 삭감하였다.

프란츠는 매달 900유로로 알베르트가 따로 살 집을 구해야만 했다.

가급적 안전하고 깨끗하며 끼니를 해결할 수 있는 곳으로 구하고자 했으나 허락된 예산으로 좋은 하숙집을 구할 순 없었다.

재단도 규정에 따라 일을 처리한 것이기에 상황을 알게 된 배도빈은 형제가 악단 숙소에서 함께 살 수 있도록 배려했다.

유일한 문제는 동생 알베르트 페터가 음악을 배우고 싶었던 것

알베르트는 형 프란츠를 따라 하고 싶었다. 자신도 형처럼 멋진 음악을 하고 싶었다.

프란츠도 열의를 보이는 동생이 기특해 여러 학생을 명문대에 진학시켰다는 학원을 알아보았지만, 터무니없이 비싼 레슨비에 놀라고 말았다.

혹시나 싶어 재단에 문의했지만 알베르트는 자격 요건을 충족할 수 없었다.

형과 같이 재능을 입증할 수상 경력이 없었고, 재단에서 따로 실시하는 테스트에서도 합격점을 받지 못했다.

동생만은 어떻게든 대학에 보내고 싶었기에 따로 든 적금이 매달 100유로.

언젠가는 두 사람만의 보금자리를 구하고 싶었기에 매달 200유로를 저축하고 있었던 프란츠는 남은 여윳돈을 대부분 알베르트의 학원비로 지출했다.

비상금조차 알베르트가 무시당하지 않도록 옷과 학용품, 컴퓨터, 핸드폰 등을 마련해 주는 데 전부 소진했다.

그렇기에 370유로라는 돈을 빼낼 여유가 없었다.

'아마 더 들겠지?'

교통과 숙박 그리고 식비까지 생각하면 적어도 500유로는 생각해야 할 것 같았다.

그런 고민을 하며 숙소로 돌아온 프란츠는 부담을 느끼면서도 좀처럼 포기할 수 없었다.

'싸게 가는 방법이 있을 거야.'

베를린에서 베로나까지는 멀었다.

지금까지 가볼 생각조차 하지 못했던 곳이었다.

구체적으로 얼마나 걸리는지 몰랐던 프란츠는 기차 시간을 알아보곤 이동 중에 숙박을 해결할 수 있겠다고 생각했다.

'뮌헨으로 가서 갈아타야 하네.'

그러나 베를린에서 베로나로 향하려면 경유지를 거쳐야만 했다.

소년은 걱정이 앞섰다.

배도빈에 의해 베를린으로 이사 오기 전까지, 다른 지역으로 움직인 것은 크리크 콩쿠르 때뿐이었고 그나마도 가이드가 있었다.

그 먼 거리를 환승하여 갈 자신이 없었다.

'버스는 있을까.'

프란츠는 익숙하지 않은 핸드폰과 한참을 씨름한 끝에 베로나로 향하는 직행버스를 찾았다.

'16시간?'

가장 처음 찾은 차량은 밤 9시에 출발하여 다음 날 정오에 도착하는 버스였다.

공연 시작 시각이 오후 7시인 터라 간격에 긴 편이었다.

조금 더 시간을 들인 프란츠는 적당한 차편을 찾을 수 있었다.

새벽 1시에 출발해 다음 날 오후 4시 30분에 도착하는 버스였다

16시간 30분이 소요되어 앞서 찾은 것보다 30분 느리기는

했지만 도착하고 공연까지 그리 오래 걸리지 않았다.

문제는 가격.

분명 가장 저렴한 표인데도 편도 35유로나 필요했다.

그러지 않아도 공연 푯값에 부담을 느끼는 프란츠가 불합리하게 여길 만한 금액이었다.

'왜 베로나에서 베를린으로 오는 건 더 싼 거야?'

돌아오는 푯값은 28유로로 왕복 63유로.

'너무 비싸.'

버스 안에서 자기로 마음먹었기에 숙박비는 들지 않겠지만, 장시간 여행에 배가 고플 터.

더군다나 베로나에 도착한다고 해서 모든 게 해결되지도 않았다.

'하루쯤 굶자. 내가 언제부터 매일 밥 먹었다고.'

프란츠는 고심 끝에 굶기로 결정했다. 끼니를 챙겨 먹기 시작한 지 얼마 안 되기도 했고, 어렸을 적에는 굶는 일이 먹는 일보다 잦았기에 괜찮을 거라 여겼다.

'더 싸게 갈 방법은 없나?'

프란츠는 버스 예약 페이지에서 조금이라도 할인받을 수 있는 방법을 찾았다.

핸드폰을 다루는 데 익숙지 않은 탓에 2시간의 사투를 벌여야 했고 다행히 특가로 나온 상품을 찾을 수 있었다.

저녁 8시에 출발해 오전 11시에 도착하는 버스를 44유로에 예약할 수 있었다.

베로나에 도착해서 아레나까지 이동하는 데 드는 비용까지 고려해도, 예산 최대치인 500유로로 어떻게든 해결할 수 있을 것 같았다.

'응. 됐어. 이걸로 다시 들을 수 있는 거야.'

며칠 뒤.

베를린 필하모닉 사무국의 임시 직원 죠엘 웨인은 동생과 또래 정도로 보이는 작고 통통한 소년을 맞이했다.

업무에 욕심이 있던 그녀는 베를린 필하모닉에 소속된 사람들을 기억하려 노력 중이었고, 덕분에 프란츠를 알아볼 수 있었다.

'악단주의 조수였지?'

어린데도 벌써 능력을 인정받아 일한다고 하니, 또래를 동생으로 둔 죠엘은 프란츠가 기특했다.

그녀는 머뭇거리는 프란츠가 안심할 수 있게 상냥히 물었다.

"페터 씨죠? 무슨 일로 오셨나요?"

"저…… 29일부터 31일까지 못 나올 것 같아서요. 혹시 괜찮을까요?"

"잠시만요."

간단한 문서 작업을 맡고 있던 죠엘은 인사 담당자 테이슨에게 프란츠 페터의 휴가 신청 사실을 알리기 위해 일어났다.

자리는 비어 있었다.

'맞다. 오전에는 안 들어오신다고 하셨지.'

"담당자께서 오후에 들어오신다고 하셨는데 깜빡했네요. 29일부터 31일까지 출근이 어렵다고 전달해 드리면 될까요?"

"아, 네. 넵."

"그럼 성함이랑 소속 연락처 좀 남겨주세요."

"프란츠 페터고요. 소속은 모르는데…… 아르바이트생이에요. 저, 정말 이렇게 멋대로 부탁드려 죄송합니다."

죠엘이 눈을 깜빡였다.

"임시직 직원이라도 유급 휴가는 보장되니까 미안해하실 일은 아니에요. 다만 저도 권한이 없어서. 아."

"무슨 일이야?"

그때 카밀라 앤더슨이 사무국으로 들어왔다.

죠엘이 목례하곤 상황을 설명하자 카밀라가 눈을 깜빡였다.

"테이슨이라면 지금 면접 보고 있어서 시간 꽤 걸릴 텐데."

카밀라 앤더슨이 세부 사항을 확인하곤 눈을 깜빡였다.

"29일이면 내일이잖아."

"너, 너무 갑자기 말씀드렸죠. 죄송합니다. 죄송합니다."

"급한 일이면 어쩔 수 없지. 어차피 지금은 투어랑 정기 연주회 때문에 밴드 공연은 못 하니까 다녀와. 처리해 둘게."

"감사합니다! 감사합니다!"

카밀라 앤더슨의 말에 프란츠 페터가 배꼽을 가리고 허리를 접었다.

어찌나 행동이 빠른지 머리가 휘날렸다.

"별일 있는 건 아니지?"

"네!"

"그래. 그럼 푹 쉬고 보자."

"감사합니다. 안녕히 계세요!"

프란츠가 문이 닫힐 때까지 반복해 인사하고 떠나자 카밀라 앤더슨이 웃고 말았다.

"귀엽네."

"정말 그래요."

"어린데도 열심히라니까. 그럼 그쪽은 어때. 할 만해?"

"재밌어요. 조금 어려운 일도 있지만."

"어려워?"

카밀라가 되물었다.

죠엘 웨인이 담당자로부터 자료를 받아 정리하고 있던 문서를 보였다.

"투어 팀이 받을 물자 목록이에요. 공연마다 이렇게 많은 물건을 보내는지는 몰랐어요. 보통 현지에서 공급하는 게 더 경제적이잖아요?"

"응."

카밀라 앤더슨이 이제 막 사회에 나온 아르바이트생이 좀 더 이야기할 수 있도록 호응해 주었다.

"그런데도 이렇게 매번 발주하는 데는 이유가 있을 것 같아서요. 나름 고민해 보고 있는데 아직 답을 찾지 못했어요."

카밀라가 빙그레 웃었다.

가장 일을 못 하는 직원은 주어진 일을 생각 없이 처리하려는 사람이고.

가장 문제를 일으키는 부류는 자신이 알고 있는 지식에서 벗어난 일을 틀렸다고 단정 짓는 사람이었다.

'멀핀이 괜찮아 보인다고 하더니.'

단순 엑셀 작업.

담당자가 적어 준 수기 장부를 옮겨 적기만 하면 되는 일이었다.

담당자와 책임자가 한 번 더 확인할 일이기도 하고, 평범한 사람이라면 아무 생각 없이, 수치가 맞는지만 신경 쓰며 작업할 일이었다.

그러나 죠엘 웨인은 달랐다.

문서화하라는 지시사항을 넘어서 일이 왜 그런 방식으로 돌아가는지 이해하려 노력했다.

본인 생각에 비경제적인 일이라고 해도 섣불리 판단하지도 않았다.

좀 더 지켜볼 필요가 있지만, 카밀라의 호감을 살 만했다.

"또 궁금한 건?"

"그런데도 비용이 크게 안 드는 것도 신기해요. 여기는 거의 무료로 공급해 주고 있고요."

죠엘이 노르데나우에서 보내온 생수 항목을 가리켰다.

"생수라. 좋은 예시네. 우선, 해외여행 다녀본 적 있어?"

"중국에 한 번 가본 적이 전부예요."

"가서 어디 아프진 않았어?"

"전 괜찮았는데 동생이랑 엄마가 배탈을…… 아."

"응. 물갈이라고 해서 지역이 달라지면 흔히 생기는 일이야. 우리 단원들처럼 여러 지역으로 다니는 사람에게는 조심해야 할 일이지. 기껏 시간 들여, 돈 들여 멀리 갔는데 아픈 사람이라도 나오면 큰일이니까."

죠엘 웨인의 머리에 몇 명의 단원이 물갈이를 하면서 공연에 빠지는 일이 떠올랐다.

연주의 질이 떨어지는 것은 물론이고, 다수가 병을 앓게 되면 공연 자체를 취소해야 할지도 모른다고 생각했다.

악단으로서도.

팬들에게도 작은 일이 아니었다.

"큰일이네요."

"응. 굳이 다른 대륙까지 가지 않더라도 마찬가지야. 유럽 안에서도 차이를 보이니까. 그런 리스크를 줄일 수 있다면 식사나 물, 운송료 정도야 싸게 먹히는 거지."

죠엘은 사무국 직원들이 왜 항상 바쁜지 이해할 수 있었다.

이런 작은 일마저도 신경 써서 처리하니 직원이 아무리 많아도 부족할 수밖에 없었다.

"그래서 여기."

카밀라가 모니터에 손가락을 얹었다.

노르데나우라는 생수업체를 가리키고 있었다.

"이런 곳에서 자사 상품을 말도 안 되는 가격에 보내주는 거지."

"광고 효과를 바라는 건가요?"

이제 막 실무에 투입된 새내기의 1차적 접근이었다.

"크게 보면 맞는 말인데, 직결되는 부분은 아니야. 단원들이 물 마시는 모습이 언론을 타는 건 아니니까."

"아."

"하지만 베를린 필하모닉에 납품하는 기업이라는 브랜드 이미지를 구축할 수 있지. 그것만으로도 다른 기업과 거래할 때 좋은 무기가 되지 않겠어?"

"확실히 그래요."

세계 최고의 오케스트라와 거래하는 것만으로도 노르데나

우는 그들의 상품 품질을 증명할 수 있었다.

"협찬이 아니라 어디까지나 거래라는 것도 중요해. 단 1유로라도 돈을 받고 납품한다는 게 더 먹히거든. 우리도 그걸 알아서 최대한 싼 가격에 구매해 주고 있고. 윈윈이지."

죠엘이 메모지를 꺼내 몇몇 단어를 적었다.

사무국장에게서 들은 이야기를 기억하고 또 나름대로 더좋은 방향을 찾고 싶기에 한 행동이었다.

'성장하겠네.'

카밀라가 고개를 끄덕였다.

"그럼 수고해."

"네. 감사합니다."

궁금증을 해결한 죠엘 웨인이 다시 업무에 집중하기 시작했다.

29일 오후 7시 20분.

프란츠 페터는 베로나로 출발하기 전에 배를 잔뜩 채울 생각으로 베를린 필하모닉 부속 레스토랑에 들렸다.

"안녕하세요!"

"음?"

테이블을 정리하고 있던 급사장이 프란츠와 시계를 번갈아

보았다.

"별일이구나. 오늘은 늦었네."

"여행 준비하느라 조금 늦었어요. 너무 늦었나요?"

프란츠가 조심스레 물으니 급사장이 손사레를 쳤다.

"아니야. 괜찮아. 여행 간다고?"

"베로나로 가요."

"베로나? 이탈리아?"

프란츠가 웃으며 고개를 끄덕였다.

그 모습이 정말 행복해 보여 베를린 필하모닉 레스토랑의 급사장도 따라 웃었다.

정확한 이야기는 모르고 또 굳이 물어봐 들출 생각도 없었지만 프란츠의 언행만으로도 소년이 얼마나 힘들게 살아왔는지 알 수 있었다.

처음 들어왔을 때는 뷔페조차 몰라 멀뚱히 서 있다든지, 한 그릇에 가득 채운다든지, 여러 번 먹어도 된다고 하니 사용한 그릇을 다시 쓴다든지 했다.

그러면서도 그것이 창피했는지 동생에게는 하나하나 가르쳐 주는 모습이 기특했고.

조금씩 밝아지는 모습을 보니 흐뭇할 뿐이었다.

"그래. 여행 가려면 배가 든든해야지. 맘껏 먹고 가려무나."

"네!"

프란츠는 접시에 음식을 담고 자리를 잡았다.

직원 식당의 음식은 언제 먹어도 황홀했다.

좋은 재료를 일류 조리사가 다루는 베를린 필하모닉 레스토랑은 천국이나 마찬가지였다.

"이 녀석아, 천천히 먹어."

"넵."

프란츠가 음식을 꾸역꾸역 밀어 넣자 그 모습을 보고 있던 급사장이 물을 떠다 주었다.

얼마 뒤.

'더는 못 먹겠어.'

배를 가득 채운 프란츠는 출발 시각까지 20분 정도 남았음을 확인하곤 급히 일어났다.

"잘 먹었습니다!"

"잠깐. 페터."

급사장이 식당을 나서려는 프란츠에게 종이봉투를 건넸다. 소년이 어리둥절하자 자애롭게 웃었다.

"샌드위치다. 이탈리아까지는 오래 걸리니까 배고플 거야. 가는 길에 먹거라."

생각지도 못한 도시락에 프란츠가 눈을 동그랗게 떴다.

"이렇게나 많이……. 꽤, 괜찮아요."

"남은 재료로 만든 거니까 신경 쓰지 마. 꼭꼭 씹어서 천천히 먹어야 한다?"

"그래도……."

"쓰읍! 아들 같아서 주는 거니까 받아. 아, 어서. 무안해지잖아."

프란츠가 종이봉투를 받아들었다.

샌드위치가 가득 담긴 플라스틱 케이스가 담겨 있었다.

"정말 감사합니다. 감사합니다."

"그래. 넉넉히 쌌으니까 같이 가는 사람들하고 나눠 먹으면 될 거야."

급사장은 시간을 확인하고 퍼뜩 놀란 프란츠를 배웅하곤 피식 웃었다.

2024년 7월 30일.

오페라 축제가 열리고 있는 아레나 주변은 수만 명이 운집해 있어, 그들이 내뿜는 열기로 가득했다.

뜨거운 태양과 함께 달궈진 문화의 도시 베로나.

"끄으으아."

버스에서 내린 프란츠는 거의 죽기 직전이었다.

비틀대며 걸은 끝에 겨우 앉아 쉴 만한 그늘을 찾은 프란츠는 한숨을 푹 내쉬었다.

중간에 쉬긴 했지만 밤새 꼬박 버스 안에서 있었더니 온몸이 비명을 질러댔다.

'배고파.'

프란츠가 하나 남은 샌드위치를 꺼냈다.

혼자 먹기에는 양이 너무 많았고 날은 더웠던지라 쉽게 상할 수 있었다.

냄새를 맡아보니 먹어도 괜찮을 것 같았다.

'나눠 먹길 잘했어.'

도중에 배를 한 번 더 채우곤 일부는 옆자리의 할머니와 뒷자리의 아이에게 나눠주었는데, 혼자 먹으려 했으면 아깝게 다 버릴 뻔했다.

그렇게 생각한 프란츠는 샌드위치를 만들어준 급사장에게 작은 선물이라도 가져다주고 싶었다.

"합."

정류장 앞 광장 벤치에 앉은 프란츠가 샌드위치를 크게 베어 물었다.

우물우물.

'사람 정말 많다.'

타는 듯이 내리쬐는 태양 아래 관광객이 넘쳐나는 탓에 앉아서는 광장을 둘러볼 수 없었다.

"하압."

대신 프란츠는 샌드위치를 다시 한번 크게 물곤 다리를 흔들며 사람들을 구경했다.

관광지라 그런지 이탈리아인 말고도 다양한 사람을 볼 수 있었다.

베를린 필하모닉처럼 여러 인종이 있어, 프란츠는 거리를 보고 있는 것만으로도 심심하지 않았다.

'어디로 가면 되지?'

배를 채우며 체력을 회복한 프란츠가 핸드폰을 꺼냈다.

아레나 공연장까지는 큰 도로로 일직선.

공연이 시작 시각까지는 널널했고 돈도 아낄 겸 걷기 시작했다.

"예쁘다."

길게 뻗은 왕복 4차선 도로를 따라 가로수가 짙은 녹음을 이루고 있었다.

도로 가운데는 화단이 길게 놓여 차선을 분리하고 있었고, 단아한 외벽의 건물이 끝없이 펼쳐져 있었다.

생에 처음 해외여행을 나온 프란츠의 가슴이 뛰기 시작했다.

20분쯤 걸었을까.

프란츠의 눈에 아치형 문이 들어왔다.

'여기가 브라 광장인가봐.'

높이 걸린 시계는 〈피델리오〉가 공연되기까지 아직 여유가 있다고 말해주었다.

'조금 둘러보고 가도 괜찮겠지?'

지도를 확인한 프란츠는 게이트 안쪽으로 들어간 뒤 오른쪽으로 방향을 틀었다.

대체 언제 지어졌는지 모를 오래된 벽이 광장을 감싸고 있었다.

붉은 벽돌로 쌓인 벽을 따라 잠깐 주변을 둘러본 프란츠는 공원 가운데로 돌아왔다.

가운데에는 높은 나무가 몇 서 있고 그 주변으로 관광객들이 가족과 연인, 친구끼리 모여 즐겁게 이야기를 나누고 있었다.

그리고.

"우와아."

공원 너머 곧장 거대한 원형 건물이 모습을 드러냈다.

'바로 앞이었네.'

언뜻 보기에도 상당히 오래된 건물은 기원전 30년에 건축된 야외 오페라 극장이었다.

이런 곳에서 베를린 필하모닉의, 배도빈의 〈피델리오〉를 관람한다고 생각하니 그 이상 행복할 수 없었다.

'오길 잘했어.'

겁도 났고 무리도 했지만 그 이상의 가치가 있었다고 생각한 프란츠는 벤치에 앉아 차분히 기다렸다.

뜨거운 태양과 이따금 부는 바람.

그리고 이국의 분위기를 느끼며 악상을 떠올리다 보니 시간은 금방 지나갔다.

노을이 지기 시작할 무렵.

아레나 디 베로나에 입장한 프란츠는 북동쪽 첫 번째 줄 가운데에 앉을 수 있었다.

거의 비어 있던 2만 석의 자리가 모두 찰 때까지 그리 긴 시간이 필요치는 않았다.

"오, 여기 봐. 꼬마가 혼자 앉아 있어."

"그러게. 애기야, 혼자 왔니?"

"그라시에. 그라시에."

프란츠는 옆자리의 젊은 부부의 말을 알아들을 수 없어 유일하게 알고 있는 이탈리아 말을 반복했다.

그러자 젊은 부부가 크게 웃더니 쿠키를 나눠주었고, 프란츠는 거절하다가도 급사장의 말을 떠올리곤 쿠키를 받았다. 인사를 잊지 않고 '그라시에'를 반복했다.

'맛있다.'

부부가 준 쿠키는 맛이 좋았다.

잠시 후.

"휘이이익!"

베를린 필하모닉이 공연장 안으로 들어섰다.

열정적인 이탈리아 팬들은 단원들을 아낌없이 환영해 주었다.

가운데 살짝 들어간 공간에 자리한 단원들을 보던 프란츠도 크게 소리쳐 봤다.

평소 보던 모습 그대로였다.

언제 봐도 감격이었다.

침착하고 부드러운 모습이 멋졌던 나윤희 악장에게서는 조용한 카리스마를 느낄 수 있었고.

무섭기도 했던 왕소소 악장은 얼마나 집중했는지 눈을 감고 미동조차 없이 앉아 있어, 도도함이 느껴졌다.

언제나 멋진 말을 들려주던 찰스 브라움 악장이 걸어 나올 땐 자기도 모르게 그의 이름을 함부로 외치기도 했다.

그리고.

"마에스트로!"

"마에스트로!"

배도빈이 모습을 드러냈다.

검은 슈트를 차려입은 배도빈은 상의를 휘날리며 당당히 걸어 나왔다.

'멋있어, 멋있어, 멋있어!'

말 그대로 마왕의 풍모.

거부할 수 없는 폭력적인 악상과 매료되어 벗어날 수 없는 마성의 소리.

많은 이가 배도빈을 마왕으로, 그의 음악을 악마의 속삭임으로 표현했지만 프란츠의 눈에는 그 어떤 영웅보다도 찬란해 보였다.

지옥 같던 세계에서 의지조차 남아 있지 않았던 프란츠가 버틸 수 있었던, 강해질 수 있었던 건 동생 알베르트와 배도빈의 음악 덕분이었다.

그와 처음 만났을 땐 기적이 일어난 줄 알았다.

너무나 기뻐 말조차 제대로 못 할 때, 그는 프란츠와 알베르트를 어둠에서 끌어내 주었다.

혹사당하면서도, 얻어맞으면서도 더 당하지 않기 위해 웃어야만 했던 시절을 떠올리면 지금도 몸이 떨렸다.

잠시도 가만히 있을 수 없었다.

틈만 나면 그때의 두려움이 스멀스멀 기어올라 프란츠를 괴롭혔다.

단지, 음악을 할 때만 잊을 수 있었다.

그중에서도 배도빈의 음악은 특효약이었고.

소년 프란츠 페터에게 배도빈이란 남자는 구세주였다.

축제의 열기로 가득했던 아레나 디 베로나는 이제 고요하다.

천천히 지는 석양과 어우러진 마왕과 그 군세는 당장에라도 진군할 듯했다.

프란츠는 침을 삼켰다.

'야외무대니까 더 쉽게 이해할 수 있을 거야.'

베를린에서도 마찬가지였다.

베를린 필하모닉은 야외 대규모 무대를 사용할 때면 악단 내의 연주자를 대부분 동원했다.

음향 효과를 극대화하는 콘서트홀이 아니기에 음량이 부족할 수밖에 없던 탓.

그러나 그것만으로 해결될 문제는 아니었고, 완벽주의자 배도빈은 추가적인 방법을 더했다.

실내에서의 공연과 야외에서의 공연에서의 지휘를 달리했던 것.

야외무대에서는 곡의 본질을 보다 명확하게 하여 좀 더 단조롭고, 그러나 더욱 인상 깊게 하였다.

작곡가의 의도, 지휘자가 중요하게 생각하는 부분을 이해하기 더 수월했다.

그것을 모를 리 없는 프란츠 페터는 심오한 〈피델리오〉를 이해하기에 야외 대규모 무대에서의 연주를 듣는 것보다 더 좋은 방법은 없다고 생각했다.

초연 때 그러했고.

영상화된 연주에서는 느낄 수 없는 박력을 함께 즐기고 싶었다.

그럼으로써 좀 더 베토벤과 배도빈을 이해할 수 있을 거라 믿었다.

배도빈이 양팔을 들어 올렸다.

서곡.

장중하게 퍼지는 관악기.

묵직한 걸음을 상징하는 듯한 큰북.

비장함을 두른 현악기가 지난 2,000년의 역사 중 가장 큰 슬픔을 노래했다.

'아아.'

아니나 다를까.

프란츠는 이미 〈피델리오〉의 이야기 속으로 빠져 버렸다.

♪

"흐아아."

공연이 끝나고 광장으로 나온 프란츠는 그때까지 여운을 느끼고 있었다.

반쯤 멍한 상태로 걸어 나와 광장 가운데 벤치에 앉았다.

모든 신경이 150분이 넘는 장대한 드라마와 음악을 향하고 있었다.

얼마나 흘렀을까.

어느 정도 생각을 정리한 프란츠가 주변을 둘러보았다.

돌아갈 차는 오후 10시 50분.

시간을 확인하려고 가방 속의 핸드폰을 꺼내려던 프란츠의 핏기가 가셨다.

"어?"

아무리 뒤져도 가방 안에 넣어두었던 핸드폰을 찾을 수 없었다.

지갑과 필기구 티슈 등 다른 건 그대로 있는데 핸드폰만이 온데간데없었다.

광장과 거리 사이의 아치형 문에 걸린 시계는 오후 10시 20분을 가리키고 있었다.

당황한 프란츠가 걸어온 길을 돌아가며 주변을 살폈지만 핸드폰은 발견할 수 없었다.

배도빈에게 선물 받은 소중한 물건이기도 했고, 돌아갈 버스표가 저장되어 있기도 했다.

"어떡해."

혹시 아레나에서 떨어뜨리진 않았을까 생각한 프란츠는 다시 안쪽으로 들어가려 했지만 경비원에게 저지당하고 말았다.

발을 동동 구르던 차.

연인으로 보이는 커플이 프란츠에게 다가갔다.

"무슨 일 있어?"

"아으."

이탈리아어를 할 줄도, 알아듣지도 못하는 프란츠가 더듬거리자 여성이 안타까운 표정을 지으며 프란츠의 손을 잡았다.

"곤란한가 보네. 어디서 왔어?"

간단한 영어를 알아들은 프란츠가 독일이라고 하니, 여성이 계속해서 말을 걸었다.

"Miss? Are you miss?"

길을 잃었냐는 질문에 프란츠가 고개를 저었다.

"핸드폰을 잃어버렸어요. 혹시 주변에서 제 핸드폰 못 보셨어요?"

그러나 대화에 한계가 있었고 커플은 안타까운 표정을 지으며 떠났다.

프란츠는 주변을 좀 더 돌아다녔지만 잃어버린 물건을 찾을 순 없었고 무거운 마음으로 광장 시계를 확인했다.

남은 시간은 15분.

서두르면 어떻게든 터미널에 갈 수 있을 것 같았다.

국제 터미널에는 말이 통하는 사람이 있을 테고 사정을 설명하면 어떻게든 베를린으로 돌아갈 수 있을 거라고 믿었다.

선물로 받은 핸드폰이 마음에 걸렸지만 이대로 이탈리아에서 미아가 되는 것보다는 낫다고 생각하며 광장을 벗어났다.

'늦으면 어쩌지.'

남은 돈이 얼마나 있는지 확인하기 위해 가방에 손을 넣은 프란츠는 말문이 막히고 말았다.

방금까지 있었던 지갑조차 없었다.

순간, 도와주려 다가온 커플이 떠올랐다.

여자와 말하고 있는 도중 남자가 무엇을 하고 있었는지 볼 수 없었는데, 기가 막힐 노릇이었다.

이탈리아에서의 공연을 마치고 다음 날.

5번 교향곡이 울렸다.

핸드폰을 확인하니 카밀라의 이름과 오전 11시라는 텍스트를 확인할 수 있었다.

이틀간 피델리오 본 공연 뒤에 캐논을 그리워하는 이탈리아 사람들을 위해 독주 무대를 가졌더니 피곤했던 모양이다.

평소보다 훨씬 오래 잤다.

"네, 카밀라."

-도빈아, 혹시 페터 군이랑 같이 있니?

녀석이라면 베를린에서 열심히 공부하고 있을 텐데, 카밀라가 무슨 말을 하는지 모르겠다.

"프란츠요?"

심상치 않은 느낌이 들어 바로 앉았다.

"무슨 일이에요?"

-오늘 나올 시간이 한참 지났는데 안 와서. 연락도 안 되고.

가슴이 덜컥 내려앉았다.

좋지 않은 환경에서 자란 녀석은 겉보기에는 괜찮아 보여도 잔병치레가 잦았다.

"숙소에는요? 아픈 거 아니에요?"

-그건 아니고 사정이 있다고 해서 휴가 보냈거든. 3일이나 다녀온다고 해서 좀 의아하긴 했는데, 오늘 베로나에 갔다는 말을 들었어.

이건 또 무슨.

녀석이 이곳에 올 이유가 없다.

"확실한 거예요?"

-급사장이 말해줬어. 저녁에 베로나로 간다고 했다더라. 누구랑 같이 가는 거 아니었냐고. 도시락까지 싸줬다니까 맞겠지.

혹시나 감기라도 앓고 있는 건 아닌가 싶었는데 상황이 심각하다.

고작 15살짜리 꼬마가 생전 처음 가는 나라에서 연락이 안 되다니.

더군다나 치안이 그리 좋지 않은 나라다.

-큰일이네. 네게도 연락 안 했으면 정말 무작정 혼자 간 것 같은데.

빌어먹을.

"혹시 모르니까 갈 만한 곳 알아봐 주세요. 알베르트랑 스

칼라가 잘 알고 있을 거예요. 이쪽에서도 찾아볼게요. 경찰에
도 연락해 주고요."

-그래. 할 수 있는 일은 다 해봐야지.

통화를 마치자마자 멀핀에게 전화를 걸었다.

-네, 보스.

"지금 내 방으로 와주세요."

-네. 20분 정도 걸릴 것 같아요.

대충 씻으며 프란츠에게 전화를 걸었다.

페터 형제를 데리고 있던 질 나쁜 놈들이 걱정되어 내 핸드
폰과 같은 기종을 주었다.

지구에만 있으면 어디서든 통화가 가능하다. 전원이 켜져
있기만 하면 어디든 추적할 수 있는데, 전화가 꺼져 있다는 안
내음이 나올 뿐이었다.

까득.

열이 올라 얼음을 꺼냈다.

봉투에 옮겨 담고 이마에 얹고 있으니 잠시 후 멀핀이 문을
두드렸다.

그녀도 조금 놀란 기색이었다.

"방금 국장님께 이야기 들었습니다. 페터 군이 실종되었다고."

"네. 우선 여기 경찰에게도 연락해 주세요. 최대한 빨리."

"연락해 두고 오는 길입니다."

카밀라에게서 연락을 받곤 미리 움직인 모양.

역시 일 처리가 빠르다.

"다른 방법은 없나요?"

"우선 직원들과 브라 광장 주변을 찾아보려 합니다. 페터 군이 베로나에 올 이유는 공연밖에 없을 테니까요."

맞는 말이다.

'대체 뭔 생각이야.'

피델리오라면 베를린에서 봤을 텐데.

평소에는 소심해서 다른 사람과 말도 잘 못 붙이는 녀석이 이탈리아까지 올 생각은 어떻게 했는지 모를 일이다.

'혹시.'

유괴 같은 걸 당했을 수도 있다는 생각이 들어 고개를 저었다.

자꾸만 안 좋은 생각이 든다.

멍청한 녀석은 아니라 이쪽에 연락할 방법이 있었다면 어떻게든 했을 텐데, 돌아갈 방법을 생각하지 않고 무작정 올 녀석은 아닌데 연락조차 안 되니 어쩔 수 없다.

'말도 안 통할 거 아니야.'

그 어린 녀석이 얼마나 무서워하고 있을지 생각하면 초조해진다.

"보스."

잠시 생각에 잠겨 있던 중에 멀핀이 부른다.

"보스?"

"아, 네."

"너무 걱정하지 마세요. 국제 터미널이나 아레나 주변 CCTV를 통해 어느 정도 유추할 수 있을 테니까요."

"……."

"베를린 필하모닉의 팬들도 도와줄 겁니다. 관련 내용 보도해 협조를 부탁하겠습니다."

"찾을 수만 있으면 뭐든 상관없어요. 저도 찾으러 가볼게요."

"이후 일정이 있으니 저희에게 맡겨주세요."

"……."

멀핀이 방을 나섰다.

'대체 왜.'

공연을 보고 싶었다면 말 한 마디로 충분할 텐데 굳이 왜.

'내가 그렇게 못 미더웠던 거냐. 네게 내가 그렇게 부담스러웠던 거냐, 프란츠.'

자꾸만 카를이 떠오른다.

바르게 자라주길 바랐지만 끝내 내 마음을 알아주지 않았던 녀석.

'왜 못된 인간들하고 어울리냐고요? 큰아버지는 내가 번듯한 인간이 되길 바라잖아요. 그래서요. 절대로. 절대로 큰아버지가 바라는 대로 살진 않을 거예요.'

아마 제 어미와 떨어뜨려 놓은 것을 원망했을 터.

그때의 나로서는 녀석을 어떻게 달래야 할지 알 수 없었다.

차마 가족이 빚더미에 앉은 것이 요한나의 사치 때문이었다는 사실을, 향락을 위해서라면 남편과 아들마저 배신하고 놀아났다는 사실을 말할 수 없었다.

베트호펜 가문의 유일한 후계자를 그런 천박한 인간에게 둘 순 없어 끝끝내 양육권을 가져왔건만.

결국 카를과의 관계는 돌이킬 수 없었다.

내 뜻대로 바른 길을 걷게 할 순 없었다.

'왜 진심이 전해지지 않는 거지.'

프란츠만큼은 그 뛰어난 재능과 착한 마음, 노력이 제 빛을 발하도록 해주고 싶었거늘.

대체 무엇이 마음에 안 드는 것인지 이해할 수 없다.

똑똑-

"보스, 2시간 뒤에 인터뷰 예정되어 있습니다."

사무국 직원의 목소리다.

대답하지 않자 거듭 부른다.

"보스?"

"혼자 있고 싶어요."

문에다 대고 말했다.

"아……. 멀핀 부장께서 중요한 인터뷰라고 하셨는데. 취소하신다고 전해드리면 될까요?"

"혼자 있고 싶다고 했어요."

"죄, 죄송합니다."

'제기랄.'

문을 열었다.

괜한 짜증을 받은 직원의 어깨가 늘어져 있다.

"선물 받은 초콜릿인데 저한테는 너무 다네요."

상자를 넘기며 말했다.

"기분이 안 좋았을 뿐이에요. 신경 쓰지 말아요."

"저, 전혀요. 정말 괜찮습니다. 신경 써주셔서 감사합니다."

괜한 화풀이라니.

이래서야 예전과 똑같지 않은가.

그러지 않으려 해도 자꾸만 짜증이 치민다.

간신히 평정을 유지하고 했지만 이탈리아의 유력 방송국 중 하나라는 RETE4의 리포터는 나를 훌륭히 자극했다.

"반갑습니다! 시청자 여러분! 오늘은 정말 어마어마한 게스트를 모셨는데요. 이탈리아 방송에서는 처음 출연하시는 배도빈 악단주이십니다! 이탈리아에 오신 걸 환영합니다, 마에스트로."

리포터가 호들갑을 떨었다.

"반갑습니다."

"실은 바로 어제 피델리오를 관람했는데요. 정말 엄청난 무대였습니다. 여러 오페라 중 피델리오를 준비하신 이유가 특별히 있을까요?"

"제안은 도이체 오퍼에서 먼저 해주었습니다. 언젠가 다룰 예정이던 작품이었고 투란도트 때의 신뢰가 있어 함께했습니다."

"언젠가 다룰 예정이셨다니, 다른 여러 작품 중에서도 애착을 느끼시는 건가요?"

"그렇죠."

생각해 보니 돈이라도 있었으면 어떻게든 베를린으로 돌아갔거나 연락이라도 했을 텐데.

역시 납치인가.

"역시 언제나처럼 시크한 답변이시네요. 이런 점이 또 팬들이 좋아하는 모습이죠."

통통하긴 해도 돈 있어 보이는 느낌은 아닌데.

납치는 아닐 거다.

그래. 아닐 거다.

"그리고 빼먹을 수 없는 질문이 있죠. 현재 과르네리 캐논의 소유주이시기도 한데요. 이탈리아를 위해 이틀에 걸쳐 캐논을 연주해 주시기도 하셨습니다만 좀 더 자주 연주되길 바라는 시선도 많습니다. 향후 계획에 포함되어 있을까요?"

"네, 뭐."

생각하면 할수록 열 받는다.

똥 돼지 같은 녀석.

데려가 달라는 그 한 마디가 어려워서 사람을 이렇게 피 말리게 해?

"마에스트로 배도빈의 캐논 연주는 앞으로도 기대할 수 있을 것 같습니다. 개인적으로는 체사레 호르자 씨와의 협연이 너무나 기대됩니다."

뭐라는 거야.

"갑작스러운 질문이지만 피아니스트 체사레 호르자 씨에 대해 어떻게 생각하시나요?"

"누구요?"

조금 당황한 듯하다.

"최근 이탈리아에서 가장 인기 있는 음악가입니다. 마에스트로와 함께 협연하고 싶다는 인터뷰도 했거든요."

"처음 듣습니다."

"19살이란 어린 나이에 최근 퀸 엘리자베스 피아노 콩쿠르에서 12위를 차지했고."

"모릅니다."

퀸 엘리자베스 이야기가 나오니 또 열이 뻗친다.

"요, 요즘 가장 인기 있는. 아, 사진을 보시면 아실 것 같네요."

리포터의 요청에 조연출이 태블릿을 가져다주었다.

아리엘 녀석이 좀 더 느끼해지면 이렇게 생겼을 것 같다.

'이것들이.'

뜬금없이 무슨 말을 하나 싶었더니 잘생긴 녀석 좀 밀어주려는 것.

더는 들어주고 싶지 않다.

"이탈리아 출신의 피아니스트를 말씀하실 거면 제대로 말씀하세요."

"아."

"그 사람이 아르투로 미켈란젤리, 마우리치오 폴리니, 페루초 부소니, 베아트리체 라나, 로베르토 마그리스 등을 생략하고 언급될 정도로 잘났습니까?"

퀸 엘리자베스 콩쿠르 12위라.

최지훈이 손만 멀쩡했다면 파이널라운드 진출조차 못 했을 녀석이다.

리포터는 거의 울 지경이지만 화가 풀리질 않는다.

"비발디와 살리에리, 아르투로 토스카니니, 루도비코 에이나우디. 이탈리아에 존경하고 사랑할 음악가가 이렇게 많은데 19살짜리 꼬마가 가장 인기 있다니 의외네요."

"아."

"그, 그렇죠. 아……. 음……. 비, 비발디의 사계는 저도 정말 좋아합니다. 살리에리라면 모차르트를 시기했던 음악가죠? 이탈리아 출신이었던 건 몰랐네요. 하하."

"단언하는데 당시 빈에서의 위상은 아마데 이상이었습니다. 이탈리아 출신의 위대한 음악가를 꼽으신다면 반드시 언급하셔야죠."

"그, 그렇죠."

리포터가 물을 마시고는 어떻게든 화제를 돌리려 했다.

"그, 그런데 마에스트로 아르투로 토스카니니를 언급하실 줄은 몰랐습니다. 오케스트라 대전 이후로 관계가 개선된 건가요?"

"나쁩니다."

"네?"

"싫다고요."

"……."

"사이가 나쁜 건 나쁜 거고. 그가 위대한 지휘자라는 건 사실입니다."

똥 돼지 녀석이 어디 있는지, 누구에게 해코지 당하고 있는 건 아닌지, 밥은 먹었는지, 잠은 제대로 잤는지도 모르는데 자국 출신의 위대한 음악가조차 모르는 리포터와 질문이나 나누고 있으니 짜증이 치민다.

빨리 정리하고 일어나려던 차.

때마침 동행한 직원이 내 핸드폰을 들고 손을 흔들었다.

폴짝폴짝 뛰는 걸 보니 프란츠를 찾은 모양이다.

"더 물어보실 거 없으면 끝내죠."

"아. 커피를 좋아하신다고 하던데, 혹시 이탈리아의 타짜도르에 대해 알고 계신가요?"

나중에 이것들 출신이 이탈리아 관광공사에서 나온 건 아닌지 확인해 봐야겠다.

"나중에 마셔보겠습니다."

백수 아닌 백수가 된 히무라 쇼우는 그의 집무실에서 무료하게 있다가 문득 배도빈이 인터뷰를 한다는 사실을 떠올렸다.

"예전에는 하나하나 신경 써서 모니터링도 해줬는데."

배도빈을 위해 만든 샛별 엔터테인먼트는 너무나 커졌고, 정작 배도빈은 소속 아티스트로서의 활동을 마쳤다.

'많이 컸네.'

과거를 추억하며 인터뷰를 보는데 배도빈의 표정이 좋아보이지 않았다.

'무슨 일 있나?'

평소에도 항상 짜증을 내고 있지만 오늘따라 특히 기분이

안 좋은 모양.

히무라는 팥앙금이 들어간 만쥬를 뜯으며 중계 영상을 보았다.

-누구요?

"어이쿠."

공식 석상에서는 부드럽게 멘트하라고 그렇게 가르쳐 줬거늘.

히무라는 끝도 없이 추락하는 분위기를 느끼며 한숨을 내쉬었다.

'이런 태도면 이탈리아 쪽 이미지가 안 좋아지잖아, 도빈아. 역시 내가 있어 줘야 한다니까.'

그는 지금이라도 자신이 배도빈을 관리해 줘야 한다고 생각하며 만쥬를 우물댔다.

'반응이 심하지 않았으면 하는데.'

걱정되는 마음에 채팅창을 열었고.

└진짜 지겹다. 세상에 세계 최고의 음악가를 데려와 놓고 무슨 질문을 해대는 거야?

└체사레 호르자가 누구?

└배도빈 말 한번 잘했다. 위대한 음악가가 얼마나 많은데 얼굴 믿고 나대는 녀석을 언급하는 거야?

└표정만 봐도 불쾌한 거 알겠는데 거기다 대고 커피 아냐고 묻넼ㅋㅋ

ㄴ유명인 오면 뭐 아냐고 묻는 것 좀 하지 마. 진짜 지겹다. 지겨워.

ㄴ배도빈이 앞으로 이탈리아를 뭐라고 생각하겠냐, 멍청한 인간아.

생각보다 심하지 않기는커녕.

절대적으로 배도빈에게 우호적인 반응에 히무라는 세월의 흐름을 느끼며 만쥬 하나를 더 꺼냈다.

멀핀이 거지 꼬라지를 한 프란츠를 내 방에 데려다 놓았다고 전했다.

서둘러 차에 올랐다.

혼구녕을 내줄 생각으로 씩씩대는데 한편으로는 카를과의 일이 발목을 잡았다.

혼을 내기도 타일러 보기도 애원하기도 했지만 녀석은 결국 변하지 않았다.

더더욱 악화될 뿐이었다.

녀석과의 관계가 잘못되는 것은 중요치 않았다.

녀석의 보호자로서, 부모로서 해낸 일이 아무것도 없었기에, 괜히 혼을 내서 프란츠가 삐뚤어지진 않을까.

그것이 가장 걱정되었다.

'빌어먹을.'

그 때문에 지금까지 프란츠가 답답한 행동을 해도 엄포를 놓을 뿐, 제대로 혼내본 적이 없거늘.

이런 일이 반복된 만큼 어떤 방식으로든 혼을 내줘야겠다.

다시는 그러지 못하도록.

하지만 어떻게.

"……."

고민을 이어가던 중에 전화기가 울렸다.

"네, 어머니."

-응, 아들. 뉴스 봤어. 프란츠 어떻게 된 거니? 괜찮은 거야?

꼬맹이 실종 이야기가 반나절 정도만에 뉴스를 탔다니.

유능한 건 알고 있었지만 카밀라와 멀핀이 일처리를 잘해준 듯하다.

"네. 괜찮아요. 멀핀이 찾아서 호텔에 데려다 놨대요."

어머니께서 안도의 한숨을 내쉬었다.

-많이 놀랐겠다. 대체 무슨 일이라니?

"만나서 들어봐야 알 것 같아요."

이야기를 듣기 전에 혼을 내는 게 먼저지만.

-아들 화 많이 났나 보네?

어렸을 적부터 생각했던 거지만 어머니를 속일 순 없다.

"네."

-그래. 프란츠에겐 네가 형이고 선생님이니까 단단히 알려줘
야 해.

의외다.

"말리실 거라 생각했어요."

-잘못했으면 혼나야지. 그래도 도빈아, 혼낸 다음에는 꼭
안아줘.

어렸을 때가 생각난다.

아직 어린 몸에 익숙하지 않았던 당시, 의도치 않게 어머니
와 아버지께 심려를 끼치기도 했다.

그때마다 단단히 혼을 내셨지만 끝에는 꼭 안아주셨던 것
이 떠오른다.

-도빈아?

"아, 네. 이제 도착했어요. 이따가 전화드릴게요."

-그래.

"……."

그런가.

그렇게 싫어하고 저주했거늘.

카를을 다그치던 난 '요한'과 다를 게 없었다.

♪

프란츠 페터는 배도빈이 머무는 호텔 방에 들어온 뒤로 안절부절못했다.

샤워도 억지로 떠밀려 했다.

몸을 씻고 나오자 이자벨 멀핀이 주문해 둔 음식이 프란츠를 기다리고 있었지만, 소년은 차마 포크를 들 수 없었다.

"도, 도빈 님 많이 화나셨어요?"

"응."

멀핀이 스케줄러를 고치며 무심히 대답했다.

"저 그냥 돌아가면 안 될까요?"

"안 돼."

쌀쌀맞게 대하려던 멀핀이 프란츠를 보았다. 테이블 앞의 프란츠는 잔뜩 쪼그라들어 있었다.

그 모습을 보니 또 마음이 약해졌다.

이틀이나 밖에서 지내면서 얼마나 무서웠을지 생각하면 우선 밥이라도 먹이고, 잠이라도 재우고 싶었다.

"배고플 텐데 어서 먹어."

그래서 다시 한번 식사를 권했지만 잔뜩 겁에 질린 프란츠는 고개를 돌릴 뿐이었다.

벌컥-

문이 열리는 소리와 함께 프란츠의 가슴이 내려앉았다.

프란츠는 차마 고개를 들 수 없었다.

구두 소리가 멈췄다.

"고생했어요. 둘만 있고 싶어요."

얼음장 같은 목소리였다.

이자벨 멀핀도 배도빈의 이런 태도는 처음이었기에 군말 덧붙이지 않고 조용히 자리를 피해주었다.

긴 침묵이 이어지고.

프란츠가 조심스레 고개를 들었을 때 배도빈이 입을 열었다.

"설명해."

"그, 그게. 어, 어쩔 수 없는."

배도빈은 프란츠를 차갑게 바라볼 뿐이었다.

그가 같은 말을 두 번 하는 걸 싫어한다는 사실을 잘 알기에 프란츠는 훌쩍이며 상황을 설명했다.

"그, 그래서. 그래서."

"다음 날에도 공연 있었어. 아레나로 찾아왔으면 됐잖아."

"그게……."

프란츠가 눈물을 뚝뚝 흘렸다.

"피, 필요한 거 있으면 말하라고. 끄읍. 하셨는데. 서, 선물로 주신 건데. 큽. 마, 말도 안 듣고. 혼날까 봐. 끄으으읍."

잔뜩 겁먹은 소년은 감정이 격해진 탓에 말을 못 이어나갔다.

그러나 배도빈은 아무 말도 하지 않고 프란츠를 내버려두었다.

소년이 눈물을 멈추고 나서야 입을 열었다.

"네 입으로 말했지. 나 같은 형이 있었으면 좋겠다고. 선생님이 돼줘서 기쁘다고."

"네……."

"이제 보니 나만 그렇게 생각한 것 같다. 널 동생으로 제자로 생각했는데 넌 날 그리 생각지 않았어."

"그건!"

프란츠가 고개를 들었다가 배도빈의 차가운 눈을 보곤 움츠렸다.

"네가 진짜 날 형으로 생각했으면 그런 이기적인 생각 못 하지. 그깟 핸드폰이 뭐라고 이 난리를 펴?"

3,000유로가 넘는 초고가 제품.

프란츠로서는 상상도 못 할 물건이었다.

핸드폰뿐만이 아니었다.

1,000유로가 넘는 고야드 지갑도 첫 월급을 받는 날 배도빈이 선물해 준 물건이었다.

너무나 잘 알고 있었기에, 프란츠는 자신과 배도빈 사이의 거리를 현격히 느꼈다.

항상 그랬던 것처럼.

"어, 어떻게 그래요."

프란츠가 다시금 울먹였다.

열등감이, 조금의 반항심이 섞인 투정이었다.

"도빈 님에겐 아무것도 아니겠지만 저한테는 아니에요. 끕.
그렇게 비싼 물건 무슨 짓을 해도 못 구한다고요. 거, 거짓말
해서 죄송해요. 말씀 안 드려서 죄송해요. 하지만. 하지만."

프란츠는 그럴 수밖에 없었던 걸 말하고 싶었다. 좋아서 한
실수가 아니었음을 알아주었으면 했다.

"그러니까 이기적이라는 거야."

배도빈의 목소리는 한층 더 차게 식었다.

"왜. 내가 돈이 많아서 그까짓 거라 생각하는 거 같아?"

"……."

"대답해!"

"끄우우우우웁."

소년은 자신의 마음을 몰라주는 구세주가 처음으로 미웠다.

무엇을 잘못했는지는 알지만 너무나 부담스러운 물건을 잃어버
렸고 무엇보다 '그가 준 물건을 잃어버린 것이 마음에 걸렸거늘.

구세주는 그저 자신을 물건에 집착하는 것으로 생각하는
것 같았다.

그래서 아니라고 반항하고 싶었지만 차마 그럴 수도 없었다.

항상 그랬던 것처럼 자신과 구세주 사이는 너무나 멀었
으니까.

그러니 그저 울 수밖에 없었다.

배도빈은 그런 소년을 그대로 두었다. 지쳐 그만 울 때까지

달래주지 않았다.

울음이 멎으면 다시 물었다.

그러나 소년으로서는 배도빈이 무슨 생각을 하는지 알 수 없었기에 두 사람의 대화는 좀처럼 좁혀지지 않았다.

또다시 침묵이 이어졌다.

배도빈이 눈을 감고 물었다.

"알베르트가 길을 잃어도 괜찮을 것 같냐."

처음으로 그의 목소리가 떨리고 있었다.

"네가 큰마음 먹고 사 준 가방 잃어버렸다고. 집도 안 들어오고 연락이 안 되어도. 그래도 그 가방이 그리 중요할 것 같냐?"

배도빈이 손을 들어 눈을 가렸다.

"……넌 그깟 핸드폰 때문에 날 다신 못 봐도 괜찮은 거냐?"

그럴 리가 없다.

이해받지 못한다고 생각했던 프란츠는 뒤통수를 맞은 것 같았다.

왜 몰랐을까.

그 쉬운 걸 왜 몰랐을까.

물건의 값이 중요한 게 아니라 그 때문에 배도빈과 알베르트를 다시는 못 볼 수도 있었다.

프란츠가 자기 머리를 때렸다.

멍청해도 이렇게 멍청할 수 없었다.

'도빈 님이 아니라 나였어. 내가 그렇게 생각했어. 돈 때문에 구질구질하게 구는 놈이었어.'

"잘못."

프란츠가 울먹이며 입을 열었다.

"잘못했어요. *끄으읍.*"

진심으로 그렇게 생각했다.

배도빈이 자신을 얼마나 사랑하는지 느낄 수 있었고 그 순간 모든 것이 부끄러워졌다.

배도빈의 말대로 이기적이고 멍청했다.

"잘못했어요. 다시는 안 그럴게요. 죄송해요. 죄송해요오오."

배도빈은 눈물과 콧물을 쏟아내는 프란츠를 보다가 얼굴을 풀곤 팔을 벌렸다.

"*끄아아앙!*"

통통한 등을 어루만지자 배도빈은 그제야 마음이 풀리는 듯했다.

〈피델리오〉를 더 알고 싶다는 녀석의 말에 유럽 투어에 데리고 다니기로 했다.

벌로 피아노 금지 10일형을 내리니 다리를 붙잡고 놔주질 않아 혼났다.

"혀어엉, 피아노 치고 싶어요."

"헛소리 하지 마."

"꾸욱. 꾸우웁."

"한 번만 더 칭얼거리면 10일 추가야."

엄포를 놓으니 입을 잔뜩 내밀고는 피아노를 볼 뿐이다.

어머니께도 상황을 말씀드렸다.

-그래. 천만다행이네.

"네."

-프란츠도 네 진심을 알게 되었으니까 많이 반성했을 거야.

확실히 그렇다.

예전의 내가 못 했던 일이기도 하다.

-참, 그리고 보니 투어 뒤에는 시간 좀 나니?

"무슨 일 있어요?"

-영빈이가 초청장을 보냈어. LA에서 시사회 한다던데 시간 있으면 가보자고. 가족 여행 못 간 지 오래되었잖아.

시간이 될지 모르겠다.

"알아볼게요. 정확히 언젠데요?"

-9월 20일. 바쁘면 무리하지 말고.

"악단 일이 우선이니까요. 이번엔 무슨 내용이래요?"

-어머. 몰랐니?

"네?"

-아하하하. 세상에. 난 둘이 얘기 된 이야기인 줄 알았지. 궁금하면 검색해 보렴.

어머니께서 알 수 없는 말을 남기시곤 전화를 끊으셨다.

"뭐지."

검색창에 배영빈이라고 검색하니 이젠 제법 그럴 듯한 소개란이 나온다.

"음?"

이상한 기사가 여럿 보인다.

[봉달 서커스, 지구방위대 가랜드의 천재 감독 배영빈 신작 초읽기!]

[세계를 울린 음악가를 주인공으로 한 클래식 음악 애니메이션, 〈THE DOBEAN〉 9월 20일 첫 시사회]

[극장용 애니메이션, 〈THE DOBEAN〉에 빈 필하모닉 협력]

[왜 베를린 필하모닉이 아니라 빈 필하모닉인가?]

[사카모토 료이치, "껄껄껄. 왜 하냐니. 재밌으니 하는 것 아닌가."]

[사카모토 료이치 충격의 복귀! 빈 필하모닉 수석 감독 취임!]

이게 뭐야.

"……."

"왜 그러세요?"

그대로 화면을 내려 배영빈에게 전화를 걸었다.

-어, 도빈아! 투어 중이라며! 건강하지?

"헛소리 말고 당장 말해. 무슨 짓이야."

-아.

"말해."

-어어어어. 신호가 좀 안 좋다야. 내가 나중에 연락할게.

"수 쓰지 말고 빨리 불어."

-어어어엇. 꾸릅뛟빱걊. 진짜 안 좋나 보네. 뙯쵏뎖.

"농담할 기분 아니야. 배영빈! 야! 야!!"

뚜뚜뚜뚜-

끊어진 통화음이 허무하게 울렸다.

"아, 이거 이제 나오나 봐요!"

천천히 고개를 돌리자 프란츠가 눈을 빛내고 있었다.

"너 알고 있었어?"

"그럼요! 모르는 사람 없는데요?"

"없다고?"

"네! 단원들 모두 피델리오 때문에 못 하게 되었다고 아쉬워
했잖아요."

"……멀핀. 이자벨 멀핀!"

· 85악장 ·

세계의 사카모토,
인류의 희망을 노래하다

작년.

애니메이션 감독 배영빈은 자랑스러운 동생이 오케스트라 대전에서 활약하는 모습을 보곤 영감을 얻었다.

만 3세였던 2009년 겨울부터 2023년까지 단 한 번의 실패조차 없이, 단지 본인의 음악만으로 정상에 오른 남자.

배영빈은 배도빈이 오케스트라 대전에서 우승할 거라 확신했고 그 축하 선물을 준비하기로 마음먹었다.

그것이 배도빈의 이야기를 담은 다큐 애니메이션 〈THE DOBEAN〉.

일은 순조롭게 진행되었다.

관련 사항을 공식 루트로 처리하고 싶었던 배영빈은 베를린 필하모닉에 관련 내용을 문의.

빌헬름 푸르트뱅글러와 더불어 악단 최고의 스타에 대한 일을 거절할 이유는 조금도 없었다.

당시 악단주였던 귄터 부르비츠는 이미 한 차례 성공을 거둔 배영빈 감독의 제안을 흔쾌히 수락했다.

배영빈과 애니메이션 제작사 크레용 위즈는 배도빈의 주변 인물을 통해 정보를 모으는 등에 힘썼고.

배영빈의 예상대로 베를린 필하모닉은 우승과 준우승을 나란히 거두었다.

헌정을 위한 준비는 완벽했다.

문제는 이제 막 본격적인 제작에 들어가기에 앞서, 새롭게 악단주로 취임한 배도빈에게도 사실을 알리려고 했을 때 터졌다.

당시 누구도 배도빈에게 이 기쁜 사실을 알릴 수 없었다.

그가 너무나도 사랑하는 사카모토 료이치의 병환 때문에 괴로워하고 있었기 때문.

슬픔에 빠진 배도빈은 로스앤젤레스에서 사카모토 료이치와 함께 작업에 힘쓰기 바빴고.

그런 그에게 기쁜 사실을 알리는 모양이 안 좋았다.

"그래서 알리는 게 늦었습니다."

이자벨 멀핀에게서 정황을 전해 들은 배도빈이 눈썹을 좁혔다.

"속인 게 아니고요?"

"그렇습니다. 흡."

"그런데 왜 자꾸 웃어요?"

"그런. 흡끅. 그렇지 않습니다."

"……."

배도빈은 필사적으로 웃음을 참는 이자벨 멀핀을 추궁했다.

"그 이후에도 시간은 많았잖아요."

"실종되셨죠."

"아."

그리고 자신도 모르게 납득해 버리고 말았다.

"당시엔 정말 난리도 아니었어요. 오케스트라 대전 우승 헌정작이 추모작이 될 뻔했으니까요."

멀핀은 웃음을 거두고 당시 상황을 떠올리며 설명을 이어나 갔다.

몇 주째 이어진 구조 활동이 성과를 보이지 못하자 희망을 놓지 않으려 했을 뿐, 많은 사람이 배도빈이 죽었을지도 모른다고 생각했다.

특히나 가족들의 슬픔은 이루 말할 수 없을 정도였던 터라, 배영빈은 그 아픔을 〈THE DOBEAN〉에 쏟아냈다.

설명을 듣던 배도빈이 손을 들었다.

"잠깐."

"네."

배도빈이 손가락을 접으며 날짜를 헤아렸다.

대충 생각해도 테메스 마을에서 돌아온 지 8개월 이상이 흘렀다.

"돌아온 지 반년이 넘었잖아요."

"네."

"그동안 몰랐다는 게 말이 돼요?"

"저도 모르고 계셨다고 하셔서 놀랐습니다. 보스께서 직접 서명하신 일이니까요."

배도빈은 고개를 살짝 틀고 멀핀을 노려보았다.

그는 처음으로 베를린 필하모닉의 유능한 직원을 의심하고 있었다.

그러나 멀핀이 보여준 계약서에 자신의 사인이 적혀 있는 것을 확인하고 나서는 어쩔 도리가 없었다.

'뭐야, 이게.'

음악에 관련한 일만으로도 바쁜데, 하루에도 수십 장씩 쌓이는 결재 문서가 달가울 리 없었다.

그러는 시간이 너무도 아까워 음악을 틀어놓곤 기계적으로 서명을 했거늘. 이런 식으로 돌아올 줄은 꿈에도 몰랐다.

"바쁘고 피곤하셔도 서명하실 때는 꼼꼼히 확인하셔야 합니다."

"그거야 카밀라랑 멀핀이 알아서 잘 처리해 주니까 믿고 서명하는 거잖아요."

"신뢰해 주시는 건 감사하지만 이런 일도 있으니까요."

"좋아요. 그건 그렇다 치고. 왜 제 이야기를 베를린 필하모닉이 아니라 빈 필이 맡게 된 거예요?"

"작업할 시간이 있으셨나요?"

"……"

있을 리가 없었다.

현재 투어 중인 〈피델리오〉는 물론 밴드와 어린이 타악 교실, 해상 오케스트라 준비만으로도 눈코 뜰 새 없었고.

가학적인 수준의 업무 환경을 개선하기 위해 여러 개혁을 단행했다.

그뿐일까.

최지훈을 위해 퀸 엘리자베스 결승곡을 만들었고, 최지훈의 자리를 지키기 위해 밴드에 피아노가 필요하면 직접 자리를 지켰다.

프란츠 페터와 나윤희, 스칼라에게 개인 강의까지 해주었고 그마저도 모자라 찰스 브라움에 의해 베를린 대학에 특강까지 나갔던 배도빈은 다음 오케스트라 대전을 위해 틈틈이 대교향곡을 준비하고 있었다.

더군다나 가우왕에게 약속했던 피아노 소나타마저 마무리 작업을 해야 했으니.

〈THE DOBEAN〉에 신경 쓸 여력은커녕, 그를 지켜보던 사람들은 저러다 배도빈이 죽지는 않을까 걱정할 지경이었다.

"게다가 앞서 말씀드렸듯 정말 그땐 안 좋게 생각할 수밖에 없었어요. ……사카모토 교수님이 맡기로 하셨죠. 보스께서 돌아오셨을 땐 바로 말씀드릴 일도 아니었고, 바쁘기도 하셨고 이미 사카모토 교수님이 작업하고 계셨으니까요."

"……."

"그래서 거절했습니다. 마침 더할 나위 없이 좋은 지원자께서 원하셨기에 세프께서도 동의하신 일이고요."

"……푸르트벵글러가요?"

심각한 이야기로 접어들며 진중했던 이자벨 멀핀이 다시금 웃음보가 터졌다.

"자기가 끔. 주인공인 영화의 음악을 본인이 작업하면 얼마나 재밌겠냐고 하셨지만, 그건 불쌍하니까. 라고 하셨. 흐으으읍. 하셨습니다."

"왜 자꾸 웃어요."

"화내시는 게 재밌어서……. 크흡."

"재밌어요?"

"죄송합니다."

"죄송해요?"

"잘못했습니다. 끄으읍. 이제 그만 봐주세요. 흡."

이자벨 멀핀은 자꾸만 튀어나오려는 웃음을 더 이상 참을 수 없었다.

배도빈이 주먹을 부들부들 떨었다.

속은 것 같은데, 속이지 않았다고 한다.

멀핀뿐만이 아니라 단원들을 추궁하고 다녔지만 다들 기괴한 표정을 지으며 웃음을 참을 뿐이다.

"왜 말 안 했어요?"

"나, 나 연습 부족해서. 이, 이만 가볼게."

믿었던 나윤희에게 물어도 대답을 피한다.

'이것들이.'

그러나 내가 서명한 것만은 맞는 듯하다.

기억은 나지 않지만, 누구도 흉내 내기 힘든 내 훌륭한 필적을 확인할 수 있었고, 〈THE DOBEAN〉에 대한 기사가 수백 개나 나와 있었다.

'뭘 봐야 알지.'

단지 내가 그런 기사에 관심을 가지지 않았을 뿐이다.

읽어 봐야 답답한 소리나 해대고 있을 것이 뻔하고 인터넷이라는 것도 그리 관심이 없던 게 이런 식으로 돌아올 줄이야.

어이가 없긴 하지만 모르는 게 더 말이 안 되는 상황 같아서 일단은 넘어갔다.

푸르트벵글러호와 빌헬름 기념관에 불만을 가졌던 푸르트벵글러가 웃는 게 마음에 들지 않을 뿐이었다.

가장 의심하고 있는 인간이다.

-크학학하! 인석아, 그래. 기분이 어떻더냐? 아주 고마워 죽겠지?

"솔직히 말해요. 복수한 거죠."

-복수는 무슨! 크큭큭큭.

"누가 살아 있는 사람 다큐를 만들어요!"

-크학학학학! 이제야 내 마음을 좀 알겠느냐?

"웃지 마요! 그렇게 재밌어요?"

-암! 최근 10년 중에 제일 재밌구나! 아주 고소해. 하하하하하하!

대화할수록 더 의심이 간다.

"일부러 숨겼죠."

-크학학학학학!

그러나 웃을 뿐, 대화가 통하지 않는다. 본인 말대로 그를 알고 지낸 시간 중 가장 경박하게 웃는다.

통화를 끊고 사카모토에게 전화를 걸었다.

곧 사카모토의 활기찬 목소리를 들을 수 있었다.

-오오, 도빈 군. 피델리오 잘 되고 있더군. 축하하네. 이제 암스테르담과 런던만 남았던가?

"어떻게 된 거예요?"

사카모토가 빈 필하모닉과 함께한다는 이야기를 들었을 땐 의문부터 들었다.

자유로운 음악을 표방하는 그가 스스로 소속을 만들다니.

있을 수 없는 일이다.

과거, 그 때문에 빈 필하모닉을 떠나기도 했으니 말이다.

-음?

"빈 필하모닉에 취임했다면서요."

-껄껄. 그 이야기였군. 다른 이유야 있겠는가? 재밌을 것 같으니 말일세. 죽다 살아나니 하고 싶은 건 다 해봐야 할 듯해.

묘하게 납득되는 말이다.

-사실 발터나 토스카니니, 빌헬름이 부러웠다네. 오케스트라 대전에 참가한 이들 말이야.

"부러웠다고요?"

그런 기색은 전혀 보이지 않아서 의아했는데, 본인은 당시 몸 상태를 직감하고 있었던 것 같다.

-암. 그 나이에 경쟁을 할 수 있다는 게 얼마나 멋진 일인가.

"하면 됐잖아요."

-나설 만한 상태가 아니었지. 도중에 문제가 생기면 빈 필에

도 피해가 되니까. 이제 좀 뻔뻔해진 것 같으이. 껄껄껄.

죽음의 직전에 도달했던 경험이 사카모토에게 변화를 준 모양이다.

어찌 되었든 사카모토가 이끄는 빈 필하모닉이라니.

기대할 수밖에 없다.

여태 상임 지휘자를 두지 않았던 그 도도한 악단이 그들의 오랜 룰을 거스르면서까지 환영할 만한, 최고의 음악가.

이 설렘이 나만의 기분은 아닐 것이다.

"좋네요. 다음 우승도 베를린 필하모닉이 차지하겠지만."

-껄껄껄. 길고 짧은 건 대봐야 아는 일일세.

오케스트라 대전의 룰은 더 이상 한 악단에서 두 팀이 나오지 못하도록 변경되었는데.

그 탓에 푸르트벵글러와 A팀이 나오지 못하게 되었으니 사카모토가 이끄는 빈 필하모닉이 가장 큰 벽이 될 것이다.

아니.

그것을 떠나 사카모토의 빈 필하모닉이 얼마나 멋진 음악을 들려줄지 기다려진다.

"그나저나 어떻게 된 거예요. 애니메이션."

-껄껄. 자네가 죽은 줄 알고 울면서 만들지 않았나. 껄껄껄껄.

"……."

웃으면서 할 말인가?

-빌헬름에게 부탁했다네. 내가 하게 해달라고. 이렇게 웃으며 말할 수 있게 되어 얼마나 기쁜지 자네는 모를걸세.

"사카모토."

테메스인들과 복작대던 중의 일인 듯하다.

당시 사건 때 사카모토가 심하게 자책했다는 말을 전해 들어, 그가 무슨 심정으로 그 일을 맡았을지 이해할 수 있었다.

"고마워요."

-추모곡을 만들고 본인에게 인사를 듣다니. 이거 기분이 이상하구만. 껄껄껄.

"……"

너무 이상해서 이젠 뭐가 뭔지 모르겠다.

베를린 필하모닉과 도이체 오퍼의 초대형 오페라 〈피델리오〉는 사상 최고의 흥행을 기록하며 유럽 투어를 마쳤다.

투어의 마지막 공연은 영국 웸블리 스타디움에서 이루어졌는데, 9만 석을 가득 채운 관객들이 모두 기립박수를 보내 화제가 되었다.

"200년 전의 오페라가 이렇게 성공할 수 있었던 이유는 아마 베토벤의 위대한 음악성과 그것을 표현하는 베를린 필하모닉, 도이체 오퍼의 기량 덕일 겁니다."

더불어 직접 티켓을 구매해 관람한 런던 심포니 오케스트라의 브루노 발터는 배도빈과 베를린 필, 도이체 오퍼를 극찬하기도 했다.

실 관객 수 276,855명으로부터 얻은 티켓 수익만 800억 340만 원.

디지털 스트리밍을 통한 유료 관람객 8,701만 명으로부터 4,263억 4,900만 원(온라인 실시간 스트리밍 관람과 영상 소장 패키지 4,900원).

미시시피 270억 원.

고글 240억 원.

WH전자 190억 원.

루프트두자 148억 원.

JH스튜디오 116억 원.

스타인웨이앤드파더 55억 원 등, 42개 기업으로부터 얻은 광고 수입이 총 3,800억 원.

블루레이와 디지털 음반 판매 등 관련 상품 판매 수익까지 더해 베를린 필하모닉과 도이체 오퍼는 두 달간의 유럽 투어로 총 8,910억 5,240만 원의 수익을 기록했다.

약 500억 원의 투자 비용을 한참 웃도는 대흥행이었다.

2024년 여름은 베를린 필하모닉과 도이체 오퍼가 전 유럽을 지배했다고 해도 과언이 아닐 정도로 〈피델리오〉의 열기는 뜨거웠다.

ㄴ미친ㅋㅋㅋㅋㅋ 대체 얼마를 쓸어담는 거얔ㅋㅋㅋㅋ

ㄴ지갑은 열어두었다! 빨리 신곡!

ㄴ나 이제 좀 무서움. 진짜 세계 정복하는 거야?

ㄴ음악을 들려줄 테니 돈과 영혼을 내놔라.

ㄴ달리 마왕이 아닙니다.

ㄴ내 돈 가져가! 더 가져가라고!

ㄴ진짜 신기한 게 오케스트라 대전 때부터 클래식 영상 보는 애들 개많아짐. 어제 뭐 봤냐고 물어보면 베를린 필하모닉 정기 연주회 영상 봤대. 당황스러움.

ㄴ나돜ㅋㅋ 나만 교양 없나? 가끔 혼란스럽더랔ㅋㅋㅋ

ㄴ예능 보면 뭐 교양 없는 거냐? 그냥 다 취향이지.

ㄴ아, 개부럽다. 저렇게 돈 많이 벌면 무슨 생각하면서 살까?

ㄴ일단 적어도 유럽은 자기 거라 생각할 듯.

ㄴ배도빈이 2006년생이었지? 스무 살도 안 된 애가 저렇게 버니까 자괴감 든다. 난 뭐 하고 살았나.

ㄴ인생 불편하게 사네. 님보다 잘난 사람 적어도 수천만 명은 있을 텐데 그런 생각 하고 살면 안 불편함?

ㄴ진짜 미쳤다. 두 달 뒤엔 〈THE DOBEAN〉도 개봉한다던데. 배도빈 주가 미친 듯이 폭주하네.

ㄴ베를린 필하모닉이 똑똑한 건지 배도빈이 똑똑한 건지 모르겠는

데 진짜 어떻게 하면 돈 버는지 잘 알고 있는 것 같음.

　└경쟁자들만 불쌍하지 뭐.

샛별 엔터테인먼트의 전문경영인이자 도빈 재단의 이사 히무라 쇼우에게 초대장이 날아왔다.

크레용 위즈의 대표 김석진이 직접 작성한 초대장에는 〈THE DOBEAN〉에 대한 감사 인사와 첫 시사회에 초대한다는 내용이 담겨 있었다.

배영빈 감독은 배도빈이라는 음악가를 가장 잘 이해하고 있는 사람을 히무라 쇼우라고 판단.

그에게 〈THE DOBEAN〉의 감수를 의뢰했고.

마침 일이 없었던 히무라 쇼우는 배도빈에 관한 일이기도 하여 흔쾌히 자문 역할을 맡아주었다.

그것이 그가 맡았던 가장 최근 일이었고 동시에 몇 달 전의 일이었다.

"끄응차."

히무라 쇼우는 소파에 반쯤 누워서 팥앙금 만쥬로 남산만 하게 나온 배를 문지르며 초대장을 읽었다.

"할 일 없이 행사에나 참가하는 사람이 제일 밉상이었는데."

장소와 시간을 확인한 그는 세월의 무상함을 느끼며 한숨을 내쉬었다.

TV만이 유일한 낙이었다.

-유럽을 떠들썩하게 한 피델리오는 과연 어떤 작품일까요? 베를린 필하모닉의 〈피델리오〉를 보러 가기 전에 알아야 할 상식 다섯 가지를 알아보도록 하겠습니다.

'이런 프로그램을 제작할 정도구나. 확실히 재밌었지. 그러고 보니 애니메이션 개봉일이랑 북미 투어 일정이 겹치네. 시너지가 있겠어.'

히무라가 TV 채널을 넘겼다.

-피아노의 황제 가우왕 씨가 유난히 길었던 유럽 활동을 마치고 귀국하였습니다. 남다른 패션으로 항상 주목받는 가우왕 씨인데요, 이번에도 레드 계열에 대한 사랑을 보여주었습니다. 저 광택 나는 레드 팬츠와 같은 재질의 페도라는 대체 어디서 구한 걸까요?

'세상에나.'

TV 화면에 비치는 가우왕을 본 히무라는 얼른 채널을 돌렸다.

-적층가공기술에 대한 지적재산권에 대한 법률이 통과되었습니다. 이로써 모든 3D 프린터의 등록 절차를 밟아 가공품을 신고해야 할 의무를 가지게 되었습니다.

'뭐라는 거지.'

-WH그룹이 최근 분자생물학에 투자를 시작하였습니다. WH그룹의 대변인이 밝힌 공식 입장은 인간 유전체 사업을 통한 의료 사업 확대입니다만, 유 회장의 손자 배도진이 분자생물학과로 전과했다는 사실에 더불어 그룹이 사적인 영역에서 운영되고 있지 않냐는 비판을 받고 있습니다.

'아이고. 왜들 저런다니. 도빈이도 그렇고 도진이도 그렇고 어린애들한테 너무 심하네.'

히무라는 어렸을 적부터 유독 지나친 관심을 받은 배도빈, 배도진 형제를 걱정하며 혀를 찼다.

-살아 있는 전설, 사카모토 료이치를 총감독으로 받아들인 빈 필하모닉이 그 외의 상임 지휘자는 없을 거라는 입장을 밝혔습니다.

'빈 필하모닉이 자존심 상하긴 했나 보네. 하긴, 오케스트라 대전 이후로 베를린 필과 암스테르담에 계속 밀렸으니까. 사카모토 선생님이 함께하게 되었으니 다음 대전도 볼만하겠어.'

버릇처럼 포장 봉지를 뜯은 히무라가 만주를 한입에 물었다.

-홍콩에서 또다시 희생자가 발생하였습니다. 대만, 티벳, 홍콩을 향한 중화인민공화국의 무력행사에 세계 각국이 규탄의 목소리를 내고 있습니다.

'쯧쯧. 중국이고 우리나라고 정신 좀 차려야 할 텐데.'

대충 뉴스를 둘러본 히무라가 하품할 때에 맞춰 전화벨이 울렸다.

배도빈이었다.

"어, 도빈아."

-요즘 한가하다고 했죠?

"그렇지, 뭐. 왜. 일감 좀 주려고?"

-네.

"어?"

소파에 반쯤 누워 있던 히무라가 자세를 고쳐 앉았다.

"무슨 일인데?"

히무라는 베를린 필하모닉의 공연 기획이나 배도빈의 개인 앨범 기획, 또는 신곡 발표에 앞선 마케팅 등을 떠올렸다.

혹은 〈피델리오〉의 아시아 투어에 대한 일일지도 모른다고 생각했다.

누가 뭐라 해도 아시아 최고의 프로듀서이자 기획자는 히무라 쇼우였다.

-멀핀이 그러는데 홍보팀을 따로 운영해야 할 것 같대요. 악단 소식도 전하고 홍보도 할 수 있게. 적당한 사람 구해줄 수 있어요?

"……"

-히무라?

세계 각국, 여러 계층에 인맥을 두고 있는 그에게 유능한 인물 몇 소개해 주는 거야 일도 아니었다.

그러나 본인의 역할이 그 정도일 뿐이라는 건 무척이나 씁쓸한 일이었다.

심통이 난 히무라가 대충 대답했다.

"왜, 그 레 자미인가 하는 친구들 너희 잘 알더만. 그 친구들 시켜보지?"

-그게 좋겠어요?

배도빈이 진지하게 되묻자 이제는 기가 막혔다.

"그냥 하는 말이잖아. 왜 그렇게 진지하게 받아들여."

-히무라가 저한테 나쁜 말 할 리가 없잖아요.

"도빈아……"

배도빈이 조건 없이 신뢰하는 인물은 극히 적었다.

음악가 중에서는 말할 것도 없었고 사업에 관한 일은 히무라, 나카무라, 카밀라, 멀핀 이외에는 대화조차 나누기 힘들었다.

배도빈의 그런 성향을 잘 알고 있는 히무라는 괜히 감동 받아 울컥하고 말았다.

"그렇게 말하면 또 내가."

히무라가 막 이야기를 시작하는데 전화기 너머로 대화 소리가 전해졌다.

-역시 히무라 대표시네요. 의외로 괜찮은 선택이 될 것 같습니다.

-멀핀 생각도 그래요?

-네. 당시 레 자미가 보도한 기사의 당사자와 베를린 필하모닉에 관한 검색량이 급증했던 걸 보면 단순히 정보량만 갖춘 사람처럼 보이진 않았습니다.

-그럼요?

-대중이 원하는 이야기를 풀어낼 줄 안다는 뜻이죠.

"……"

배도빈과 멀핀이 아무 생각 없이 내뱉은 말을 진지하게 받아들이자 히무라의 또 한 번 말문이 막혔다.

"자, 잠깐만, 도빈아."

-네.

"무슨 생각이야? 너 그 친구들 고소 중이잖아."

-합의 봤어요. 그렇죠?

-네. 200만 유로와 정정, 사과 보도로 합의하였습니다. 의외로 금방 지급하더군요. 생각보다 재정이 튼튼했던 것 같습니다. 그 점도 파트너 후보로서 메리트가 있겠네요.

"……"

-봐요. 이런 일은 히무라에게 물어보면 된다니까.

-너무 작은 일에 수고를 끼치는 것 같아 망설였는데, 사사로운 감정에 구애받지 않고 과거의 적을 이용한다. 역시 아시아 음악계의 입지전적인 인물이시네요.

"아니……."

-그렇다니까요. 아, 히무라, 고마워요. 또 연락할게요.

히무라 쇼우는 끊어진 전화기를 붙잡고 한동안 황당함과 슬픔에 잠겼다.

♪

2024년 9월 7일.

영국에서의 일을 어느 정도 마무리 지은 최우철은 아직 런던에 머무르고 있었다.

국가안보와 경제를 위협, 브리튼 왕국 왕실과 국민을 우롱한 버만 가문은 이례적인 속도로 재판장에 섰고 버만 가문의 당주 로저 버만은 종신 수감되었다.

상식적으로 이해할 수 없는 과정이었지만 분노한 영국은 멈출 줄 몰랐다.

의회, 사법부와 국민까지 나서 버만 가문과 버만 인더스트리를 끌어내 버렸다.

주인을 잃은 버만 인더스트리는 어떻게든 살림을 꾸려나가려 했지만 상황은 절망적이었다.

화르륵-

최우철이 성냥을 그어 시가에 불을 붙였다.

잘 손질된 시가를 느긋하게 즐기는 최우철의 입가에는 작은 미소가 걸려 있었다.

그렇게 얼마간.

그의 비서가 창문을 두드렸다.

작은 틈으로 반가운 소식을 들을 수 있었다.

"찾았습니다."

최우철이 고개를 끄덕이자 비서가 우산을 펼치곤 차 문을 열었다.

런던의 고약한 날씨를 따라 그의 시가 연기가 바닥에 깔렸다.

비서는 최우철을 으슥한 곳으로 안내했다. 평소라면 절대로 찾지 않을 지저분한 곳에 이른 최우철은 골목 귀퉁이에서 발을 멈추었다.

반쯤 넋이 나간 남자가 비에 젖은 채 주저앉아 있었다.

제임스 버만이었다.

"말씀하신 대로 수감되지 않도록 조치하였습니다."

최우철은 만족스럽게 웃었다.

필요에 의해 버만 가문 전체를 무너뜨리긴 했지만, 감히 아들에게 손을 뻗었던 놈을 편히 둘 순 없었다.

수감되어 잘 곳과 식사를 해결할 수 있는 상황으로는 분이 풀리지 않았다.

'부디 최대한 열심히 살아남으시게.'

어렸을 적부터 모든 것을 돈으로 해결했던 50대 중년이, 모든 재산을 압류당한 채 어찌 살아나갈지.

최우철은 궁금해 미칠 지경이었다.

그대로 발을 돌린 최우철은 그의 마이바흐로 향하며 지시했다.

"라너드와 다른 놈들도 쳐낼 준비해. 선거 직전이 좋겠군. 야당 의원들에게도 언질을 주면 좋은 관계를 유지할 수 있겠지."

"네. 준비하겠습니다."

최우철은 이번 일로 영국을 장악할 생각이었다.

버만 가문을 몰락시키기 위해 이용한 라너드와 영국 보수당 의원들 역시 버만 가문과 한패.

남겨둘 바에야 적당한 시기를 봐 쳐내는 것이 이로웠다.

최우철은 그 시기를 선거 직전으로 보았고 그를 통해 영국 야당, 노동당 의원들을 포섭할 생각이었다.

그렇게 되면 유럽에서 동떨어져 있는 영국 시장을 JH가 장악하는 데 큰 힘이 되어줄 터였다.

그의 수족으로 오랜 세월을 함께했던 비서조차 최우철의 철두철미한 계획에 두려움을 느낄 정도였다.

"왜 그러나?"

최우철의 질문에 비서가 움찔했다.

그가 최우철 옆에서 오랜 시간 살아남을 수 있었던 것은 어설프게 속이려 들지 않았던 덕이었다.

"이번 일 처리하시는 걸 보고 무서워졌습니다."

"하하하하. 그래? 무엇이?"

"망설이지 않으시는 것도 치밀하신 것도."

"자네가 아직 사람이라서 그래. 돈 벌고 싶으면 어서 내려놓게."

비서가 고개를 숙이며 최우철의 말을 가슴 깊이 받아들였다.

"한 말씀 더 드려도 되겠습니까."

"오늘따라 말이 많군. 뭔가."

"어찌되었든 결국 영국을 좀먹던 버만 가문과 적폐 세력을 도려내지 않으셨습니까. 대표님은 자각하실지 모르겠지만, 전에 비하면 분명 긍정적으로 변하신 것 같습니다."

비서의 말에 최우철이 눈썹을 좁혔다.

"그게 무슨 말인가."

"최근 아드님과 통화하실 때면 평범한 아버지처럼 보여서 사족을 붙였습니다. 용서하시지요."

"흐하하하하하하하!"

비서는 호탕하게 웃는 최우철을 보고 침을 삼켰다.

함께한 시간이 오래되어 마음을 놓고 있었던 탓일까.

괜한 말을 꺼낸 것은 아닌지 후회했다.

"무슨 말을 하는 겐가. 버만 가문이 브렉시트를 조작했다니. 그럴 깜냥이 되는 놈들이었으면 이렇게 쉽게 처리할 수 있었을까."

"……예?"

비서의 얼굴에서 핏기가 가셨다.

창백해진 그가 손을 벌벌 떨었고 최우철은 그 모습을 보다가 즐거운 듯 미소 지었다.

"안전 운전 하게."

2024년 1월 어느 날.

연말, 연초 행사로 베를린 필하모닉이 정신없을 때.

빌헬름 푸르트벵글러가 배도빈의 집무실을 찾았다.

그는 몇 장의 서류를 대충 쥐고 있었는데, 굳이 직접 결재 받겠다고 카밀라에게서 가져온 〈THE DOBEAN〉의 사업 제안서였다.

'하려는 일도 아니고 거절하겠다는 확인 서류를 굳이 가져가시려는 이유가 뭔데요?'

'혹시 모르잖아. 하고 싶어 할지도.'

'……아닌 거 같은데. 대체 무슨 꿍꿍이에요?'

'아무튼 줘봐.'

그렇게 몇몇 사유로 협업을 거절하겠다는 내용의 보고서를 확보한 푸르트벵글러는 배도빈을 실컷 골려줄 생각이었다.

'진수식 전에 이름을 바꿔야지. 암.'

그는 자신의 이름을 딴 건물과 배가 생기는 게 얼마나 민망한 일인지 가르쳐 주려 했다.

⟨THE DOBEAN⟩의 부끄러운 스토리를 들먹임으로써 배도빈의 약을 바짝 올린 뒤 올해 여름에 진수될 크루즈의 이름을 바꾸려 했다.

그러나 오만 일을 전부 처리하고 있던 배도빈은 빌헬름 푸르트벵글러를 보자마자 있는 대로 성질을 냈다.

"날 속였어!"

'이 녀석이?'

"무슨 말이냐. 내가 널 왜 속여?"

"모른 척하면 누가 속을 줄 알아요? 권위고 뭐고 바빠 죽겠으니까 일 좀 하라고요!"

"조직에 우두머리가 둘이면 혼란스러울 뿐이야."

오케스트라 대전 도중 배도빈에게 대부분의 권한을 넘긴 푸르트벵글러는 지독한 업무량에서 벗어나 살 것만 같았다.

배도빈이 아무리 뭐라 해도 예전처럼 일할 생각은 조금도 없었다.

이미 베를린 필하모닉의 권좌는 배도빈에게 넘겨주었기 때문이었다.

"도와주지 않을 거면 방해하지 말고 나가요. 안 그래도 정신

없으니까."

"신경 쓰지 마라."

배도빈은 푸르트벵글러의 능글맞은 얼굴을 보곤 한숨을 내쉬었다. 그러고는 책상을 가득 채우고도 모자라 바닥에 쌓아 둔 서류 더미를 처리하는 데 힘썼다.

너무나 많아 읽는 것은 애초에 포기.

어차피 대부분의 일은 카밀라와 멀핀 선에서 커트되었기에 서명하고 있는데.

"너, 그 배 이름 고칠 생각은 정말 없는 게냐?"

푸르트벵글러가 이미 정해진 일을 언급하자 짜증이 치밀었다.

"그게 뭐 어때서요. 좋기만 하구만. 그 이야기는 나중에 해요. 바빠요."

'고얀 놈.'

배도빈의 쌀쌀맞은 태도에 푸르트벵글러가 입을 쌜쭉거렸다.

"그럼 기념관 이름이라도 바꾸지 그러냐. 루트비히 기념관과 빌헬름 기념관이라니. 나도 죽은 사람 같지 않으냐."

"……."

그러지 않아도 정신이 나갈 것만 같은 업무 지옥에 빠져 있는 배도빈은 푸르트벵글러의 말을 아예 무시했다.

'좋게 넘어가려 했더만 안 되겠어. 그럼 어떻게 골려준다?'

생각에 빠진 푸르트벵글러는 집무실을 둘러보았다.

괜히 악보를 들춰보기도 특별히 좋아하는 베토벤의 9번 교향곡을 흥얼거리기도 했다.

'이이이이익.'

집무실 한쪽에서 나는 소리에 배도빈의 성질이 터지고야 말았다.

"나가요!"

"커흠. 그럼 이쪽에 서명 하나 해라."

"……그게 뭔데요."

"별건 아니고. 그냥 나 혼자 처리하고 싶은 일이 있는데, 그래도 네 결재는 받아야지 않겠느냐."

"급한 거 아니면 나중에 읽어보고 드릴게요."

"급한 거니까 직접 왔지. 그냥 서명만 해줘."

"무슨 일인데요?"

"그냥 작은 일이야. 내 선에서 처리하고 싶어서 그러니 서명만 해."

배도빈이 폭군을 의심스레 보았다.

그러나 당장 해주지 않으면 또 귀찮게 굴 것이 뻔했다.

푸르트뱅글러가 배도빈의 책상에 서류를 놓았다. 그러면서도 손으로 교묘하게 내용을 가렸는데.

짜증이 나, 당장에라도 푸르트뱅글러를 쫓아내고 싶었던 배도빈은 개의치 않고 대충 서명하였다.

"됐죠?"

"그래. 그래. 그럼 고생하려무나. 끌끌끌."

2024년 9월 18일.

크레용 위즈 제작, 배영빈이 감독한 극장용 애니메이션 〈THE DOBEAN〉의 첫 시사회 일정이 이틀 앞으로 다가왔다.

배도빈 일가는 일찌감치 로스앤젤레스로 이동, 비벌리힐스의 별장에서 한가롭게 휴가를 보냈다.

1년 전, 레버쿠젠 여행이 흐지부지했던 탓에 가족에게는 더 각별하고 소중한 시간이었는데.

한 사람이 빠진 것이 흠이었다.

"아버지는 여전히 바쁘시대요?"

"그런가 봐. 복원 사업인지 뭔지. 너희 아빠 너무하지 않니?"

유진희의 불평에 배도빈은 아무 대답도 할 수 없었다.

그가 생각하기에도 서운할 만했다.

테메스 복원 사업을 시작한 배영준은 오스트리아 빈으로 출장 가기 전, 한 달에 한 번은 돌아오기로 가족과 약속했다.

그러나 그 약속은 4달 동안 단 한 번 지켜졌을 뿐.

그나마도 〈피델리오〉의 초연 일정에 맞춰 단 하루 머물렀다.

오죽 떨어져 지냈으면 배영준이 다시 돌아갈 때 배도진이 언제 또 놀러 올 거냐고 물을 정도였다.

얼마나 바쁘면 집에도 못 올까.

유진희는 타지에서 고생하고 있을 남편을 위로하기 위해 빈으로 향했다. 그리고 걱정과 달리 가장 행복하게 웃고 있는 남편을 볼 수 있었다.

옛 동료들과 함께, 그야말로 20대 가장 혈기왕성했던 열정을 발산하는 배영준은 그보다 행복해 보일 수도 없었다.

다행이었다.

내색하진 않았지만 테메스 유적 발굴을 포기한 뒤 남편은 크게 낙담해 있었다.

억지로 괜찮은 척, 다른 일을 찾으려 했지만 유진희만은 남편의 슬픔을 알고 있었기에 그가 활력을 되찾아 안심했다.

그러나 모처럼만의 가족 여행마저 빠지는 것만은 이해할 수 없었다.

"자기만 바쁘다니? 네가 시간 낼 수 있는 게 어디 쉬우니? 엄마도 그림 그리랴 화랑 운영하랴 얼마나 힘든데. 도진이도 전과해서 적응하느라 고생이고."

"하하."

배도빈은 멋쩍게 웃어 넘겼다.

애틋하기 그지없던 부부 사이에 저기압이 흐르는 중.

괜한 말을 꺼냈다가는 상황이 악화될 뿐이라 생각했다.

"그나저나 정말 쉬어도 되니?"

다행히 유진희가 화제를 바꾸었다.

"네. 베를린 일은 푸르트벵글러가 잘 해줄 거예요. 피델리오 공연 팀도 휴가 보냈어요. 다음 일정도 있으니까."

두 달간의 유럽 투어로 피로가 쌓이기도 했고 다음 달부터는 북미 투어가 예정되어 있었다.

장기간 프로젝트를 앞두었기에 배도빈은 〈피델리오〉에 참여했던 단원과 직원들에게 일주일의 특별 휴가를 부여했다.

덕분에 본인도 조금은 여유롭게 지낼 수 있었는데, 새 단원을 뽑는 일은 빌헬름 푸르트벵글러와 니아 발그레이, 악장단에게 일임해 두었다.

"북미 투어는 얼마나 해?"

"6주 잡고 있어요. 샌프란시스코, 로스앤젤레스, 시카고, 휴스턴, 뉴욕, 몬트리올, 밴쿠버 순서로요."

"길다. 우리 아들 고생해서 어떡하니."

"지금 쉬고 있잖아요. 10월 1일부터니까 충분해요."

배도빈이 버릇처럼 말끝에 걱정 말라고 덧붙였다.

유진희는 그런 아들이 기특하면서도 어렸을 때부터 너무 많은 일을 감당하여 지치진 않을까 걱정했다.

'그래도 요즘은 쉴 땐 쉬니까.'

배도빈은 동생의 머리를 쓰다듬으며 미소 짓고 있었다.

유진희도 일어나지도 않은 일로 걱정하기보단 평화로운 한때를 누릴 생각으로 책을 폈다.

전면이 창문으로 되어 있는 작은 거실에 햇볕이 들었다.

에어컨디셔너가 실내 온도를 선선하게 유지해 주었고 배도빈이 틀어놓은 니아 발그레이의 바이올린 연주가 은은히 퍼지고 있었다.

졸기에는 더할 나위 없이 좋은 환경이었다.

얼마쯤 흘렀을까.

둘째가 평화를 깨고 말았다.

"토벤아, 맘마 먹자."

자기 방으로 갔던 배도진이 배토벤의 간식 통을 들고 나왔다.

뚜껑을 여니 수백 마리의 밀웜이 서로 엉킨 채 꿈틀대고 있었다.

배도진이 낑낑대며 어항까지 들고 와서 졸고 있던 배도빈과 독서 중이던 유진희의 시선을 자연스레 끌었다.

배도진은 엄마와 형이 거북이 배토벤을 사랑해 주길 바랐지만 두 사람은 배도진의 손에서 꿈틀대는 밀웜을 애써 외면했다.

"움뉴뉴뉴. 맛있어?"

가장 좋아하는 먹이를 발견한 애완 거북이 배토벤은 냄새를 맡다가 한 마리를 덥석 물어버렸다.

배도진은 턱을 괴곤 배토벤이 밀웜을 먹는 모습을 관찰했다.

물속에 들어가 고개를 마구 흔든 배토벤은 밀웜이 죽자 뭍으로 올라왔다.

녀석이 간식을 반쯤 먹었을 때.

배도진이 밀웜을 만진 손으로 엄마를 붙잡았다.

"엄마."

"도진아!"

벌레를 세상 그 어떤 것보다 혐오하는 유진희가 깜짝 놀라 책을 던졌다.

"벌레 잡은 손으로 그러면 안 되지! 빠, 빨리 씻고 와!"

"토벤이가 엄마도 줬으면 좋겠대."

그러고는 밀웜이 든 통을 유진희에게 내밀다가 그만 손에서 떨어뜨리고 말았다.

"아."

거실 바닥에 수백 마리의 애벌레가 떨어졌고.

가늠조차 할 수 없을 정도로 꾸물대는 벌레를 본 유진희와 배도빈은 그 순간 굳고 말았다.

등줄기로 소름이 뻗쳤다.

"꺅! 도진아!"

패닉에 빠진 유진희가 비명을 질렀다. 소리를 내지 않을 뿐,

배도빈도 기겁하긴 마찬가지였다.

동공이 더 이상 커질 수 없을 만큼 커진 채 최대한 멀리 떨어졌다.

배토벤의 간식을 떨어뜨린 배도진이 얼른 소파에서 내려가 밀웜을 한 주먹 쥐었다.

혼자 정리하기에는 너무 많았다.

"도와줘, 형."

"아니."

배도빈이 손을 들어 배도진을 막아섰다.

그러나 그것이 장난기 많은 동생을 더욱 즐겁게 하는 일이라는 것을 알지 못했다.

세상에서 가장 멋진 형이 무서워하는 모습을 본 배도진은 밀웜을 가져다주면 형이 어떤 반응을 보일지 너무나도 궁금했다.

"흐핳! 도와줘!"

"야! 배도진!"

배도진이 신나서 형에게 달려들 때.

때마침 초인종이 울렸다.

방문객을 확인한 집사가 유진희에게 상황을 알리러 왔고, 작은 거실 바닥에서 꿈틀대는 밀웜과 배도진을 막아서고 있는 배도빈을 발견할 수 있었다.

매사에 신중하고 침착한 집사마저 흠칫할 광경이었다.

"……가족 분들이 도착하셨습니다. 여기서 맞이하실 순 없을 듯하니 응접실로 옮기시지요."

"네……. ……우리 좀 씻을게요. 형님들은 잘 안내해 주세요."

반쯤 넋이 나간 유진희가 힘없이 말했고 배도빈은 배도진의 양볼을 쥐었다.

"흐아아앙."

"잘못했어, 안 했어."

"잘모태써요. 아아아. 아파."

잠시 뒤.

집사의 안내를 받아 응접실에서 차를 마시던 배영빈 가족은 막 씻고 나온 유진희와 형제를 만날 수 있었다.

"작은어머니, 잘 지내셨죠?"

"어머나. 영빈이 그새 멋있어졌네?"

배영빈이 밝게 인사했고 벌레 때문에 반쯤 혼이 나갔던 유진희도 배영빈을 반갑게 맞이했다.

유진희의 칭찬에 배영빈이 쑥스러운 듯 멋쩍게 웃었다.

"도진아, 큰아빠랑 큰엄마께 인사드려야지?"

아직 배영빈 가족이 익숙지 않은 배도진은 배토벤을 들고 자기 방으로 도망가 버렸다.

"오랜만에 만나서 쑥스러운가 봐요."

"신경 쓰지 마. 건강하게 잘 지내는 것 같아 보기 좋네. 도빈이는 이제 장가 가도 되겠다. 하하하!"

배영준의 형이자 유진희의 아주버니 배형준도 반갑게 인사를 건넸다.

단지 배도빈이 배영빈을 노려보다가 끌고 갔을 뿐이었다.

모두 반갑게 인사를 나누는 중 배도빈의 큰어머니 이복자만은 조금 움츠러들어 있었다.

"형님, 어디 불편하세요?"

유진희가 걱정스레 묻자 이복자가 호들갑을 떨었다.

"아, 아니이? 그, 그냥. 그냥 뭐."

"편하게 지내세요. 좋은 일로 오셨잖아요."

아들이 유명한 감독이 되어 미국까지 왔는데도 이복자는 심히 불편했다.

이유는 동서 유진희에 대한 죄책감 때문이었다.

구박했던 과거가 있는 탓에 오는 내내 따로 호텔을 잡으면 안 되냐고 배형준을 괴롭혔다.

배형준이 아내를 탓했다.

"아, 거, 언제까지 그럴 거야. 그러니까 왜 가족끼리 못되게 굴어서 불편하게 만들어?"

"내, 내가 뭘 했다고 그래?"

유진희가 동서 이복자를 보다가 웃으며 말했다.

"영빈이 정말 대단한 거 같지 않아요? 세 번째 작품만에 미국에서 첫 시사회라니."

그 말에 이복자가 반색했다.

"동서도 이야기 들었어?"

"그럼요. 영빈이 이야기 얼마나 많이 나오는데. 요즘 취직도 힘들다고 하던데 영빈이 나이에 저렇게 성공하는 게 얼마나 대단한데요."

"그렇지? 아니, 내가 괜히 잘난 척하는 것 같아서 말은 안 해도 우리 아들이 얼마나 열심히 했는데."

'으이구.'

배형준은 신이 나서 아들 자랑을 하기 시작한 아내를 한심하게 보았다.

그렇게 구박을 당했으면서도 이렇게 맞춰주는 제수씨에게 미안하면서도 고마웠다.

"그게 사실 도빈이가 워낙 잘나서 그렇지. 영빈이만 하면 잘생겼지, 키도 크지, 능력 있지. 요즘 영빈이 좀 소개해 달라는 사람이 너무 많아서 곤란하다니까."

"소개요? 영빈이 따로 만나는 사람은 없고요?"

"글쎄, 아직도 지 엄마 좋다고 그렇게, 그렇게 붙어 있는다니까? 이거, 이 가방 영빈이가 사 준 거야."

이복자가 버버리의 토트백을 들었다.

"거, 푼수 같은 소리 그만 좀 해. 누구 앞에서 명품 자랑을 해?"

"아니, 당신 아까부터 왜 그래? 나는 뭐 아들한테 선물 받은 것도 자랑 못 해?"

"사람이 부끄러운 줄 알아야지. 어? 제수씨가 당신 무안하지 않게 해주려고 하는 거 안 보여?"

남편의 말에 기가 죽은 이복자가 한숨을 내쉬었다.

"미안해, 동서. 내가 원래 좀 이러잖아. 왜, 그렇잖아. 새파랗게 어린 사람이 사고 쳐서 결혼했구나 싶었는데 알고 보니 유명 화가라 하질 않나, 대기업 딸이라고 하지 않나. 도빈이는 또 얼마나 대단해? 나는 뭐, 동서가 편한 줄 알아? 아니, 말은 왜 안 했어? 응?"

"아, 왜 잘 나가다가 옆으로 새?"

"아하하하하하."

부부의 싸움에 유진희가 웃고 말았다.

"괜찮아요. 예전 일인데요."

유진희는 굳이 예전 일을 이유로 이복자를 탓하고 싶지 않았다.

아들과 배영빈이 잘 지내기도 했고 어찌 되었든 당시 오갈 곳 없던 가족이 지낼 수 있게 해주기도 했다.

마음만 먹으면 무시하고 살 수 있었지만 그런 식으로 타인을 대하다간 고립될 뿐이라는 걸 잘 알았다.

"저도 어디 가서 아들 자랑 마음 놓고 못 하는데 차 마시면서 이야기나 좀 해요."

그리고 그러한 태도에.

이복자는 처음으로 부끄러움을 느꼈다.

"왜, 왜 그렇게 봐?"

"무슨 짓이야."

배영빈을 끌고 방으로 왔다.

선뜻 대답하지 않아서 추궁하니 녀석이 눈을 피하고는 중얼
거렸다.

"그냥, 뭐. 하고 싶어서."

그러고도 한참을 망설여서 짜증이 치밀었다.

터지기 직전에 한 번 화를 억누르느니 녀석이 입을 열었다.

"내가 제일 힘들 때 네가 도와줬으니까. 나 같은 사람 많을
거라 생각했어. 그래서 만들고 싶었어. 네가."

"그만."

무슨 생각으로 만들었는지 물어서 잔뜩 혼내줄 생각이었는
데 이야기를 듣다 보니 간지러워서 못 참겠다.

"나보다 어린 네가 꿋꿋하게 음악 하는 거 보니까, 괴롭힘
좀 당한 거에 지기 싫더라고. 내 꿈, 그런 걸로 포기할 만큼 가

벌지 않다고 생각했거든."

손이 불판 위에 놓인 오징어처럼 자꾸만 말려든다.

"작업할 때 항상 네 곡 들어. 그래서 그 마음 잘 아니까 만든 거야. 네가 꼭 봐줬으면 좋겠다."

"더는 못 들어주겠네."

이대로 있다가는 손과 발이 사라질 것만 같아서 녀석의 엉덩이를 걷어차 내쫓아 버렸다.

♪

애니메이션 제작사 크레용 위즈는 〈THE DOBEAN〉에 사내 역량을 모두 투입하였다.

순수 제작비만 81억 원이 소요되었고 마케팅 비용으로는 그 두 배가 넘는 190억 원을 쏟아냈다.

배도빈의 첫 다큐멘터리라는 아이템에 기대를 건 샛별 엔터테인먼트와 스타인웨이 앤드 파더, 천세카레 등 8개 회사와 개인 투자자들이 없었더라면 시도할 엄두조차 내지 못할 일이었고.

대표 김석진의 영업력이 진가를 발휘한 순간이기도 했다.

배도빈이라는 흥행 보증 수표가 있었기에 가능한 일이었지만, 김석진은 그야말로 본인과 법인의 운명을 걸고 전력을 다했다.

그 결과 국내에서만 800여 개의 스크린을 확보하면서 크레용 위즈의 한계를 넘어선 영업력을 보였다.

그러나 김석진과 배영빈은 그것으로 만족할 수 없었다.

〈THE DOBEAN〉에 대한 자부심과 성공에 대한 확신이 한 발 더 내디뎌야 한다고 외쳤다.

그리고 막 제작에 들어갈 무렵 김석진 대표가 결단을 내렸다.

"바다 한번 넘어보자."

〈THE DOBEAN〉은 그렇게 제작 단계에서부터 유럽과 북미 시장까지 염두에 두고 만들어졌다.

가능성은 충분했다.

동아시아에 국한되었던 첫 작품 〈봉달 서커스〉와 한국, 일본, 프랑스에서만 수요가 있었던 두 번째 작품 〈지구방위대 가랜드-전설의 시작〉과 달리 배도빈의 인지도는 범지구적이었다.

제대로 만들기만 하면 흥행 소재로서는 충분하리라 판단했다.

배영빈 감독은 최고의 작화진을 꾸렸다.

대부분의 작업을 3D 작업이 아니라 수작업으로 진행했고 히무라 쇼우와 사카모토 료이치로부터 감수받아 고증에도 철저했다.

더군다나 샛별 엔터테인먼트에 배도빈에 대한 로열티를 지급했고 사카모토 료이치라는 초일류 음악가를 초빙하면서 발생한 비용까지 있었으니, 제작비가 치솟는 건 일도 아니었다.

크레용 위즈로서는 반드시 성공해야만 하는 작품이었고.

그렇기 때문에 더욱 무리하여 스크린을 확보해 나갔다.

그렇게 북미에서 확보한 스크린은 총 1,828개.

크레용 위즈 내부나 투자자들 사이에서 우려의 목소리가 나오는 것도 무리는 아니었다.

스크린을 확보할수록 성공에 유리하다지만 해외 진출은 위험부담이 너무나도 컸다.

대한민국의 애니메이션 제작사가 유럽과 북미 시장을 뚫어내는 데 드는 비용 역시 상상을 초월했고 투자받은 돈이 고스란히 나갔다.

〈THE DOBEAN〉의 마케팅 비용이 지나치게 높이 드는 것도 모두 해외 진출 탓이었다.

"이건 고려해 봐야 하지 않을까요. 하다못해 한국에서 성공한 뒤에."

"아뇨. 더 도빈은 반드시 성공합니다. 많은 사람이 봐야 하는 작품이에요. 도빈이가 어떤 삶을 살았는지, 왜 그런 음악을 하는지 이해할 수 있게."

의견 조율 과정에서 배영빈 감독은 의지를 꺾지 않았다. 자신의 신념을 고집하여 직원들을 다독였고 김석진 대표 역시 투자자들을 설득했다.

배영빈은 배도빈을 통해 희망을 얻은 이들이 모일 구심점을 만들고 싶었다.

클래식 음악과 배도빈을 향한 사랑을 해소할 수 있는 감동적인 애니메이션.

국가와 대륙을 넘어서 공감대를 형성할 수 있을 거라 확신했다.

그리고.

오늘은 지난 19개월간 준비했던 이야기를 처음 공개하는 날이었다.

배도빈과 그 가족들이 지켜보는 가운데, 여러 매스컴과 유명 인사들 앞에서 〈THE DOBEAN〉이 상영되기 시작했다.

나 루트비히를 소재로 한 콘텐츠가 있다는 것 정도는 알고 있었다.

소설이라든지 영화라든지 뮤지컬이라든지 애니메이션이라든지.

대체 주변에서 나를 어떻게 보고 있었는지, 어떤 놈이 무엇을 어떻게 기록했는지는 알 수 없어도 내가 보기에 이야기 속 '베토벤'은 반쯤 미친놈이었다.

예를 들어 이사를 가던 도중 문득 악상이 떠올라 숲에서 시간을 보낸 걸 무슨 정신병자처럼 기록해 둔 것이 있었는데, 사람이 그럴 수도 있는 걸 가지고 너무 곡해하는 것 같아 언짢았다.

원두를 60알씩 가는 것도 그렇다.

누가 보면 집착증으로 오해하도록 써두었지만 거기에는 여러 이유가 있다.

우선 굳이 많은 원두를 쓰지 않고, 60알 정도로도 충분히 멋진 향을 즐길 수 있다.

다만 원두는 항상 약한 불에 볶은 것을 사는데 그래야 신맛을 즐길 수 있으니, '커피 한 잔에 저온에 볶은 원두 60알'이라는 조건을 지킬 필요가 있다.

더군다나 와인만큼이나 달고 살았던지라 그렇게 정량화시켜 놓지 않으면 생활비를 넘기기 일쑤.

이렇게 검소하면서도 훌륭한 미식가인 나를 감히 집착증 환자로 여기다니.

지켜야만 하는 중요한 일을 지킬 뿐이다.

그것만으로도 기가 찰 노릇인데.

배영빈은 한술 더 떴다.

'아니, 무슨.'

이 애니메이션을 본 사람들은 나를 카레 중독자로 착각할 것이다.

-맛있어요.

-2주 넘게 카레만 먹었잖니.

일본에 처음 갔을 때의 장면이다.

군이 저 짧은 장면을 넣고 그 뒤로도 이야기 사이마다 꼭 카레를 넣었어야만 했나 싶다.

내가 좋아하는 천세카레이긴 하지만 투자라도 받은 건가 싶을 정도로 자주 나온다.

이유를 설명하지 않고 저렇게 먹는 모습만 보여주면 단순 중독일 뿐이지만.

독특하고 깊은 풍미와 먹을 때마다 달라지는 스펙트럼.

완벽하게 조율된 영양 밸런스.

거기에 포크커틀릿을 포함한 여러 튀김류나 베이컨, 소시지와 같은 육류, 각종 김치, 단무지, 장아찌 같은 반찬과도 어울리는 포옹력.

그뿐이랴.

여러 치즈, 계란 프라이, 마요네즈까지 카레의 다양성은 무한하다.

그날 상황에 맞춰 여러 음식과 어울릴 수 있는 편리함에 저렴하기까지 하니 이보다 완벽한 음식이 또 있을까.

그런 카레의 완벽함을 말해주지 않으니 단순히 카레에 미친 놈처럼 보일 뿐이다.

'저건 또 뭐야.'

일본인들이 나를 찬양하는 장면은 너무 과장되었다.

해일과 방사능으로 한순간에 고향을 잃은 이들이 고통스러워하는 도중에 '부활'을 들으며 힘을 내고 있었다.

피난민들은 옹기종기 모여 불을 지펴놓고 '부활'을 흥얼거렸다.

-이 곡 듣다 보면 막 힘이 나는 것 같아요.

-근데 정말 신기한 게 나도 몸이 안 좋았는데 부활을 듣고 좋아진 것 같아.

-너무 우울했지. 근데 어디서 부활이 들리더라고. 힘내라고 말하는 것 같아서 좋았어. 부활이 없었다면 난 못 버텼을 거야.

-나도 그래. 요즘에는 정말 유일하게 의지하고 있어. 도빈 군은 내 희망이야.

-그래, 우리 모두 얼마간 힘들었잖아. 이제 일어설 때라고. 우리의 희망이 일어나라고 하고 있어.

'사이비 종교잖아.'

표현이 지나치다.

아마 저 시기부터 희망이니 신이니 악마니 불렸던 것 같은데 신격화라니, 가당치도 않다.

'각색도 정도껏 해야 할 것 아냐.'

히무라나 나카무라가 일본인들이 변하게 된 계기가 나라고 말한 적은 있지만 그런 일이 가능할 리도 없고 그러고 싶지도 않다.

단순한 우연일 뿐.

내 음악에서 행복을 찾고 위안을 받는다면 그것으로 족하다.

음악이 다른 수단으로 사용되어서, 또는 다른 목적이나 이상을 가져서 좋게 끝난 꼴을 못 봤다.

-피아노계의 황태자, 가우왕과의 경연을 앞두고 계신데요. 도빈 군만의 긴장 푸는 방법은 무엇인가요?

-긴장이요? 제가요?

가우왕과의 이야기를 다루는 장면인데 중국에서 경연을 벌였을 때다.

-빌어먹을 꼬맹이, 감히 나를 불러놓고 무시해?

'그래도 가우왕은 제대로 그렸네.'

성우가 얼마나 많이 준비했는지 목소리와 말투도 똑같다.

'비장'을 듣고 넋이 나간 가우왕의 얼굴도 제법 그럴듯하다.

태풍 속에서 녹음할 때 기겁하는 모습에는 나도 모르게 웃었는데, 그러고 보니 가우왕에게 줄 소나타를 완성해 두었다. 조만간 어떻게 줄지를 고민해 봐야 할 듯싶다.

'언제 다시 오려나.'

일이 있다고 중국으로 가 있는 듯한데 나중에 물어봐야겠다.

이야기가 흘러 크리크와 쇼팽 콩쿠르 때의 장면.

'하아.'

만약 이곳이 공적인 자리가 아니었다면 당장에 달려 나가 배영빈을 걷어차 주었을 것이다.

-함께하자고 약속했잖아! 네가 외롭지 않게 내가 있어 준다

고 했잖아!

-형······.

-누가 뭐래도 난 최선을 다할 거야. 너랑 함께하고 싶으니까!

-······형!

'미치겠네.'

제법 비슷하게 그러놔서 '브라더'라고 말하는 내 모습과 너무나 진지한 분위기에 온몸이 꼬이는 것 같다.

최지훈과 나란히 앉아 있었다면 한동안 서로를 못 봤을지도 모른다.

'감수 봤다며. 대체 어떤 인간이 저걸 가만 내버려 둔 거야?'

조금 더 진행되어 베를린 필하모닉에 막 복귀했을 때의 시점 또한 가관이다.

-배도빈 악장 무섭지.

-응······. 조근조근 설명하는데 다 맞는 말이라 창피해지고.

-오늘은 그래도 한 시간밖에 안 걸렸잖아.

반성회가 끝난 뒤 단원들이 대화하는 장면이다.

패기와 의욕이 넘치는 베를린 필하모닉 단원들이 어리광부리는 모습으로 그려놨다.

'단원들이 저럴 리가 없잖아.'

반성회 때마다 내 말이라면 하나도 놓치지 않으려고 얼마나 노력하는지 잘 알고 있다.

그러나 저런 걸 보면 관객들이 또 오해할 것 아닌가.

열이 뻗치는 와중에도 어떻게든 좋은 점을 찾으려 애썼다.

그래.

연주 장면 때 삽입되는 곡이 내가 녹음한 것이라는 점은 마음에 든다.

기억은 나지 않는 '수수께끼의 서명'으로 인해 일정 로열티를 받으며 허락된 듯한데.

다른 사람의 연주가 들어갔더라면 더 화가 났을 것이다.

오케스트라 대전을 앞둔 시점.

이야기는 거의 막바지에 이른 듯하다.

바이올린과 첼로가 흘러나왔다.

사카모토가 만든 교향시일 것이다.

단악장으로 구성된 교향시의 자유분방함은 사카모토가 그의 천재성을 발휘할 최고의 무대다.

9월 21일에 전 세계 동시 개봉된 〈THE DOBEAN〉은 일주일간 수많은 기록을 갈아치웠다.

대한민국에서는 첫 주 만에 130만 명의 관객이 영화관을 찾아 개봉과 동시에 역대 차트를 대부분 밀어내는 데 성공했다.

〈THE DOBEAN〉의 폭발적인 흥행이 대한민국 안에서의 일만은 아니었다.

북미에서 3,800만 달러, 대한민국을 포함한 북미 외 국가에서 총 4,300만 달러의 흥행을 기록하면서 〈THE DOBEAN〉 단 일주일 만에 총제작비의 4배 이상을 벌어들이고야 말았다.

배영빈과 크레용 위즈 직원들은 기절했다가 일어나 다시 쓰러지길 반복했다.

그러한 대흥행에 힘입어 호평 또한 쏟아졌다.

메타크리틱 스코어 81점, 네티즌 평점 8.9점.

로튼토마토 신선도 92%, 관객 점수 93% 등 기록적인 흥행 수입에 걸맞은 평을 받았다.

ㄴ아니ㅋㅋㅋㅋ 배도빈 원래 저런 캐릭터였냐곸ㅋㅋㅋㅋ

ㄴ언론에서 보면 완전 시크해 보이는데 좀 이상한 구석도 있네 ㅎㅎ

ㄴ카레 좋아하는 줄은 알았는데 지금 보니 그냥 중독자였음.

ㄴ그놈의 오렌지주스돜ㅋㅋㅋㅋ

ㄴ해외 사람들 반응 개웃김ㅋㅋㅋ 대체 천세카레랑 제주도감귤이 얼마나 맛있냐곸ㅋㅋㅋㅋ

ㄴ근데 이거 진짜 실화야? 각색이 어느 정도 있겠지?

ㄴ당연하지ㅋㅋㅋㅋ 어떤 미친놈이 2주 동안 카레만 먹어ㅋㅋㅋ

ㄴ난 보컬라이드가 실화라는 게 믿기지 않는다.

ㄴ각색이라잖아ㅋㅋㅋㅋ

ㄴ지훈이랑 도빈이 친한 줄은 알았는데 완전 애틋하다 ㅠㅠ

ㄴ배도빈이 올해 퀸 엘리자베스 콩쿠르 우승 과제곡 만들었잖아. 그게 최지훈에게 헌정하려고 만들었단 이야기가 있음.

ㄴ헐! 헐!

ㄴ나만 가우왕 귀여운갘ㅋㅋㅋㅋ

ㄴ가우왕 나도 좋아!

ㄴ가우왕은 진짜 걍 만화에 들어간 수준ㅋㅋㅋㅋ 존똑에다가 심지어 성우 목소리마저 비슷ㅋㅋㅋㅋ

ㄴ무슨 소리야ㅋㅋㅋ 본인이니까 당연히 목소리 똑같짘ㅋㅋㅋ

ㄴ?

ㄴ[기사 링크]

[피아노의 황제 가우왕, 〈THE DOBEAN〉에서 본인 역을 맡다!]

지난 토요일에 개봉한 크레용 위즈, 배영빈 감독의 〈THE DOBEAN〉이 순항 중인 한편 피아니스트 가우왕의 배도빈 앓이가 또다시 이목을 끌었다.

가우왕은 한 매체를 통해 "나 외에 나를 연기하는 꼴을 못 보겠다"는 말을 남겨 웃음을 자아냈다.

유럽에서의 활동을 마친 그는 〈THE DOBEAN〉의 녹음을 끝내고 현재는 모국에서 휴식을 취하고 있는 것으로 알려졌다.

ㄴ도랏ㅋㅋㅋㅋㅋㅋ

ㄴ미쳐ㅋㅋㅋㅋ

ㄴ이거 분명히 세상에서 제일 빨리 보고 싶어서 참여한 거임. 가우왕 같은 진성 팬이면 킹능성 있음.

♪

ㄴ내용도 재밌긴 했는데 난 사카모토가 만들었다는 곡이 너무 좋았어.

ㄴ나두 나두.

ㄴ애정이 느껴진다고 해야 하나? 진짜 엄청 과격한데도 사랑스러워.

ㄴ사카모토 료이치가 배도빈을 그렇게 보고 있다는 뜻 아닐까?

악마의 축복.

사카모토 료이치가 작곡하고 빈 필하모닉이 녹음한 오리지널 스코어는 〈THE DOBEAN〉을 향한 여러 반응 중에서도 유독 빛났다.

애니메이션을 본 사람들이라면 누구나 배도빈을 떠올릴 정도로 격렬했고 확고했으며 동시에 사랑스러운 곡이었다.

평론가 사이에서도 올해 최고의 오리지널 스코어는 〈THE DOBEAN〉의 '악마의 축복'이라는 데 이견이 없었다.

애니메이션의 흥행 못지않게 OST도 크나큰 인기를 끌고 있었다.

"한 주간의 음악 소식 전해 드리는 토크쇼, 너만모름의 우진입니다. 오늘은 영화 음악계의 거장, 한스 짐 씨를 모셨습니다. 반갑습니다, 짐."

"반갑습니다."

"어쩌 요즘 곡 활동보다는 방송 출연에 더 힘쓰시는 것 같습니다."

"하하하. 우진 씨야말로 여기저기 여러 프로그램을 맡고 계신 것 같네요."

"전 이게 주업이니까요."

"하하하하."

두 사람이 친근하게 오픈 멘트를 나누었다.

"얼마 전에 개봉했죠. 배도빈 악단주의 어렸을 적 이야기를 다룬 극장 애니메이션 더 도빈이 흥행 중이라고 합니다."

"사실 지금도 어리죠."

"……그렇죠. 아무튼 인기리에 상영되는 더 도빈의 OST를 사카모토 료이치가 작업했다고 합니다. 영화음악의 거장 짐은 어떻게 들으셨나요?"

"하하. 다른 사람도 아니고 사카모토 교수를 평하라고 하니 난감하네요."

"알고 나오셨잖습니까?"

한스 짐이 고개를 살짝 돌린 채 우진을 노려보았다. 이런 식으로 나올 거냐고 묻는 듯, 험악한 표정에 우진은 능글맞게 웃을 뿐이었다.

한스 짐도 작게 웃곤 이야기를 이어나갔다.

"다른 의견이 있을까요? 대중이 사랑한다는 건 그만큼 좋은 곡이라는 뜻입니다."

"우리 작가가 짐과 같은 거물을 섭외했을 때는 아무나 할 수 있는 이야기를 기대하진 않았을 것 같네요."

"이렇게 나올 겁니까?"

"죄송합니다."

농담을 주고받은 두 사람이 또 한 번 웃었다.

"물론 이유도 여럿 있죠. 그중에서도 종잡을 수 없는 바이올린을 언급하지 않을 수 없겠습니다."

우진이 한스 짐의 말을 경청했다.

"악마의 축복에서 제1바이올린의 연주는 따로 떼놓고 들어도 완벽할 정도로 훌륭합니다. 말 그대로 어디로 튈지 모르게 멜로디가 계속해서 변화하지만 또 기승전결을 갖추었죠."

한스 짐이 신호를 보내자 악마의 축복이 잠시 연주되었다.

"확실히 독특하네요."

"여러 고전 양식을 차용했지만 독특하죠. 하지만 이 정도로 감탄한다면 사카모토 교수를 몰라도 너무 모르는 겁니다."

"그렇다면?"

"놀라운 건 주변 악기들에 있습니다. 바이올린만 연주되는 초반을 제외하고는 그 많은 악기가 쉬지 않고 연주되는데 제1바이올린의 연주는 더욱 명확하게 들리죠. 심지어 다른 악기들이 무엇을 말하고 있는지도 알 수 있습니다."

우진이 잠시 고민하곤 입을 열었다.

"대단한 건가요?"

"말해 무엇 하겠습니까. 정말 놀라운 구성력입니다. 곡의 진행도 사카모토 교수의 지난 곡들처럼 완벽했지만 악마의 축복의 진가는 다른 악기들이 개성을 유지하는 가운데 제1바이올린, 즉, 배도빈이 부각된다는 거죠."

한스 짐은 사카모토 료이치가 노년에 인생 최대의 걸작을 만들어냈다고 극찬했다.

클래식과 다소 거리를 둔 세월이 무색하게 그야말로 완벽한 교향시라고 주장했고 그것은 정도의 차이를 보일 뿐, 많은 음악가에게서 공감을 얻었다.

그러한 분위기와 〈THE DOBEAN〉의 흥행에 힘입어.

빈 필하모닉은 애니메이션과 빈 필하모닉의 공연을 연달아 볼 수 있는 프로그램을 마련하였다.

빈에 머물면서 재활과 작곡을 병행하고 있던 최지훈에게는 놓칠 수 없는 이벤트였다.

최지훈은 빈 의과대학에서 재활 치료를 받고 곧장 크리스틴 지메르만의 별장으로 향했다.

"선생님, 도빈이 애니메이션이 개봉했대요. 같이 가요."

스승은 그리 내키지 않은 눈치였다.

"망설여지네요. 애니메이션이라고 하면 어떨지."

"재밌을 거예요! 게다가 OST를 사카모토 선생님이 작업하셨대요. 빈 필하모닉의 공연과 이어져 있고요."

최지훈이 빈 필하모닉의 이벤트 전단지를 들어 보였다.

"흐음."

사카모토 료이치라면 크리스틴 지메르만도 인정하는 거장 중의 거장이었다.

크리스틴 지메르만이 태어났을 무렵 이미 사카모토 료이치는 세계 최정상의 음악가였고 지금도 그 사실은 변함없었다.

더군다나 빈 필하모닉이라면 평소 즐겨 찾던 악단이었기에 고민하고 있던 차.

최지훈이 〈THE DOBEAN〉을 볼 수밖에 없는 이유를 언급하였다.

"게다가 가우왕 씨가 직접 연기했대요!"

"그렇다면 안 볼 수 없겠네요."

크리스틴 지메르만이 빙그레 웃었다.

다음 날.

애니메이션을 관람하고 나선 스승과 제자는 극장에 들어서

기 전과 전혀 다른 반응을 보였다.

크리스틴 지메르만은 무척 만족했다.

"애니메이션이라 해서 걱정했는데 흥미로웠어요. 왕이가 도빈 군에게 졌을 때는 정말 기뻤죠. 그때 기억이 나네요."

그녀는 감상을 읊으며 고개를 돌렸다. 최지훈은 어떻게 봤는지 물어보려고 하던 차, 얼굴이 잔뜩 달아올라 어쩔 줄 몰라 하는 제자가 눈에 들어왔다.

그것을 의아하게 여긴 지메르만이 물었다.

"어디 불편한가요?"

"그게……."

최지훈은 크리크와 쇼팽 콩쿠르 당시를 그린 장면을 본 순간 어딘가 숨어버리고 싶었다.

대충 어떻게 그리겠다는 이야기는 들었지만 배도빈과의 약속과 맹세가 전 세계에 알려졌다고 생각하니 얼굴이 화끈거렸다.

"그런가요? 저는 멋진 형제애라고 생각해요."

"그, 그렇게까지 애틋하진 않았어요. 뭐랄까. 조금 더……."

지메르만은 애써 부정하는 최지훈을 흐뭇하게 보았다. 그러고는 목소리를 낮춰 말했다.

"친형제 사이에 부끄러울 것 있나요? 다른 사람들은 몰라도 전 이해해요. 아무에게도 말할 수 없는 비밀이지만 그렇기에 더 응원하게 되죠."

"네?"

스승이 뱉은 황당한 말에 최지훈의 사고가 정지해 버렸다.

그는 눈을 몇 차례 깜빡이고 나서야 정신을 차릴 수 있었다.

"무슨 말씀이세요? 친형제라니."

최지훈이 부정하자 크리스틴 지메르만은 이해한다는 듯 자애로운 미소를 보냈다.

그것이 최지훈을 더 당황하게 했다.

"아니에요. 누가 그래요?"

"유진희 씨라고 했나요? 도빈 군의 모친. 지훈 군이 어머니라 부르는 걸 우연히 들었어요."

말문이 막혔다.

"그렇게 생각하곤 있지만."

지메르만이 검지를 들어 최지훈을 막아섰다.

"말 못 할 상황이라는 건 알지만 지훈 군, 어머니를 부정하는 슬픈 말은 하지 말아요. 이해하니까."

'어디서부터 잘못된 거야?'

최지훈은 정말 어이가 없었다.

잠깐 대화하니 스승은 정말 본인과 배도빈을 동복형제라 믿고 있는 것 같았다.

심지어는 모든 걸 이해하고 있다면서 애써 부정하지 말라고 하니 답답해 미칠 노릇이었다.

고상한 스승의 음악 외 유일한 취미가 드라마라는 것이 원인인가.

아니면 친한 친구의 어머니를 친근하게 부르는 문화를 이해하지 못하는 건가.

다시 입을 열었다.

"어머니는 돌아가셨어요."

크리스틴 지메르만의 온화한 눈이 순식간에 혼탁해졌다.

상황을 이해하기 위해 여러 상상을 하기 시작했지만 이번에는 최지훈에 의해 저지되었다.

"이상한 생각 하시는 거 아니죠?"

"정말인 것 같네요. 세상에. 그럼."

"네, 아니에요."

지메르만은 지난 6개월간의 오해를 돌이켜 보고는 안도의 한숨을 내쉬었다.

"사실이 아니라서 다행이네요."

"대체 무슨 상상을 하신 거예요!"

최지훈이 스승을 흔들며 탓했지만 지메르만은 결코 자신의 망상 드라마를 언급지 않았다.

두 사람의 실랑이는 빈 필하모닉의 공연장까지 계속되었다.

최지훈은 혹시라도 지메르만이 또 다른 오해를 할까, 상황을 자세히 설명했다.

"그랬군요."

"네. 절 낳아주신 분은 따로 있지만 제게 어머니는 한 분뿐이에요."

"분명 대견하게 여길 거예요."

최지훈이 웃었다.

사실 어머니 이지우에 대한 기억은 그리 많이 남아 있지 않았다. 그마저도 너무 어렸을 때라 희미해졌다.

지금도 어머니를 잊는 것이 두려워 당시의 사진과 영상으로 이지우의 얼굴과 목소리를 반복해 보고 듣지만, 함께한 시간마저 기억할 순 없었다.

단편적인 기억만 있을 뿐이었다.

요리를 잘 못하는 어머니를 대신해 식사는 아버지의 역할이었던 것.

함께 피아노를 치며 놀았던 일.

셋이 나란히 누워 영화를 보던 일.

침대 위에서의 핼쑥해진 모습.

아빠를 사랑해 달라는 부탁.

그러나 그렇게 드문드문 끊긴 기억 속에서도 명확한 것이 단 하나 있었다.

정말 많이 사랑받았다는 것.

과거 매정했던 아버지를 사랑할 수 있었던 것도, 절망적인 재능의 차이를 실감시켰던 배도빈을 질투하지 않고 사랑할 수 있었던 것도 모두 어머니에게서 사랑하는 법을 배운 덕이었다.

시간이 흐르고 우연히 입양되었다는 사실을 알게 되었음에도 최지훈이 방황하지 않았던 이유도 모두 어머니의 사랑 덕분이었다.

작게 웃으면서 어머니 이야기를 꺼내는 최지훈을 보고 지메르만은 내심 탄복했다.

'이 아이는 대체.'

지메르만은 최지훈의 기품 있는 행동과 말에서 묻어나오는 사려 깊은 모습이 마음에 들었다.

처음에는 특별한 교육을 받은 덕으로 여겼지만, 모두 어머니와의 지극한 사랑 덕분이라는 것을 알 수 있었다.

'그래서 그렇게 따뜻한 연주를 할 수 있는 건가요.'

무결점의 피아니스트 지메르만은 자신을 꼭 닮은 어린 피아니스트에게서 처음으로 자신과 다른 점을 발견했다.

'조급해지네요.'

지메르만은 하루빨리 최지훈이 회복해 다시 피아노를 칠 수 있길 바랐다.

최지훈이란 피아니스트에게 자신이 전수할 완벽한 기교에 더해지면 어떻게 될지 얌전히 기다릴 수 없었다.

"시작하나 봐요."

소편성된 빈 필하모닉이 무대 위를 채워나가기 시작했다.

명문 중의 명문답게 품위가 흘렀다.

그리고 그와는 정반대의 인물이 소박하게 웃으며 모습을 드러냈다.

살아 있는 전설.

모든 음악가의 교수.

세계의 사카모토.

짝짝짝짝-

관객들이 박수로 경의를 표했다.

빈 필하모닉의 총감독으로 부임한 뒤 첫 공연이었기에 공연장을 찾은 관객들은 잔뜩 기대하고 있었는데.

머리가 희끗희끗한 사람이 대부분이었다.

그들은 먼 옛날 사카모토 료이치가 빈 필하모닉에서 악장으로 활동했을 시기를 기억하고 있었다.

벌써 50년 전의 일.

빈 필하모닉의 오랜 팬들은 현 빈 필하모닉의 악장이자 사카모토 이후 빈 필하모닉을 이끌어 온 '역사' 레이너 퀴홀과 사카모토가 악수를 나누는 모습에 눈시울을 적셨다.

오랜 시간 클래식을 향유했던 이들이 모인 장소답게 경건한 분위기.

과연 전설과 그 팬이었다.

사카모토가 눈을 감았다.

강력한 카리스마로 단원들의 내면까지 뚫어보는 듯한 빌헬름 푸르트벵글러와 배도빈과는 전혀 다른 태도.

오직 소리와 감정에 충실하기 위해 눈을 감고 지휘하는 사카모토 료이치만의 기행이었고.

그렇게 그는 50년 전, 세계 최고의 악장이자 지휘자로 군림했었다.

사카모토가 양팔을 벌린 채 어깨 위로 들었다.

최지훈은 저도 모르게 침을 삼켰다.

두 팔을 역동적으로 모으며 시작된 악마의 축복.

금관 악기가 폭발했다.

위대한 음악가의 탄생을 알리는 듯하다.

제2바이올린이 마치 어머니의 목소리처럼 상냥하게 울렸고 그에 반응하듯 제1바이올린이 울기 시작했다.

신의 축복인가.

콘트라베이스와 첼로가 근엄하게 나선다.

길은 명확하다.

저음부가 확실한 만큼 제1바이올린이 걸어나갈 길은 분명한데, 사카모토 료이치의 천재성은 '악마의 축복'이 무난하게 진행되길 거부했다.

제1바이올린이 멋대로 치솟아 베이스와 첼로를 떨어뜨린다.

당분간 홀로 연주되는 바이올린.

앞서 애니메이션을 봤던 관객들은 지금의 연주가 삽입되었던 것과 다르다는 것을 인지할 수 있었다.

모든 것이 같았지만 마치 바이올린 파트 전체가 독주자가 된 듯, 자유롭게 카덴차를 연주하였다.

50년 이상 클래식을 즐겼던 이들은 사카모토 료이치의 의도를 이해할 수 있었다.

악마의 축복은 누가 뭐라 해도 배도빈에게 헌정하는 사카모토 료이치의 사랑.

변화 없이 배도빈이라는 인물을 표현할 순 없다는 사카모토의 생각이 음악을 통해 그대로 전달되었다.

쉬지 않고 터져 나오는 금관의 폭력적인 음량과 제1바이올린의 단순하면서도 자유로운 선율은 마치 〈THE DOBEAN〉에서 확인했던 배도빈을 떠올리게 하였다.

그것을 더욱 부각하는 현악기와 목관악기.

어느 누구 하나 개성을 잃지 않으며 하나의 곡을 이뤄갔다.

이것이 진정한 하모니.

오케스트라의 완성이라고 알리는 듯했다.

86악장

금지

배영빈은 미국에서의 일정을 마치고 귀국하기 전, 배도빈 가족을 위해 저녁 식사 자리를 준비했다.

평소 다니던 수준의 레스토랑이었기에 유진희가 걱정스레 물었다.

"영빈아, 조금만 더 가면 괜찮은 순두부찌개집 있는데 거기로 가는 게 낫지 않을까?"

"어……. 마음에 안 드세요?"

〈THE DOBEAN〉의 대박과 함께 가족들에게 근사한 저녁을 대접하고 싶었던 배영빈이 망설였다.

"그래. 안 먹던 것만 먹었더니 속이 니글거린다."

아버지 배형준도 칼칼하고 시원한 국물을 먹고 싶어 했기에 배영빈은 어쩔 수 없이 예약을 취소하였다.

　가족은 발길을 돌려 한인 타운으로 향했다.

　주문한 음식을 먹는 도중에도 배영빈은 자꾸만 궁시렁거렸다.

　"비싼 거 대접해 드리고 싶었는데."

　"평소 먹던 것보다 이게 나아."

　배도빈이 무심하게 반응했다.

　배도빈은 독일에 있을 때도 카레와 한식을 주로 즐겼는데 과거에 즐겼던 음식들은 추억을 상기시킬 뿐, 현재 그의 입맛에는 맞지 않았다.

　"그래도."

　배영빈은 못내 아쉬움을 감추지 못했다.

　〈THE DOBEAN〉이 대한민국을 넘어서 전 세계에서도 순위권에 들 만큼 크게 성공했기에 가족에게 좋은 음식을 대접하고 싶었다.

　스스로 찌질하게 살았던 기간이 너무 길었다고 생각하는 탓에 성공한 자신을 보여주고 싶은 마음도 있었다.

　비록 배도빈은 애니메이션을 탐탁지 않게 여겼지만 팬들이 크게 호응했으니 분명 도움이 되었을 것으로 생각했다.

　자신이 애니메이션 감독이라는 꿈을 꾸게 해준 것도 이번 성공도 모두 배도빈 덕분이라고 생각했다.

　"다 네 덕분이야."

배영빈이 그런 생각을 전하니 배도빈이 시큰둥하게 답했다.

"뭔 소리야. 형이 잘한 거잖아."

그 말에는 조금의 배려도 없었다.

있는 그대로 사실을 말하는 것처럼 들렸기에 배영빈은 그것이 더 고마웠다.

그때 배도빈이 말을 정정했다.

"아니지. 잘한 게 아니지. 누굴 정신병자로 그려놨어?"

"정신병자?"

배도빈이 입술을 씰룩이며 불쾌함을 내비치자 배영빈이 〈THE DOBEAN〉을 장황하게 설명하기 시작했고, 그것에 질린 배도빈은 화를 풀 수밖에 없었다.

"아무튼 네 로얄티를 선금으로 줄 방법이 없어서 수입 비율로 지불하기로 했잖아. 결과적으로는 잘돼서 다행이야."

푸르트벵글러의 간교한 복수로 본인이 언제 서명했는지조차 기억 못 하는 배도빈이 〈THE DOBEAN〉의 계약 내용을 알 리 없었다.

배도빈은 자신과 그 음악 사용권을 허가하면서 애니메이션 흥행 수입의 10퍼센트를 러닝개런티로 지불받을 수 있었다.

그것은 배도빈 외 최고 대우를 받는 배영빈 감독의 5퍼센트와도 큰 차이가 있는 이례적인 수치였다.

본인 이야기라고는 해도 직접 출연하지 않는 상황을 고려하면 지나친 비율이지만, 배도빈이라는 브랜드를 오직 러닝개런티로만 계약해야 했던 크레용 위즈로서는 최선이었다.

"관심 없어."

배도빈은 동생에게 순두부와 함께 나온 갈비를 뜯어주며 시큰둥하게 답했다.

얼마를 받을 수 있을지 몰라도 그는 크게 의미 없는 금액이라 생각했다.

작년 한 해 1조 6,000억 원의 매출을 올리고 1조 1,200억 원의 순이익을 남긴 베를린 필하모닉.

올해는 〈피델리오〉의 대성공으로 인해 3/4분기에 이미 작년 매출을 훨씬 넘긴 상태였다.

그런 곳의 소유주가 개런티에 관심을 보일 리 없었다.

그뿐만이 아니었다.

할아버지 유장혁의 강요로 막대한 세금을 내고 소유권을 챙긴 WH해운은 작년 2조 1,000억의 매출과 영업이익 2,108억 원을 기록하였다.

또한 소유하고 있는 샛별 엔터테인먼트도 연매출액 620억 원의 우량기업.

무엇보다 본인의 저작권 수입이 매해 수백억에 달했다.

가족과 동료를 지키고 음악을 하는 데 필요한 수준을 넘어선 지 오래였기에 애니메이션 러닝개런티는 배도빈에게 그리

흥미로운 이야기가 아니었다.

"역시 다르긴 다르네. 못해도 수백억은 될 텐데."

"커흡."

아들의 말에 놀란 이복자가 매운 순두부찌개에 사레들렸다.

배형준과 유진희도 놀란 것은 마찬가지였다.

"뭐라고?"

"지금 상황이면 10억 달러 근처까진 갈 것 같아요. 확신은 못 해도. 도빈이가 가져갈 돈이 그 정도는 될 거예요."

배형준과 유진희가 말문이 막혀 있을 때 간신히 속을 달랜 이복자가 급히 물었다.

"너는? 응? 너는?"

"3~400억은 되지 않을까요?"

배영빈의 대답에 이복자가 입을 벌리더니 그대로 굳어버렸다.

"세상에. 정말 잘됐다. 그렇죠, 아주버님?"

배형준은 아들의 말을 쉽게 믿을 수 없으면서도 기뻤고 또한 걱정되었다.

"……거, 사람이 한순간에 큰돈을 벌면 망가지게 된다, 영빈아. 겸손해야 해. 과시하지 말고."

"네."

"졸부들이 욕먹는 데 다 이유가 있어. 평범하게 사는 사람은 쫄딱 망하지 않아. 패가망신하는 사람은 전부 그런 사람들이야."

배영빈은 아버지가 무슨 생각을 하는지 알기에 그저 웃으며 고개를 끄덕일 뿐이었다.

저렇게 말씀하시면서도 속으로는 분명 기뻐하실 거라 믿었다.

"아니, 이 아저씨가 왜 아들 기를 죽이고 그래? 잘했으면 잘했다고 칭찬을 해줘야지. 아이고오, 내 새끼. 미킨지 뭐시긴지 베개 사달라고 조를 때는 이게 내 배에서 난 애가 맞나 싶었는데. 아이고 내 새끼. 장하다. 장해!"

이복자가 아들을 부둥켜안으며 오열했다.

그녀의 기준에서 배영빈은 공부를 잘했던 것도 아니고 그렇다고 예체능으로 어디 나가서 상을 타오지도 않은 평범한, 아니, 다소 못난 아들이었다.

따돌림을 받으면서 점점 더 고립되었고 그 상처를 더 심하게 할까 봐 무엇을 같이 해보자고 할 수도 없었던 아픈 손가락이었다.

자기 방에 틀어박혀 매일 만화영화만 보고 캐릭터 상품을 사달라고 조를 때는 거의 포기하고 있었거늘.

결국 자기가 좋아하는 일로 성공하니 그 기쁨은 이루 말할 수 없었다.

"엄마 아들 맞잖아요."

이번만큼은 배려라고는 조금도 없이 이복자의 말투가 배영빈을 가장 기쁘게 하였다.

"아이구, 그래. 내 새끼지."

"식당에서 뭐 하는 거야. 호들갑 떨지 말고 좀 앉아."

이복자가 간신히 진정하고 배형준은 노파심에 다시 한번 충고했다.

"돈이 없으면 걱정할 게 그리 없어. 돈만 걱정하면 되거든. 하지만 돈이 생기면 걱정해야 할 게 너무 많아진다. 낭비하지 말고. 못된 일은 절대 하지 말고. 널 사랑하는 사람과 네 돈을 탐하는 이를 구별할 줄 알아야 한다."

배영빈은 아버지의 말을 경청했다.

"이 애비도 작은아빠랑 부모 없이 자라서 잘 안다. 그리고 작게나마 회사 운영하면서 돈도 만져봤어. 월급 받는 사람들과는 달라. 언제 망할 줄 모르는 게 사업이다. 일희일비하지 말고 네 길을 걸어. 도빈이 봐라. 그런 돈 매년 만져도 저렇게 의연하잖니."

모두 배도빈을 향해 고개를 돌렸다.

태연하게 갈비를 뜯고 있었다.

배영빈은 수백억 원을 받을 거라는 이야기를 듣고도 의연한 동생을 보면서 또 한 번 고개를 끄덕였지만.

배도빈이 애써 평정을 유지하고 있다는 사실은 알지 못했다.

'콘서트홀을 늘려도 되겠는데?'

배도빈에게도 수백억 원은 무척 큰 금액이었다.

배영빈을 향한 분노가 사그라질 정도로 말이다.

"잘했어."

배도빈이 배영빈 앞에 수고했다는 듯 갈비를 뜯어 놓아주었다.

북미 투어를 시작한 〈피델리오〉가 유럽에서의 반응 이상의 호응을 얻으며 순항 중이었고.

개봉 6주가 흐른 〈THE DOBEAN〉이 전 세계 박스오피스 1위를 차지하며 2억 9,300만 달러를 벌어들이고 있었다.

〈피델리오〉를 본 관객들은 자연스레 〈THE DOBEAN〉을 찾았고 그 반대의 경우도 마찬가지였다.

두 문화 콘텐츠는 2024년 가을, 북미 시장을 잠식해 버릴 정도의 파괴력을 보였다.

그에 따라 베를린 필하모닉, 도이체 오퍼, 크레용 위즈, WH엔터테인먼트(배급사), 빈 필하모닉 등 관련 업체들의 수입은 천문학적으로 치솟았다.

특히 별생각 없이 투자했던 두 업체 천세카레와 제주도감귤은 수요를 따라갈 수 없을 정도였다.

팬들이 우스갯소리로 하는 '배도빈이 지구를 정복하려 한다', '마왕이 인간계 패권을 노리고 있다'는 말들이 더 이상 농담이 아니게 되고 있었다.

그런 상황에서.

배도빈의 극성팬 중 가장 유명한 사람이 〈피델리오〉를 보고 있었다.

WH전자가 작년에 출시한 180인치 초대형 TV와 골드문트의 극사실주의 오디오 시스템을 갖춘 최고의 환경.

아시아 투어 때 가족들과 함께 직접 관람할 생각이었지만 예습도 나름의 즐거움이 있었다.

그러나 그것도 잠시.

가우왕은 〈피델리오〉를 연주하는 베를린 필하모닉의 완벽한 모습에 빈정 상했다.

'저러니까 피아노 칠 생각을 안 하잖아.'

그가 보기에도 베를린 필하모닉은 최고의 악단이었다.

교향곡이라면 사족을 못 쓰는 배도빈이 미쳐 있을 만했다.

베를린 필하모닉의 단장으로서 작곡과 피아노 연주는 병행할 수 있지만 솔로로서는 베를린 필하모닉을 지휘할 수 없다는 것도 알고 있었다.

그렇게 사실을 인지하고 있으면서도 못마땅스러웠다.

스승 크리스틴 지메르만과 본인만이 최고였던 세계를 부수고, 진정한 피아니스트로 거듭날 수 있게 해주었던 배도빈의 피아노를 아끼기 때문이었다.

가우왕에게 오래 전, 배도빈과의 경연은 무척이나 큰 의미였다.

다시 한번 경쟁하고 싶었다.

지금보다 더 높은 곳이 있을 거라고 믿으며, 배도빈과 함께라면 이를 수 있을 거라 믿었다.

최근 '월광'을 들었을 때 그 생각은 더욱 굳어졌다.

'중국에 오면 한마디 해야겠어.'

그런 생각을 이어가던 중 그의 핸드폰이 울렸다.

처음 보는 번호라 이상하게 여기며 전화를 받으니 정중한 목소리가 그를 반겼다.

-안녕하십니까, 왕가우 씨. 강유징이라고 합니다.

'특별 보좌관?'

가우왕이 설마 하면서 물었다.

"특별 보좌관이시라고?"

-네. 반갑습니다. 갑작스러우시겠지만 댁으로 차량을 보냈습니다. 차 한잔하시지요.

"무슨 일이시죠?"

-하하. 이야기는 만나서 천천히 나누도록 하지요.

강유징 특별 보좌관이 전화를 끊었다.

가우왕이 잔뜩 인상을 쓴 채 고민하기를 얼마간 두 남자가 그의 자택을 방문했다.

"특별 보좌관께서 정중히 모시라고 하셨습니다."

"……가죠."

1시간 정도가 걸려 가우왕은 강유징 특별 보조관과 만날 수 있었다.

40대 중반 정도로 보이는 젊은 남자는 말끔하고 지적인 분위기를 내고 있었다.

가끔 뉴스로만 보던 그가 자신을 왜 찾는지 가우왕으로서는 짐작할 수 없었다.

"앉으시죠."

가우왕이 다리를 꼰 채 소파에 한쪽 팔을 걸쳤다.

강유징의 비서들이 가우왕의 행동을 건방지게 여겨 제재를 가하려 했지만 특별 보좌관이 손을 들어 만류했다.

비서들을 노려본 가우왕이 입을 뗐다.

"무슨 일로 부르셨습니까."

"하하. 이렇게 딱딱한 일은 아닌데 오해가 있었나 봅니다."

강유징이 손짓했다.

곧 두 사람 앞에 찻잔이 놓여졌다.

가우왕은 턱을 든 채 그것을 힐끔 내려다볼 뿐 마시지 않았다.

강유징이 빙그레 웃었다.

"긴장하지 않으셔도 됩니다. 좋은 일로 모신 거니까요."

"좋은 일."

"2주 뒤에 있을 행사에서 왕가우 씨가 축하 공연을 맡아주었으면 합니다."

무슨 일인가 의심하며 경계했던 가우왕이 다리를 풀었다.

"특별 보좌관께서 이런 일도 직접 하시는 줄은 몰랐습니다."

"최고의 피아니스트를 모시는 일이니까요."

강유징이 사람 좋게 웃었지만 가우왕은 내심 마음에 들지 않았다.

그의 웃음 뒤에 있는 오만함을 느낀 탓이었다.

정상적이라면 소속사 도이치 아리아를 통해 이야기할 수도 있었던 일.

강유징은 주석의 특별 보좌관이라는 권력을 행사하고 있었다.

그러나 공산당에 거역해서 살아 남은 이가 없었기에 가우왕도 연주 한번 해주고 똥 밟은 거라 여길 생각이었다.

"후. 무슨 행사입니까."

가우왕이 순순히 나오자 강유징은 특유의 미소를 유지한 채 답했다.

"아시다시피 5년 전 불온한 세력이 있지 않았습니까. 질서를 어지럽힌 이들을 몰아낸 기념 행사입니다."

강유징을 보고 있던 가우왕의 눈빛이 흔들렸다.

5년 전 송환법에 반대하여 홍콩 특별행정구에서 일어났던 평화 시위는 결국 수많은 민간인 희생자를 내고 중국 공산당에 의해 진압되고 말았다.

"참고로 주석께서도 참관하실 예정입니다."

강유정은 여전히 웃고 있었다.

그와 시선을 마주한 채 있던 가우왕이 웃었다.

"다른 사람도 아니고 특별 보좌관께서 말씀하시는데 해야죠. 다만 가족 여행이 예정되어 있는데."

가우왕의 말에 따라 강유정의 눈빛이 차갑게 식어갔다.

"이거 가족들만 보내야겠습니다."

가우왕이 말을 마치자 강유정이 그제야 씩 웃었다.

"여행은 언제든지 다닐 수 있지요. 이번 행사는 마카오나 티벳 등에도 영향을 줄 일입니다. 허튼짓 하지 말라는 뜻이라는 거 잘 알고 계실 겁니다."

웃는 얼굴로 전한 협박에도 가우왕의 표정은 변하지 않았다.

강유정이 소래 내어 웃었다.

"하하. 좋은 자리인 만큼 각별히 준비해 주셨으면 합니다."

"여부가 있겠습니까."

"왕가우 씨 같은 애국자를 만나 뵙게 되어 즐거웠습니다."

강유정이 손을 내밀었고 가우왕은 흔쾌히 그 손을 맞잡았다.

미팅을 마치고 귀가한 가우왕에게 그의 부모와 고모들이 걱정스레 다가왔다.

"무슨 일이니?"

"갑자기 무서운 사람들이 와서 얼마나 놀랐는데."

"아아. 별일 아니니까 신경 쓰지 마. 아, 배고프네. 밥 먹으러 나갈까?"

"나가긴 어딜 가. 집에서 그냥 차려 먹으면 되지."

"엄마랑 고모 힘들잖아. 아빠가 오리 먹고 싶어 하던데. 먹으러 가자고."

마침 식사할 시간대이기도 해서 왕 씨 가족은 인근 식당을 찾았다.

대식가 집안답게 두 사람에 오리 한 마리를 주문하니 식당 주인의 입이 찢어졌다.

"세상에. 여기 오리 제법이다."

"부드럽네. 부드러워."

"그치? 아빠 어때."

"우리 아들이 사는 거니 당연히 맛있지. 크할할!"

즐겁고 시끌벅적한 식사가 이어지던 도중 가우왕이 다리를 뜯으며 물었다.

"엄마."

"응?"

"소소 어떻게 지내는지 안 궁금해?"

"궁금하지. 걔가 참 무뚝뚝하잖니. 전화를 하니 편지를 쓰니. 잘 지내고 있는지 건강한지. 남자도 사귀어야 할 텐데 누구 만나는 사람은 없는지."

"그래?"

"그럼. 네 아빠랑 고모들도 다 궁금해하지."

"나는. 나는 안 궁금해?"

가우왕의 질문에 집안어른들의 대화가 잠시 멈추었다. 그러고는 크게 웃었다.

"가우, 넌 정말 하늘에 감사해야 해. 네가 피아노라도 못 쳤어 봐."

"크할할할."

"그 성격을 누가 받아줘?"

"암암."

"가우는 옷 잘 입는 거랑 피아노 빼고는 시체지. 그거라도 보고 같이 살아줄 사람이 있을지 모르겠다."

가우왕은 가족들이 지구대스타인 자신을 못 알아본다고 생각했지만.

그래도 자신의 피아노와 패션 센스를 인정해 주는 집안어른들을 용서해 주었다.

"궁금하면 한번 가봐. 딸 어떻게 사는지 보러 갈 겸. 오랜만에 여행도 다니고."

"갑자기?"

"갑자기는. 내일 덜컥 병에 걸릴 수도 있는 게 인생이야. 내가 알아서 다 해놓을 테니까 엄마랑 고모들은 그냥 다녀와.

아빠도."

"그래. 천천히 생각하자."

"천천히 말고. 아무튼 그렇게 해놓을 테니까 딸이랑 잘 놀다 와."

"근데 그 피델 뭐시기 때문에 지금 미국에 있는 거 아녀?"

"아니야. 아니야. 가면 있어."

다음 날.

가우왕의 가족들은 그들을 막무가내로 공항으로 끌고 가는 아들을 이해할 수 없었다.

"아니, 갑자기 얘가 왜 이래?"

"아, 오랜만에 효도 좀 하겠다는데 왜 이렇게 말이 많아? 빨리 좀 들어가."

"가도 뭘 알아야 가지."

"아! 가라면 가라고!"

심지어 소리까지 치는 가우왕 때문에 가족들은 얼떨결에 독일로 향하는 비행기에 탔다.

그리고 며칠 뒤.

강유징 특별 보조관이 가우왕을 다시 불러냈다.

"잘 지내시지요? 요 며칠 집에만 계시던 것 같은데."

"아, 뭐. 휴가니까."

강유징과 그 비서들은 턱을 들고 다리를 꼰 채 양팔을 소파

에 걸쳐놓은 가우왕이 마음에 걸렸지만, 그도 어쩔 수 없다고
생각했다.

당에 거역하면 무슨 일을 당하는지 모르는 사람은 없었다.

국가를 위해 재능을 기부하겠다고 마음먹은 피아니스트에
게 저 정도의 자유는 줄 아량은 있었다.

"좋지요. 하지만 실수는 없으셔야 할 겁니다. 뭐, 워낙 대단
하신 분이니 조금만 연습해도 괜찮겠지요."

"아. 그거 말인데."

가우왕이 목을 풀며 말했다.

"안 하려고."

"……하하. 왕가우 씨가 농담을 좋아하는 줄은 몰랐네요."

"나 농담 안 좋아해."

가우왕이 강유징을 내려다보며 말했다.

"그딴 개짓거리에 어울릴 만큼 내 피아노, 싸구려가 아니거든."

강유징 특별 보좌관에게 의뢰를 받은 순간부터 가우왕은
필사적으로 머리를 굴렸다.

'빌어먹을.'

엄격히 통제되어 공론화되지 않을 뿐, 공산당에 거역한 인

물들이 어떻게 되는지는 공공연히 알려져 있었다.

그러나 수백 명이 죽은 일을 기념하는 행사라니.

그곳에서 기념 연주를 하라니.

평생을 바쳐 스스로를 갈고닦은 긍지 높은 피아니스트는 그의 피아노가 더럽혀지는 걸 용납할 수 없었다.

마음에 걸리는 건 단 하나.

"가족 여행을 가기로 해서 말이죠."

강유징 특별 보좌관의 눈이 칼날처럼 들어왔다.

가우왕의 목을 찌르기라도 하는 것처럼 예리하고 차가운 눈빛. 거절하기라도 했다간 무사하지 못할 거라는 무언의 협박이었다.

'눈깔 한번 살벌하네.'

가우왕은 마음을 굳혔다.

"아쉽게도 가족들만 보내야 할 것 같네요."

필사적으로 생각해낸 방법이었다.

'가족 여행이 계획되어 있는데, 가족만 보내야겠다.'

가우왕이 그러한 말을 함으로써 그 가족들이 해외로 나가는 것이 저지될 일은 없었다.

'어쩐다.'

첫 만남 후 귀가하는 한 시간 남짓. 가우왕은 자신이 알고 있는 세상에서 가장 안전한 장소를 생각했다.

동생 왕소소가 살고 있는 베를린의 배도빈 저택.

WH의 사설 경비들과 베를린시 경찰이 엄중하게 관리하는 그곳이라면 '이 빌어먹을 놈들'도 쉽게 건들지 못할 거라 여겼다.

"항상 지켜보고 있습니다."

곧 자택에 도착하고 강유징 특별 보좌관의 비서가 엄포를 늘어놓았다.

"아아. 뭐, 수고하든지."

집으로 들어선 가우왕은 걱정하여 뛰쳐나온 아버지와 어머니 그리고 고모들을 보았다.

평범한 사람들.

이제는 각자 업계에서 은퇴해 노년을 즐길 소박한 이들이다.

가족만은 반드시 지키고 싶었다.

"밥이나 먹으러 나갈까?"

"집에서 그냥 차려 먹으면 돼."

그는 어쩌면 마지막 식사가 될 수도 있다고 생각했다.

"그러지 말고. 아빠 오리 먹고 싶다고 하지 않았어? 가자고."

가우왕은 평소 가족들이 즐겨 다니던 식당으로 향했다.

"오리 4마리랑 꿔바로우 둘."

풍족하게 주문한 뒤 즐겁게 식사를 시작한 가족들을 둘러보았다.

'믿을 사람이 필요해.'

지켜줄 사람이 필요했다.

소속사 도이치 아리아는 얼마간 가족들을 지켜줄 테지만 언제까지고 그럴 수는 없을 터.

배도빈이라면 가장 안전하게 가족들을 보호해 줄 테지만 그 이상의 폐를 끼칠 순 없었다.

'할망구.'

폴란드의 명문이자 여러 유력인과 연대하고 있는 스승이라면, 가족들을 돌봐줄 것 같았다.

"가우, 너는 정말 감사해야 해. 피아노라도 못 치면 어쩔 뻔했니?"

"크할할할!"

"그러게."

피아노가 없는 삶은 상상해 본 적도 없다.

철이 들기도 전부터 가우왕은 피아노와 함께했고 수많은 곡 속에서 자신만의 꽃을 화려하게 피워냈다.

그런 피아노를 더럽히는 일 따위.

설령 목에 칼이 들어온다 해도 할 수 없었다.

다음 날.

"얘가 대체 왜 이래?"

"조용히 좀 하고. 빨리 타."

가우왕은 가족들의 등을 떠밀었다.

그러면서도 근처에 있는 강유징의 *끄나풀*들을 의식하고 있었다.

'정말 따라다닐 줄이야.'

여차하면 가족과 함께 가려 했던 가우왕이 이를 바득 갈았다.

그러고는 아무렇지도 않은 척, 강유징의 비서들이 들으라는 식으로 크게 외쳤다.

"나는 괜찮다니까! 여행은 나중에 같이 가면 되지!"

"가우야, 무슨 일 있는 거야? 응?"

"일은 무슨. 자, 이거."

"이게 뭔데?"

"뭐긴. 여행 다니려면 돈 필요할 거 아냐. 넉넉히 넣어두었으니까 맘껏 쓰라고. 맘껏. 비밀번호는 1111이야. 기억하기 쉽지?"

가우왕이 어머니를 안았다.

어머니는 당황했지만 그 다정함에 드디어 아들이 철이 들었다고 생각하고는 독일로 향하는 비행기에 탑승했다.

갑작스럽지만 오랜만에 딸을 보러 갈 겸, 독일에 도착한 그들은 안면이 있는 가우왕의 매니저를 만날 수 있었다.

"반가워요."

오랜만에 만나는 거라 가족들이 살갑게 인사했거늘 그의 표정은 좋지 못했다.

"안녕하십니까. 우선 차에 타시죠."

가족들이 검은색 밴에 탑승했다.

"아이고. 이 늦은 시간에 마중까지 나오시고. 고맙습니다."

"소소 있는 데로 가는 거죠?"

"죄송하지만 소소 씨는 현재 미국에 계십니다. 피델리오 공연으로."

"……응?"

매니저가 아무 말이 없자 가족들이 한숨을 내쉬었다.

"가우가 뭘 잘못 알았나 보구만."

"그러면 소소는 언제 볼 수 있어요?"

"매니저 양반 힘들게 이게 무슨 일이람. 참."

가족들이 시끌벅적하게 이야기 나누는 사이, 매니저가 다소 우울한 목소리로 입을 열었다.

그는 여러 대의 핸드폰을 가족 앞에 놓았다.

"앞으로 이 핸드폰을 사용하시면 됩니다. 기존에 사용하시던 건 제게 주십시오."

"네?"

"여러분을 위한 일입니다."

"……대체 이게 무슨 일인감?"

"아니, 매니저 양반. 대체 무슨 일이 일어나는지 말을 해줘야 할 것 아니오."

가족들의 반발에 매니저가 한숨을 내쉬었다.

"여러분이 쓰고 계신 핸드폰으로는 누구와 연락하는지, 무슨 대화를 나누는지 어디에 있는지 파악되기 때문에 그렇습니다."

"뭐요?"

"……실은."

매니저는 가우왕을 설득하지 못한 자신을 탓하면서 그에게 들었던 이야기를 풀어놓았다.

그 기막힌 상황에 가족들은 말문을 잃고 말았다.

"그게 무슨 말이야?"

10월 19일.

〈피델리오〉 북미 투어에 참가하고 있던 베를린 필하모닉의 악장 왕소소는 어머니의 전화를 받곤 드물게 큰소리를 냈다.

-꺼어어으읍. 네 오빠 어떡하니. 응? 네 오빠 어떡하니!

"제대로 좀 설명해 봐!"

오빠가 당의 요구를 수락하지 않고 가족들을 독일로 피신시켰다는 말에 왕소소는 평정을 유지할 수 없었다.

손이 떨려 하마터면 전화기를 놓칠 뻔했다.

같은 방을 쓰고 있던 나윤희는 심상치 않은 분위기를 잃곤 친구 곁으로 다가와 파르르 떨리는 손을 잡아주었다.

"엄마는. 엄마는 괜찮아?"

-허어으으으으윽.

어머니와 아버지 그리고 고모들까지 말을 제대로 할 수 있는 상황이 아니었다.

소소의 불안은 더욱 커질 뿐이었고 이내 도이치 아리아의 매니저가 전화를 대신 받았다.

그는 가족들이 독일에서 며칠 머문 뒤 폴란드로 이동할 거라 전했다.

가우왕의 스승 크리스틴 지메르만의 본가였다.

"오빠랑 연락은……."

-……끊어졌습니다.

왕소소는 아무 생각도 이어나갈 수 없었다.

곁에서 대강의 이야기를 함께 들었던 나윤희는 곧장 인터넷에 접속하였다.

며칠 전까지만 해도 활발하게 글이 게시되던 가우왕의 개인 SNS는 활동이 중단된 지 오래였다.

팬들도 며칠째 새로운 글이 올라오지 않는 것에 걱정하고 있었다.

'이런 일이 가능해?'

나윤희는 넋이 나간 친구를 보았다.

고개를 떨어뜨린 왕소소는 초점이 사라진 채 멍하니 있을 뿐이었다. 울지도 화를 내지도 못했다.

그 모습이 그녀가 얼마나 충격받았는지를 알려주었다.

나윤희가 소소를 안았다.

상황을 제대로 이해할 순 없었지만 가우왕이 위험한 상태에 놓였다는 것만은 알 수 있었다.

"가우왕 씨 많이 힘들 거야."

혼이 빠져나가기라도 한 듯, 소소는 반응이 없었다.

"그래도 강한 사람이니까 분명 포기하지 않을 거야. 기다리고 있을 거야."

그 말이 소소의 정신을 조금이나마 들게 했다.

"……소용 없어."

그제야 그녀의 눈에 눈물이 그렁대기 시작했다.

"그놈들이 얼마나 무서운데."

소소의 머리에 여러 일이 스쳤다.

아무리 힘이 센 사람이라도 중국 공산당이 마음먹으면 힘을 쓸 수 없었다.

목숨이 걸린 문제였기에 대부분 순종하고 애써 외면하며 살았다.

그것을 문제 삼기라도 했다가는 또 다른 희생자가 될 뿐이니, 중국인이 아니면 그러한 감정을 완전히 이해할 수 없었다.

언론조차 지배받는 그곳에서.

가우왕이 살아남을 방법은 그들의 요구를 들어주는 수밖에 없었지만 고집불통인 오빠가 그럴 리 없었다.

"어떡해?"

스승에게 받은 얼후를 부수고 귀찮게 굴기도 했던 짜증 나는 오빠였지만, 그래서 저주도 퍼부었지만 하나밖에 없는 오빠였다.

왕소소는 친구에게 기대어 흐느꼈다.

그렇게 얼마간 서로를 다독인 끝에 나윤희는 이 일을 최대한 널리 알려야 한다고 생각했다.

어려운 일은 몰랐지만 가만있을 순 없었다.

소소와 나윤희가 멀핀과 내게 할 말이 있다고 해서 기다리고 있는데 마침 문을 열고 들어왔다.

소소가 매우 지쳐 보인다.

서둘러 안으로 들이고는 앉히니, 평소 침착한 모습은 온데간데없이 당장에라도 부서질 듯 위태로웠다.

"무슨 일이에요?"

"……가우왕 씨가."

나윤희가 소소를 대신해 상황을 설명했다.

내 귀를 의심했다.

"뭐라고요?"

"중국에서 연주를 강요했나 봐. 가우왕 씨는 거절했고. 가족들만 베를린에 보내두었대."

선뜻 이해할 수 없었다.

국가가 개인을 위협하면서 일을 강요하다니.

자유를 향한 갈망으로 만들어진 시대가 아닌가.

"설마했는데 큰일이네요."

멀핀이 아랫입술을 깨물었다.

그러고는 방금 확인했다는 기사를 보여주었다.

도이치 아리아가 자국 언론을 통해 중국 정부가 가우왕을 구금하고 있다며 신병을 풀어줄 것을 강력하게 규탄하는 내용이었다.

올라온 시각을 보니 1시간 전.

말문이 막힌다.

"최선은 적당히 응해주는 건데."

멀핀이 나와 소소 나윤희를 둘러보곤 작게 한숨을 내쉬었다.

"가우왕 씨가 한 번 거절한 일을 번복하진 않겠죠. 이야기를 들어보니 가족과 함께 나올 수도 없는 상황이었나 보네요."

"이게 말이나 되는 일이에요?"

다들 이 상황을 받아들이고 있는 듯해 물었다.

"……그런 나라입니다."

"나라는 무슨."

이런 일 따위가 용납될 리 없다.

용납되어서도 안 되고 가우왕에게 무슨 일이라도 생겼다간 결코 용서치 않을 것이다.

"어떻게 방법이 없을까요?"

"……."

멀핀은 나윤희의 질문에 답하지 못했다. 한참을 고민한 뒤에야 만족스럽지 못한 말을 꺼냈다.

"저로서는 모르겠습니다. 최대한 여론을 모은다고 해도, 지난 여러 일들을 고려하면 크게 효과가 없을 것 같습니다. 무엇보다 명분이……."

그나마 정신을 유지하고 있던 소소가 무너져내렸다.

"회장님이시라면 혹시 방법이 있지 않을까 싶은데. 보스."

대답도 않고 할아버지께 전화를 걸었다.

-오, 도빈이냐!

"네. 부탁드릴 일이 있어서요."

-이 녀석이 매정하게. 그래, 무엇이냐. 내 새끼 부탁이면 뭐든 들어줘야지.

"가우왕이라고 아시죠?"

-그래. 너랑도 친하지 않으냐.

"네. 그 사람에게 지금 문제가 생긴 것 같아요. 도와줄 수 있는지 알아봐 주세요."

-흐음. 그래? 김 비서, 가우왕이란 친구 좀 알아봐.

할아버지의 목소리가 멀어졌다가 다시 돌아왔다.

-그래, 투어는 어떠냐.

"잘되고 있어요. 이런 호응이면 크루즈도 괜찮을 것 같아요."

-껄껄껄. 그래. 좋은 일이지. 그 친구 이야기는 파악되는 대로 연락주마.

통화를 마쳤다.

'빌어먹을.'

할아버지라면 어지간한 일은 처리해 주실 테지만 멀쩡의 반응으로 봐서 쉬운 일은 아닌 듯하다.

'빌어먹을 꼬맹이.'

'고소할 거야. 고소할 거야!'

'네 곡은 내가 연주해야 해. 다른 사람 곡 만들 시간 있으면 내 곡을 만들라고.'

'소소가 잘 지내는 거 같아. 집안에만 박혀 있던 녀석이 사람들 사이에서 웃다니. 네 덕분이다.'

'기대하라고. 네가 만들어준다는 소나타, 세상에서 가장 멋들어지게 쳐줄 테니까.'

까드득-

"……멀핀."

"네, 보스."

"앞으로 모든 공연에 가우왕이 갇혀 있다는 내용을 거세요. 포스터든 현수막이든 팸플릿이든."

"그건."

멀핀이 멈칫했다.

"보스, 마음은 충분히 이해하지만 우리가 그럴 명분이."

"하세요."

핸드폰을 꺼내 카밀라에게 전화를 걸었다.

-으으음. 도빈아? 무슨 일이야?

"도이치 아리아에 연락해서 가우왕과 연결 고리를 만드세요. 베를린 필하모닉과 업무를 함께하고 있다는 내용이면 좋아요. 날짜는 좀 더 예전으로 잡으시고요."

-어? 뭐라고?

"소속을 아예 베를린 필하모닉으로 옮길 수 있다면 그렇게 진행해 주세요."

-그게 무슨 말이야? 응?

"자세한 건 멀핀이 설명해 줄 거예요. 서둘러 주세요."

감히.

"가우왕이 베를린 필하모닉 사람이라는 걸 공식적으로 증명할 만한 증거라면 뭐든 좋아요."

감히 내 사람을 건들어?

……가우왕 씨한테 무슨 일 생겼니?

눈치 빠른 카밀라가 사태의 심각성을 이해한 듯하다.

멀핀을 보며 말했다.

"베를린 필하모닉은 단원을 보호합니다."

"보스!"

"보호합니다."

멀핀이 어렵게 고개를 끄덕였다.

그녀에게 카밀라와 통화 중인 전화를 넘겨주고 소소의 어깨를 잡았다.

산산이 부서진 그녀의 초점 잃은 눈을 보며 약속했다.

"무슨 일이 있어도 데려올게요. 무슨 일이 있어도."

to be continued